Write down

- 148 → Greek mythological figures
- Plato / Platen / Plutarch refs
- Arbeitsnotizen
- "Dionysian / Apollonian" syntax
- Hexameter
- 69-70 / 84-85

Victoria Wilson

Erläuterungen und Dokumente

Thomas Mann
Der Tod in Venedig

Von Ehrhard Bahr

Philipp Reclam jun. Stuttgart

Hermes
Eos
Eros
Poseiden
Apollo/Zephyr
Semele
Xenopha
Ganymed

_____

Soonter identification

Universal-Bibliothek Nr. 8188
Alle Rechte vorbehalten
© 1991 Philipp Reclam jun. GmbH & Co., Stuttgart
Gesamtherstellung: Reclam, Ditzingen. Printed in Germany 2001
RECLAM und UNIVERSAL-BIBLIOTHEK sind eingetragene Marken
der Philipp Reclam jun. GmbH & Co., Stuttgart
ISBN 3-15-008188-2

www.reclam.de

I. Kommentar, Wort- und Sacherklärungen

Erstes Kapitel

Gustav Aschenbach oder von Aschenbach: unmittelbarer personeller Erzähleinsatz: mit den ersten zwei Wörtern der Erzählung wird der Name der Hauptperson genannt und damit das Interesse des Lesers sofort auf sie gerichtet. Goethes Roman *Die Wahlverwandtschaften* (1809) mag hier als Vorbild gedient haben; er beginnt mit dem Satz: »Eduard – so nennen wir einen reichen Baron im besten Mannesalter«. Thomas Mann las den Roman fünfmal während der Arbeit am *Tod in Venedig*, um, wie er selbst sagte, hinter »das Geheimnis dieses souveränen Stiles« zu kommen. Er beabsichtigte damit, der Novelle »jene Eigenart zu geben, die Sie ›Klassizität‹ nennen« (Gespräch mit Otto Zarek, ca. 1918; DüD I,412). *Der Tod in Venedig* ist deutlich mit der Absicht der Klassizität geschrieben. Das heißt aber nicht, daß Klassizität von Mann kritiklos angestrebt wird; vielmehr stellt er sie als Möglichkeit moderner Kunst zugleich in Frage. Wie bei jeder Erzählung ist zu beachten, daß *Der Tod in Venedig* nicht vom Autor erzählt wird, sondern von einer zweiten Person, dem Erzähler, der sich zwischen Autor und Leser schiebt. Diese Konvention der Erzählkunst ist allgemein akzeptiert und wurde auch von Thomas Mann anerkannt, der von der »Stimme« eines »zweiten, eingeschobenen Autors« (GW X,631) sprach, um den Erzähler zu charakterisieren. Doch gerade bei der Interpretation des *Tod in Venedig* ist diese Distanz zwischen Autor und Erzähler nicht immer genügend berücksichtigt worden. Ein Grund dafür besteht darin, daß bei dieser Erzählung besonders reichhaltiges autobiographisches Material existiert. Zu beachten ist aber, daß der Autor Mann es nicht unvermittelt als privates Erlebnis präsentiert, sondern es mythisiert, und daß er das Erzählen dem »zweiten, eingeschobenen Autor« überläßt. Autor und Erzähler sind nicht miteinander zu verwechseln. Der personelle Einsatz der Novelle wird nicht von Thomas Mann, sondern von seinem Erzähler vorgenommen, der dadurch auf eine bestimmte Erzählweise ausgerichtet, aber nicht unbedingt an sie gebunden ist. Während der Erzähler zu Anfang mit Bewunderung von der Hauptperson spricht, distanziert er sich von ihr im Laufe der Erzählung. (Siehe dazu Cohn 1983, und Nicklas, 1968, S. 87–103.) – Bei der Namengebung der Hauptperson handelt es sich um eine Modellmontage. Als Modelle für Vor- und Nachnamen des Protagonisten sind einerseits der Komponist Gustav Mahler (1860–1911) und andererseits der Landschaftsmaler Andreas Achenbach (1815–1910) anzusetzen. Andreas Achenbach gehörte zur Düsseldorfer Schule, und als Landschaftsmaler vollzog er den Bruch mit der romantischen Darstellungsweise, die diese Schule lange beherrschte. Sein Bruder Oswald Achenbach, der sich besonders dem italienischen Landschaftsbild gewidmet hatte, könnte ebenfalls als Modell gedient haben, doch das Todesjahr von Andreas Achenbach steht der Entstehungszeit der Erzählung näher. Seine Bilder befanden sich in allen größeren Museen, so auch in der Münchner Neuen Pinakothek. Durch die geringfügige Veränderung des ersten Bestandteils erhält der Name durch das Wort »Asche« »die vom Thema erforderte Todesassoziation« (Vaget, S. 170). – Die Wahl des Vornamens wurde durch die Nachricht vom Tode Gustav Mahlers am 18. Mai 1911 bestimmt. Wie Thomas Mann in einem Brief vom 18. März 1921 berichtet, hat er von Mahler nicht nur den Vornamen, sondern auch die Beschreibung seiner äußeren Gestalt übernommen: »In die Konzeption meiner Erzählung spielte, Frühsommer 1911, die Nachricht vom Tode Gustav Mahlers hinein [...]. Auf der Insel Brioni, wo ich mich zur Zeit seines Abscheidens aufhielt, verfolgte ich in der Wiener Presse die in fürstlichem Stile gehaltenen Bulletins über seine letzten Stunden, und indem sich später diese Erschütterungen mit den Eindrücken und Ideen vermischten, aus denen die Novelle hervorging, gab ich mei-

nem orgiastischer Auflösung verfallenen Helden nicht nur
den Vornamen des großen Musikers, sondern verlieh ihm
auch, bei der Beschreibung seines Äußeren, die Maske
Mahlers« (GW XI,583 f.). Bereits vor der Uraufführung
von Mahlers 8. Symphonie in München im September 1910
hatte er die persönliche Bekanntschaft des Komponisten
gemacht und dabei bemerkt, so berichtet Erika Mann, dies
sei »das erstemal in seinem Leben, daß er das Gefühl habe,
einem wirklich großen Manne begegnet zu sein« (Br I,X).
Nach dem Besuch der Uraufführung der 8. Symphonie,
der »Symphonie der Tausend«, schrieb er an Mahler, er
glaube, daß sich in ihm »der ernsteste und heiligste künstlerische Wille unserer Zeit verkörpert« (Br I,88). Thomas
Mann hat Mahler in der Erzählung ein Denkmal als Typ
des Künstlers seiner Zeit gesetzt. Mit Recht hat Reed darauf verwiesen, daß sich Manns Novelle darüber hinaus
nicht mit Mahler beschäftigt, wie es vielleicht durch Luchino Viscontis Film fälschlich nahegelegt wird. – Als weitere
Modelle für die Aschenbach-Figur sind Friedrich Nietzsche (1844–1900), August Graf von Platen (1796–1835)
und Richard Wagner (1813–83) angeführt worden. Für alle
drei können Venedig-Aufenthalte, die einen großen Einfluß auf ihr Leben und Werk hatten, nachgewiesen werden.
August von Platen weilte 1824 dort und veröffentlichte
1825 seine *Sonette aus Venedig*, Richard Wagner reiste
1858 dorthin, um den zweiten Akt von *Tristan und Isolde*
zu beenden, Friedrich Nietzsche kam 1880 zum ersten Mal
in die Stadt. Nietzsches Venedig-Gedicht »An der Brücke
stand / jüngst ich in brauner Nacht« wurde 1908 in *Ecce
Homo* veröffentlicht. Richard Wagner starb am 13. Februar 1883 in Venedig, an demselben Tag, als Nietzsche den
ersten Teil des *Zarathustra* beendete. Dieses Zusammen-
treffen der Daten wurde von Nietzsche als dämonisch
empfunden. Im Jahre 1911, dem Entstehungsjahr des *Tod
in Venedig*, erschien die erste Ausgabe von Wagners Autobiographie *Mein Leben*, die besonders auch seine Lebens-
krise von 1857/58 mit dem Aufenthalt in Venedig behandel-

te. Thomas Manns Essayistik beweist seine enge Vertraut-
heit mit den Werken von Nietzsche, Platen und Wagner.
Der *Tod in Venedig* ist undenkbar ohne die Beziehungen
zu diesem ›Dreigestirn‹, zu dem man außerdem noch Arthur Schopenhauer (1788–1860) zu rechnen hat. Offensichtlich gehörte das Kapitel über »Die Metaphysik der
Geschlechtsliebe« in den Ergänzungen zum vierten Buch
von Schopenhauers Hauptwerk *Die Welt als Wille und
Vorstellung* zu Manns Lektüre während der Arbeit am *Tod
in Venedig*.

seit seinem fünfzigsten Geburtstag: Aschenbach ist ein
»Mann von funfzig Jahren«, wie der Titel einer der zentralen Novellen aus Goethes Altersroman *Wilhelm Meisters
Wanderjahre oder Die Entsagenden* (1821, 2. Fassung
1829) lautet. Goethes Novelle, entstanden 1807, handelt
von verwirrten Leidenschaften und zeichnet sich durch er-
zählerische Formen aus, die auch den *Tod in Venedig* bestimmen, nämlich »bildliche Symbolik und betrachtende
Ironie. Der Erzähler wechselt seine Mittel und behält
merklich die Führung der Geschichte in der Hand« (Erich
Trunz in: Goethe, *Werke*, Hamburg 1950, Bd. 8, S. 666). –
Das Motiv des »Manns von funfzig Jahren« ist eines
der wichtigsten in der Literatur, da es den Menschen
zu einem Zeitpunkt jenseits der Lebensmitte erfaßt. Die
Jugend liegt weit zurück und versäumtes Leben und Erle-
ben wird bedauert. Erotik wird als letzte Möglichkeit des
Festhaltens am Leben erfaßt, Sexualität oft als Impotenz
erfahren. Dazu gehört besonders das Thema der Entwürdigung des Liebenden im fortgeschrittenen Alter. Auf der
anderen Seite steht als positive Erfahrung oft die Sicherheit
von Besitz, Erfolg, Ansehen und Ruhm, die dem jungen
Menschen fehlt. Aber auch die Gefährdung, der Mangel
oder Ruin dieser Sicherheit gehören zum Motiv. Zur De-
monstration der Häufigkeit dieses Motivs in der deutschen
Literatur sei etwa erinnert an Julius von Flottwell in Rai-
munds *Verschwender* (1834), an Stephan Murai in Stifters
Brigitta (1844), an Casanova in Schnitzlers Erzählung *Ca-*

sanovas Heimfahrt (1918) oder an Harry Haller in Hesses
Steppenwolf (1927).

Prinzregentenstraße: noch heute eine der Hauptstraßen
Münchens, die vom Stadtteil Steinhausen über die Isar und
vorbei am Englischen Garten ins Zentrum der Stadt führt.
Die Adresse läßt auf die Wohnung eines angesehenen und
wohlhabenden Mannes schließen. Wie später in bezug auf
Venedig sind die Ortsangaben zu München realistisch-
exakt.

des Jahres 19 . .: Die unvollständige Jahresangabe gehört zur
»bewußten Stilisierung ins Musterhafte« (Reed).

eine so gefahrdrohende Miene: bezieht sich auf eine der politischen Krisen zwischen den europäischen Großmächten
vor dem Ersten Weltkrieg. Sie läßt sich nicht eindeutig
identifizieren, da eine genaue Jahresangabe bewußt vermieden wird. Möglicherweise ist auf die zweite Marokkokrise (1911) angespielt. Unruhen in Marokko hatten zu
einem diplomatischen Konflikt zwischen Deutschland und
Frankreich geführt und Kriegshysterie in beiden Ländern
ausgelöst. Die Jahre vor dem Ersten Weltkrieg waren von
allgemeinem Krisenbewußtsein gekennzeichnet, das sich
auch bei anderen Autoren nachweisen läßt, z. B. bei dem
expressionistischen Lyriker Georg Heym (1887–1912),
dessen Gedicht *Der Krieg* aus der zweiten Marokkokrise
von 1911 hervorging, aber oft auch als prophetische Vision
des Ersten Weltkriegs gedeutet worden ist.

motus animi continuus: (lat.) »beständige Schwingung [oder
Bewegung] des Geistes«; ein fälschlich Cicero zugeschriebenes Zitat, das Thomas Mann einem Brief von Gustave
Flaubert an Louise Colet vom 15. Juli 1853 entnommen
hatte (Notizen, S. 21).

ein falscher Hochsommer: Diese Wetterangabe ist bedeutsam
für die gesamte Novelle, da die für diese Jahreszeit unge-
wöhnliche Temperatur einen großen Einfluß auf das
Schicksal des Protagonisten auszuüben beginnt. Unter
dem Einfluß des Wetters zeigen sich Regungen in Aschenbach, die sich verhängnisvoll für ihn auswirken. Mit der

Abreise aus München vermag er diesem Einfluß nicht zu
entgehen; im Gegenteil, er reist ihm entgegen. Die Herkunft des Wetters scheint symbolisch auf Indien zu verwei-
sen, woher ihm in zweifacher Weise Gefahr droht (s. die
Erläuterungen zu »eine Landschaft«, S. 15, und »eines
kauernden Tigers«, ebd.).

Englischer Garten: nach englischem Vorbild angelegter Park
in München, der sich vom Zentrum der Stadt in nordöstli-
cher Richtung entlang der Isar erstreckt, etwa 5 km lang
und 1 km breit.

Aumeister: ehemaliges königliches Forsthaus, genannt nach
den Isarauen, das seit dem 19. Jahrhundert als Ausflugs-
gaststätte diente und auf Spaziergängen durch den Englischen Garten zu erreichen ist.

Föhring: Dorf bei München, östlich der Isar.

Gewitter drohte: eine Form der Vorausdeutung, die Eberhard Lämmert »Wetterparallelismus« genannt hat. Bestimmte klimatische Verhältnisse bauen gewisse Stim-
mungs- und Handlungserwartungen auf. Das drohende
Gewitter korrespondiert mit Aschenbachs Schaffenskrise.
Auch bei den weiteren Stationen der Handlung spielen die
Wetterverhältnisse eine wichtige Rolle. In Venedig ist es
der Scirocco, der Aschenbachs Untergang ankündigt und
schließlich realistisch zur Verbreitung der Seuche beiträgt,
der der Protagonist zum Opfer fällt (Eberhard Lämmert,
Bauformen des Erzählens, Stuttgart 1955, S. 185; Nicklas,
S. 148–150).

am Nördlichen Friedhof: Friedhofsanlage, nordwestlich vom
Englischen Garten, an der Ungererstraße gelegen.

Tram: kurz für »Trambahn«, zu engl. *tramway* ›Straßen-
bahn‹.

Ungererstraße: nach den Ingenieur August Ungerer (1860
bis 1921) benannte Straße, die vom Nördlichen Friedhof nach Schwabing führt. Thomas Mann wohnte dort
1902.

Kreuze, Gedächtnistafeln … Monumente … Gräberfeld:
vorausdeutende Symbole des Todesmotivs.

das byzantinische Bauwerk der Aussegnungshalle: Friedhofs-
gebäude im byzantinischen Stil mit Mosaiken, 1896–99 er-
baut. Es ist bezeichnend, daß hier vorwiegend östliche
Motive vom Erzähler wahrgenommen werden. Byzanz
galt bis zur Eroberung durch die Türken im Jahre 1453 als
Zentrum des östlichen bzw. griechisch-orthodoxen Chri-
stentums. Das »byzantinische Bauwerk« deutet zugleich
motivisch auf Venedig voraus, denn die berühmte Kathedrale von San Marco ist in ihrem Kern ein »byzantinisches
Bauwerk« des 11. Jahrhunderts nach dem Vorbild der
Hagia Sophia in Konstantinopel. Die vier Pferde aus ver-
goldeter Bronze über dem Hauptportal von San Marco
wurden 1204 als Siegesbeute von Byzanz nach Venedig
gebracht.

griechischen Kreuzen: griechisches Kreuz, christliche Kreu-
zesform mit gleichlangem Quer- und Längsbalken, wiederum ein östliches Motiv und womöglich eine versteckte
Vorwegnahme von San Marco. Der Grundplan der Kathedrale hat die Form eines griechischen Kreuzes, welches von
fünf byzantinischen Kuppeln überwölbt ist.

hieratischen Schildereien: Schilderei, aus niederl. *schilderij*,
veraltet für ›bildliche Darstellung‹, hier: Gemälde mit reli-
giöser (»priesterlicher«) Thematik (griech. *hieratikos* ›prie-
sterlich‹, d. h. religiös).

*Sie gehen ein in die Wohnung Gottes / Das ewige Licht leuchte
ihnen:* Zitate aus der römisch-katholischen Totenmesse.

Portikus: Säulenhalle als Vorbau (am Haupteingang) eines
Gebäudes; von lat. *porticus* ›Säulengang, Halle‹.

apokalyptischen Tiere: Nach der Offenbarung des Johannes
(13,1–18) steigen die beiden apokalyptischen Tiere aus dem
Meer und von der Erde auf: »Und ich trat an den Sand des
Meers, und sahe ein Tier aus dem Meer steigen, das hatte
sieben Häupter und zehn Hörner, und auf seinen Hörnern
zehn Kronen, und auf seinen Häuptern Namen der Läste-
rung. Und das Tier, das ich sahe, war gleich einem Pardel,
und seine Füße als Bären-Füße, und sein Mund eines Löwen Mund. Und der Drache gab ihm seine Kraft und sei-

nen Stuhl und große Macht. [...] Und ich sahe ein ander
Tier aufsteigen von der Erde, und hatte zwei Hörner gleich
wie das Lamm, und redete wie der Drache.« Die Tiere sind
Symbole des Antichrist und stehen im Zusammenhang mit
dem Fremdling, der die Aufmerksamkeit des Protagoni-
sten erregt. Der Fremde steht also im Zusammenhang mit
Tiersymbolen, die dem Christentum entgegengesetzt sind.
(Siehe dazu Krotkoff, 1967.)

nicht ganz gewöhnliche Erscheinung: Figur, die eine Reihe
von Personen aus dem Bereich des Todes einleitet. Die
Serie dieser Figuren gibt das »mythische Grundmuster des
Textes« (Reed) zu erkennen, das sich aus einer Montage
verschiedener mythologischer Vorstellungen ergibt. An
erster Stelle ist an die Figur des mittelalterlichen Todes zu
denken, der hier an den grimassierenden Zügen, die sein
Zahnfleisch bloßlegen und an einen Totenschädel erinnern,
zu erkennen ist. Aber es ist auch an die antike Gestalt des
Todes zu denken, wie sie von Lessing und Schiller wieder-
beschworen worden ist. Nach Walter Jens entspricht »der
Wanderer mit gekreuzten Füßen und dem in die Hüfte
gestemmten abwärts gesenkten Stab [...] der berühmten
Lessingschen Schilderung ›Wie die Alten den Tod gebildet‹
bis ins Detail hinein« (Jens, 1958, S. 90; s. auch Uhlig,
1975, S. 104–109). Aber es ist nicht nur »Thanatos, der
milde Bruder des Schlafs« (Jens), an den hier zu denken ist.
Dazu kommt die antike Figur des Hermes als Hermes psychopompos (»Seelenführer«, Schlaf- und Traumgott), der
in den antiken Abbildungen wie hier der Fremde mit Basthut (Petasos), Stock (lat. *caduceus* ›Merkurstab, Herold-
stab) und Beutel (hier: Rucksack) dargestellt wird. Auch
die »gekreuzten Füße« sind ikonographische Attribute
nicht nur des Thanatos, sondern auch des Hermes. In dem
»Gurtanzug aus Lodenstoff« läßt sich der Chiton des Hermes, ein kurzes, enges, um die Hüfte gegürtetes Gewand,
erkennen. Hermes ist der Gott der Wanderer. Als Psychopompos geleitet er die Seelen in die Unterwelt. Im
Lehrbuch der griechischen und römischen Mythologie für

höhere Töchterschulen und die Gebildeten des weiblichen Geschlechts von Friedrich Nösselt, das Thomas Mann als Quelle verwendete, heißt es, »zu den Geschäften des Hermes gehörte auch, die Schatten der Verstorbenen mit seinem Stabe in die Unterwelt zu führen« (S. 143). Ferner: »Ist er als Jüngling dargestellt, so sieht man ihn bald stehend, bald gehend, bald sitzend; er hat zuweilen einen Reisehut, oder den Stab, oder einen Beutel. Sein Körper ist schlank, seine Haltung gewandt, [...]. Die Haare sind kurz und gekräuselt [...], der Kopf gewöhnlich etwas gesenkt, der Blick nachdenkend. Entweder ist er ganz nackt, oder er hat ein kurzes Kleid über die Schultern oder den Arm geworfen.« (S. 143). Zum Hermesmotiv bei Thomas Mann ausführlich: Jürgen Rothenberg, »Der göttliche Mittler. Zur Deutung der Hermes-Figurationen im Werk Thomas Manns«, in: *Euphorion* 66 (1972) S. 55–80, und Dierks, 1972, S. 215–226. – Durch ihr fremdländisches Aussehen (»ein Gepräge des [...] Weiterkommenden«) und durch ihre Haltung (»etwas herrisch Überschauendes, Kühnes oder selbst Wildes«) verweist die Figur auch auf Dionysos, den »fremden Gott«. Bei dem »mit eiserner Spitze versehenen Stock« handelt es sich dann um den Thyrsos-Stab des Dionysos, bei dem »Basthut« oder »farbig umwundenen Strohhut« (s. Kap. 3 und 5) um das »in die Realschicht übersetzte Attribut des Efeukranzes«, wie ihn der Gott trägt (Dierks, 1972, S. 26). Es ist hier ein Bedeutungssynkretismus anzusetzen, der es ermöglicht, in dem Fremden sowohl Thanatos, Hermespsychopompos als auch Dionysos als mythische Modelle zu erkennen (ebd., S. 25). – Nicht zuletzt hat man in der Figur des Fremden auch Satan sehen wollen. Die beiden »apokalyptischen Tiere« (s. oben) scheinen ihn anzukündigen. Die »zwei senkrechten Furchen« sind als Zeichen des Antichrist oder als Zeichen der nur noch angedeuteten Hörner, die die Teufel seit Dante tragen, interpretiert worden (Pabst, 1955). – Auch daß er zum »rothaarigen Typ« gehört, deutet in diese Richtung, gilt doch rotes Haar im

Volksaberglauben seit alters her als Zeichen des Tückischen, Teuflischen.

Die Serie der Todesboten, die durch den Schiffsangestellten und Fahrkartenverkäufer, den Greis als Jüngling, den Gondolier und schließlich den Komödianten und Gitarristen fortgesetzt wird, stellt ein eindrucksvolles Beispiel der Mannschen Leitmotiv-Technik dar, die er unter dem Einfluß von Richard Wagners Musikdramen entwickelte. Diese Technik besteht aus einer Reihe von Motiv-Wiederholungen, die an bestimmte Personen und Situationen gebunden sind. *Im Tod in Venedig* gibt die Serie der Todesboten die leitmotivische Struktur der Erzählung durch ähnliche Körpermerkmale, Kleidung und Sprache der einzelnen Figuren zu erkennen: »Wiederkehrend treten die gleichen oder ähnliche Merkmale von Gesicht, Körper, Gestik und Mimik hervor; Brutalität und komische Maske des Gesichts, die stumpfe Nase, die beim Lachen oder Grinsen hervortretenden Zähne, die alternde Haut, Hinweise auf das Knochengerüst, Schnurrbart oder Bartlosigkeit, der schiefsitzende Hut auf dem Kopfe und dazu eine wechselnde Reihe zugehöriger Dinge wie Stock, Rucksack, Schiff, schwarze Gondel und Gitarre. Die Bilder dieser Figurenketten reichen vom Grotesken und Fratzenhaften über das Scheinhaft-Alberne, bis hin zum Komödiantischen und Diktatorisch-Unheimlichen. Geschaffen werden diese Vorstellungen und Eindrücke durch die Serien der zu einem Teil aufgezählten Versatzstücke, die nach allen Seiten zueinander in Beziehung treten und Bedeutungen produzieren. Dominant und einheitlich sind die Momente der Grimasse und Maske, die Gesten der Übermächtigung oder Verführung und die begleitenden Zeichen, die allesamt Aufbruch, Reise, Übergang und Tod andeuten: Portikus des Friedhofs, Rucksack, Schiff, Gondel und Gitarre. Bei allen Körperbeschreibungen der Figuren kommen Totenkopf und Totengerippe irgendwie zum Vorschein, so daß die Kette der Figuren durch die wiederkehrenden bildhaften Versatzstücke zum Schauspiel eines grotesk-ko-

mischen Totentanzes sich ordnet. Auch hier gewinnen die
körperlichen und physiognomischen Details zusammen
mit den Dingen im Prozeß des Erzählens eine musikalische
und bedeutungsgebende Funktion. Es bildet sich ein weites
Feld von Assoziationen um den Figuren-Reigen. Alle diese
Elemente der Sinnbildung konzentrieren sich auf die Text-
idee der Novelle. Auf der Bildebene des Leitmotivs Totentanz realisiert sie sich dadurch, und das ist die Erzählpoin-
te, daß der Held der Novelle *Tod in Venedig*, Aschenbach,
und sein ästhetisches Idol, der Knabe Tadzio, in den
Totentanz der merkwürdig-unheimlichen Figuren sich
einreihen, bis der Tod des Helden das Ende der Geschichte
fordert« (Klussmann, 1984, S. 21).

Ausweitung seines Innern: Vorausdeutung auf den Kult des
Dionysos; vgl. Arbeitsnotizen 8: »Nur durch Überspan-
nung u. Ausweitung seines Wesens kann der Mensch in
Verbindung und Berührung treten mit dem Gott u. seinen
Geisterschaaren.«

eine Landschaft: halluzinatorische Vision einer Sumpflandschaft, die die Beschreibung des Ganges-Deltas als Ausgangspunkt der Cholera im fünften Kapitel vorwegnimmt.
Zugleich liegt ein emblematischer Verweis auf den Kult des
Dionysos vor (Indien galt auch als die Heimat des Dionysos).

eines kauernden Tigers: Der Tiger gehört zu den Tieren, die
den Wagen des Dionysos ziehen. So heißt es bei Friedrich
Nietzsche in der *Geburt der Tragödie aus dem Geiste der
Musik* (1872), die zu Thomas Manns Arbeitslektüre gehörte: »Mit Blumen und Kränzen ist der Wagen des Dionysus
überschüttet: unter seinem Joche schreiten Panther und
Tiger« (§ 1). Und später: »Die Zeit des sokratischen Menschen ist vorüber; kränzt euch mit Epheu, nehmt den
Thyrsusstab zur Hand und wundert euch nicht, wenn Tiger und Panther sich schmeichelnd zu euren Knien niederlegen. [...] Ihr sollt den dionysischen Festzug von Indien
nach Griechenland geleiten!« (§ 20). Der »Tiger« steht für
das Dämonisch-Rauschhafte, das für Aschenbach als so-

kratischen Menschen sowohl Attraktion als auch Bedro-
hung bedeutet. Das Bild des Tigers taucht leitmotivisch im
fünften Kapitel wieder auf.

hygienische Maßregel: eine der Gesundheit dienende Maßregel, hier: eine besonders der psychischen Gesundheit dienende Verhaltensmaßnahme (zu griechisch *hygieinos* ›heil-
sam, der Gesundheit zuträglich‹).

Landsitz: Hier ist etwa an ein Landhaus in den bayerischen
Alpen zu denken, wie es Thomas Mann in Bad Tölz besaß.
Von 1909 bis 1917 verbrachte er dort mit seiner Familie die
Sommermonate.

Laßheit: »Nachlässigkeit, Schlappheit«, eigtl. »das Schlaff-
werden der Körper- und Geisteskräfte« (DWb).

Handstreich/Angriff: Diese Wörter – auch »Dienst« – aus
dem Militärbereich sind bezeichnend für Aschenbachs
›preußische‹ Arbeitsethik.

Ungenügsamkeit: Reed verweist auf ein Zitat aus Thomas
Manns Schiller-Erzählung *Schwere Stunde* (1905): »In der
Wurzel ist es [das Talent] *Bedürfnis*, ein kritisches Wissen
um das Ideal, eine Ungenügsamkeit, die sich ihr Können nicht ohne Qual erst schafft und steigert. Und den
Größten, den Ungenügsamsten ist ihr Talent die schärfste
Geißel [...].« (GW VIII,376) Mit denselben Worten
rechtfertigte Thomas Mann sein Talent unter Berufung auf
Gustave Flaubert in einem Brief an seine spätere Frau Katia
Pringsheim von Ende August 1904 (Br I,53). Vgl. auch seinen Brief an Kurt Martens vom 16. April 1906: »Du mußt,
wenn ich mäkle, bedenken, daß ich nachgerade einen ver-
zweifelt ungenügsamen Maßstab handhabe, der mich vor-
aussichtlich eines Tages hindern wird, überhaupt noch zu
produciren . . .« (Br I,66).

das Gefühl gezügelt und erkältet: vgl. Tonio Krögers Bekenntnis gegenüber Lisaweta Iwanowna: »das gesunde
und starke Gefühl, dabei bleibt es, hat keinen Geschmack.
Es ist aus mit dem Künstler, sobald er Mensch wird und zu
empfinden beginnt« (GW VIII,296). Auch Tonio Kröger
vermag jedoch dieses Ideal einer gefühlsasketischen Ästhe-

tik nicht aufrechtzuerhalten. Am Ende bekennt er sich zu
seiner »Bürgerliebe zum Menschlichen, Lebendigen und
Gewöhnlichen« (GW VIII,338), von der er sich die Wand-
lung vom Literaten zum Dichter erhofft. Die Problematik
von Empfindung und Askese ist auf Thomas Manns persönliche Kunst- und Künstlerpsychologie dieser Jahre zurückzuführen, die sich zum Teil an der künstlerischen As-
ketik Gustave Flauberts ausrichtete, andererseits durch
Friedrich Nietzsches Theorien in der *Geburt der Tragödie*
(1872) über die Verbindung von Gefühlsimpulsen und bewußt kontrollierter Bildkraft in Künstler und Kunstwerk
beeinflußt ist. Die mythischen Grundbegriffe des Dionysischen und Apollinischen, die Nietzsche zur Bezeichnung
dieser Prinzipien aufstellte, markieren im *Tod in Venedig*
die Grundkonstellation der Novelle.

bis zu den Tigern: ominöse Vorausdeutung des Erzählers mit
Hilfe der ›erlebten Rede‹, denn die Reise des Protagonisten
führt zumindest symbolisch »bis zu den Tigern«.

Siesta: (ital.) die sechste, der Ruhe gewidmete Stunde des
Tages, hier: allgemeine Ruhepause.

im liebenswürdigen Süden: Die Bezeichnung ist »resignie-
rend-abschätzig« genannt und mit Tonio Krögers Geringschätzung Italiens verglichen worden (Reed). Italien erscheint Tonio Kröger »bis zur Verachtung gleichgültig!
[...] Sammetblauer Himmel, heißer Wein und süße Sinnlichkeit ... Kurzum, ich mag das nicht. Ich verzichte. Die
ganze belleza macht mich nervös. Ich mag auch alle diese
fürchterlich lebhaften Menschen dort unten mit dem
schwarzen Tierblick nicht leiden. Diese Romanen haben
kein Gewissen in den Augen« (GW VIII,305 f.).

Zweites Kapitel

*Der Autor der klaren und mächtigen Prosa-Epopöe ... als
Sohn eines höheren Justizbeamten geboren:* Dieser Satz,
mit dem das zweite Kapitel beginnt, ist von Oskar Seidlin

stilistisch und von Hans Wysling »archivalisch« untersucht
worden. Während Wysling (1965) die angeführten Werke
von Aschenbach auf Projekte Thomas Manns zurückge-
führt hat, die dieser an seine Kunstfigur Gustav Aschenbach abtrat (s. unten), hat Seidlin die folgende Beobachtung angestellt: »der Schlußstein, auf den der ganze Satz
hinausläuft, ist kurz: zwei Zeilen nur – und dem gegenüber
steht eine Stauung von dreizehn Zeilen. Die Balance, so
könnte man sagen, ist schlecht. Aber sie wird sofort für uns
Sinn und tiefe Berechtigung bekommen, wenn wir in Er-
wägung ziehen, *was* hier balanciert wird und *warum* es so
balanciert wird. Dreizehn Zeilen sind ausgefüllt mit der
Aufzählung und Charakterisierung von Gustav Aschenbachs Werken, dann folgen zwei Zeilen über den Menschen Gustav Aschenbach. Und diese Verteilung scheint
mir eine der genialen stilistischen Symbolgebungen, die
wir in der modernen deutschen Literatur finden. Denn es
heißt doch deutlich dies: das Werk erdrückt den Mann, der
Mensch Gustav Aschenbach ist nur ein Anhängsel, ein be-
scheidener, fast nebensächlicher Zusatz zu der literarischen Karriere des Künstlers Gustav Aschenbach. Das ist
der Meisterstreich dieses Satzes, daß er uns in seiner Konstruktion das innerste Wesen und Problem des Helden
symbolisch verdeutlicht.« (Oskar Seidlin, »Stiluntersuchungen an einem Thomas Mann-Satz«, in: O. S., *Von
Goethe zu Thomas Mann. Zwölf Versuche*, 2. Aufl., Göttingen 1969, S. 148–161.) Es handelt sich hier im Sinne der
Definition von Eberhard Lämmert um eine »nachgeholte
Exposition«, weil der Erzähler »Material – faktische Vorgänge zumeist, aber auch seelische Entwicklungen – zu-
sammenträgt, welches den isoliert vergegenwärtigten
Handlungseinsatz in einen verständlichen Zusammenhang
einfügt und gleichzeitig die Entfaltung künftiger Phasen
unterbaut«. Diese Art von nachgeholter Exposition ist
nach Lämmert »eng mit dem Fabel-Gerüst einer Erzählung
verknüpft und hat eine sehr durchsichtige, aber begrenzte
Bedeutung für ihren Gesamtverlauf« (*Bauformen des Erzählens*, Stuttgart: 1955, S. 104).

Prosa-Epopöe: Epos in Prosa, großer Roman. Die Wortwahl erinnert an die Ästhetik der deutschen Klassik (Goethe, Schiller, Hegel). Der Katalog von Aschenbachs Werken stellt einen Teil der Wunschbiographie Thomas Manns dar. Aschenbach besitzt den Ruf eines modernen Klassikers, den sein Autor sich mit der Venedig-Novelle selbst erwerben wollte. Die vier erwähnten Werke Aschenbachs sind als Arbeitsprojekte von Thomas Mann nachweisbar. Zur Zeit der Entstehung der Venedig-Novelle gab er die Hoffnung auf Vollendung dieser Projekte auf und vermachte sie der Kunstfigur seiner Novelle als vollendete Werke. Die Projekte wurden sozusagen ›gerettet‹, indem er seine Romanfigur vollenden ließ, wozu er sich selbst nicht mehr in der Lage sah. (Siehe dazu auch: Hans Wysling, »Thomas Manns Plan zu einem Roman über Friedrich den Großen«, in: Wysling, 1976, S. 25–36, sowie Wyslings Aufsätze »Zu Thomas Manns ›Maja‹-Projekt«, »Ein Elender. Zu einem Novellenplan Thomas Manns« und »›Geist und Kunst‹: Thomas Manns Notizen zu einem Literatur-Essay«, in: Scherrer/Wysling, 1967; vgl. Peter Richner, *Thomas Manns Projekt eines Friedrich-Romans*, Zürich 1975, und T. J. Reed, »›Geist und Kunst.‹ Thomas Mann's Abandoned Essay on Literature«, in: *Oxford German Studies* 1, 1966, S. 53–101.)

Romanteppich: Dieses Bild tritt häufig in der Literatur um 1900 auf. Siehe z. B. Stefan Georges Gedichtband *Der Teppich des Lebens und die Lieder von Traum und Tod mit einem Vorspiel* (1899). Thomas Mann kannte auch Heines Ballade *Der Dichter Firdusi* aus dem *Romanzero* (1851), in der es heißt, daß »An dem Webstuhl des Gedankens [...] Seines Liedes Riesenteppich« gewoben wird. Bereits Goethe wendete mit Vorliebe das Webe-Gleichnis auf den Vorgang des Dichtens an, doch findet sich bei ihm nicht das Teppichbild.

Schillers Raisonnement: Verweis auf Schillers Abhandlung *Über naive und sentimentalische Dichtung* (1797), mit der er sich über die Möglichkeiten der Dichtung in seinem

Jahrhundert (genauer gesagt: über Goethes und seine eigenen Möglichkeiten) klarzuwerden suchte. Im 20. Jahrhundert gilt die Abhandlung als Programmschrift der deutschen Klassik. Aschenbachs Essay über »Geist und Kunst« erhält durch die Erwähnung der Schillerschen Abhandlung den Nimbus eines klassischen Werkes. – Thomas Mann war seit dem Schiller-Gedenkjahr 1905, zu dem er seinen eigenen Beitrag mit der Erzählung *Schwere Stunde* geleistet hatte, stark beeindruckt von Schillers antithetischem Denken. Die Antithese »naiv-sentimentalisch« wurde von ihm für die Problematik seines eigenen Aufsatzprojektes »Geist und Kunst« übernommen. Dieses Projekt, das unvollendet blieb, hat er dann seiner Kunstfigur Aschenbach als vollendetes Werk vermacht. Aus späteren Äußerungen über Schillers Abhandlung als »diesen klassischen Essay der Deutschen, der eigentlich alle übrigen überflüssig macht, da er sie in sich enthält« (GW IX,177) läßt sich etwas von Manns Ehrgeiz erkennen, der sich mit diesem unvollendeten Projekt verband, und etwas von der Bedeutung, die er diesem Aufsatz im Werk seiner Kunstfigur zuschrieb.

zu L., einer Kreisstadt: gemeint ist Liegnitz in Niederschlesien, wie den Arbeitsnotizen zu entnehmen ist. Die Abkürzung ist dem Prinzip der Stilisierung zuzuschreiben, die an Kleists Novelle *Die Marquise von O . . .* als mögliches Vorbild denken läßt. Der Anfangsbuchstabe erinnert wohl nicht zufällig an Thomas Manns Geburtsstadt Lübeck.

Die Vermählung . . . diesen besonderen Künstler erstehen: Der Erzähler zeigt sich hier dem Dekadenzverständnis Nietzsches verbunden, wonach der Künstler auf eine Mischung von Bürgertum und Abenteurertum zurückgeht. Diese Mischung kehrt in den zahlreichen Künstlerfiguren von Thomas Manns anderen Erzählungen und Romanen wieder (s. Nicklas, 1968, S. 22). *Buddenbrooks /TK*

Da sein ganzes Wesen auf Ruhm gestellt war: Damit wird ein Zentralthema berührt, das »Problem der Künstlerwürde« (Reed). Aschenbachs späteres Verhalten ist nicht mit dem

Anspruch der Öffentlichkeit an den Berühmten vereinbar. Zum Wunsch nach Ruhm als Antrieb der »geistigen Zeugung« siehe Thomas Manns Auszüge aus Platons *Symposion* in der Übersetzung von Rudolf Kassner in den Arbeitsnotizen 17: »Ruhm und Zeugung«.

Beinahe noch Gymnasiast: Dieser Hinweis des Erzählers läßt an den jungen Hugo von Hofmannsthal (1874–1929) als weiteres Modell für die Figur des Protagonisten denken. Hofmannsthal war bereits als Gymnasiast ein anerkannter Lyriker, dessen unerhörte Begabung schon 1891 von Arthur Schnitzler und Stefan Zweig wahrgenommen wurde. Thomas Mann war Hofmannsthal seit seinem Besuch in Wien 1908 freundschaftlich verbunden. – Der Novelle mag außerdem die Beziehung zwischen Hofmannsthal und Stefan George als Anregung gedient haben. Im Herbst 1891 kam Stefan George nach Wien und warb um den Gymnasiasten Hofmannsthal als Dichter und Mitarbeiter an den *Blättern für die Kunst*. Hofmannsthal entzog sich der herrischen Werbung Georges, beteiligte sich aber an den *Blättern für die Kunst* und blieb George, den er als Dichter sehr bewunderte, bis 1906 im Briefwechsel verbunden. – Ferner gehört zum Hintergrund des *Tod in Venedig* das Maximin-Erlebnis von Stefan George. Stefan George war 1902 in München mit dem schönen und begabten Gymnasiasten Maximilian Kronberger bekannt geworden. Sein früher Tod im Jahre 1904, einen Tag nach seinem 16. Geburtstag, wurde George zum zentralen Ereignis seines Lebens und Werkes. Fortan verstand George sein Amt als Dichter vor allem als Seher und Priester, seine Dichtung als Begründung eines neuen, im platonischen Sinne verstandenen Staates. Insofern stellt Stefan George eine Gegenfigur zu Aschenbach dar.

repräsentieren: ein Wort, das für den späteren Thomas Mann im Exil gültig wurde, als er 1937 in seiner Antwort auf die Aberkennung des Doktortitels dem Dekan der Philosophischen Fakultät der Universität Bonn erklärte, daß er »weit eher zum Repräsentanten geboren [sei] als zum Märtyrer«

(Br II,10). In diesen Worten klingt etwas von dem künstlerischen Selbstbewußtsein an, das er 1911 seiner Kunstfigur
Aschenbach verliehen hatte.

Wertzeichen aus aller Herren Ländern: dieser feierlichen
Formulierung gegenüber vergleiche man die burschikose
Wendung Thomas Manns in einem Brief vom 27. Februar
1904 an seinen Bruder Heinrich: »Meine Post ist sonderbar
buntscheckig geworden« (BrH 26).

entfernt vom Banalen wie vom Exzentrischen: Hinweis auf
Aschenbachs Talent, das sich weder im Geistlos-Abgedro-
schenen ergeht noch dem Ausgefallenen oder Überspann-
ten hingibt.

Glauben des breiten Publikums: Auch hier sind autobiographische Elemente stilisiert worden. Der Riesenerfolg der
Buddenbrooks (1901) hatte Thomas Mann auf seine Position in der Öffentlichkeit aufmerksam gemacht. Er war
sich seiner öffentlichen Rolle als Schriftsteller sehr bewußt
und hat sich, im Gegensatz zu Stefan George, nicht auf die
Wirkung im Rahmen einer elitären Gruppe beschränkt.
Siehe dazu den Brief an Hermann Hesse vom 1. April 1910,
in dem er mit Geringschätzung von den Künstlern spricht,
»denen es nur um eine Coenakel-Wirkung zu tun ist« (Br
III,457), d. h. um die Wirkung der Kunst im kleinen Kreise
der Eingeweihten (lat. *cenaculum* ›Speisezimmer‹ – im
Kloster, zu dem nur die Mönche zugelassen sind).

schon als Jüngling: wiederum ein Hinweis, der an den jungen
Hugo von Hofmannsthal denken läßt.

die geöffnete Hand: ein wiederkehrendes Emblem, das für
Aschenbachs Verlust seiner ethisch-ästhetischen Haltung
steht (s. auch Schluß von Kap. 3 und 4). Wie Thomas Mann
in einem Brief vom 20. November 1946 an John Conley
berichtet, hat er dieses Emblem einem Gespräch mit Richard Beer-Hoffmann über Hugo von Hofmannsthal entnommen. Wahrscheinlicher jedoch geht es auf Goethes
Brief an Friedrich Zelter vom 24. August 1823 über sein
Marienbad-Erlebnis zurück, da ja zur Vorgeschichte des
Tod in Venedig die frühe Konzeption einer Erzählung über

»Goethe in Marienbad« gehört: »Nun aber doch das eigentlich Wunderbarste! Die ungeheure Gewalt der Musik
auf mich in diesen Tagen! Die Stimme der Milder, das
Klangreiche der Szymanowska, ja sogar die öffentlichen
Exhibitionen des hiesigen Jägerkorps falten mich auseinan-
der, wie man eine geballte Faust freundlich flach läßt« (zit.
nach Vaget, S. 171 f.; s. auch Vaget, 1975, S. 30–36, und
Heller, 1972, S. 97 f.).

sein Lieblingswort war »Durchhalten«: ein Friedrich II. von
Preußen zugeschriebenes Wort angeblich nach der Niederlage in der Schlacht bei Kunersdorf (1759) gesprochen; es
scheint jedoch eher Thomas Manns eigenem Wortschatz
zu entstammen. – Um 1905 hatte Thomas Mann einen
Friedrich-Roman geplant und zwischen 1906 und 1912 in
einem besonderen Notizbuch Auszüge und Notizen zu
diesem Projekt zusammengestellt. 1911 trat er den Stoff an
seine Kunstfigur Gustav von Aschenbach ab, wahrscheinlich in der Meinung, daß er ihn nicht mehr gestalten werde.
Doch bereits 1914 kehrte er mit seinem Aufsatz *Friedrich
und die große Koalition* zu diesem Stoff zurück (GW
X,76–135). Auch in den *Betrachtungen eines Unpolitischen*
(1918) wendete er sich unter dem Titel »Bürgerlichkeit«
erneut Friedrich II. und seinem »Ethos des Durchhaltens«
zu (GW XII,148). – Zwischen Gustav von Aschenbach
und seinem fiktiven Romanhelden Friedrich II. lassen sich
eindeutige Parallelen herstellen, nicht nur, daß beide »niemals den Müßiggang, niemals die sorglose Fahrlässigkeit
der Jugend gekannt« haben. Um so erstaunlicher erscheint
Aschenbachs späterer Müßiggang in Venedig, wo sich
dann Gelegenheit für die unerlaubte Liebesaffäre ergibt,
da, wie Thomas Mann sich aus Plutarchs *Erotikos* exzerpiert hatte, »Amor [. . .] den Müßiggang [liebt]; für solchen
nur ist er geschaffen« (Arbeitsnotiz 11).

Stürzen kalten Wassers: Parallele zur Biographie Friedrichs
II. von Preußen. Für den geplanten Friedrich-Roman hatte
sich Thomas Mann folgende Notiz festgehalten: »Das kalte
Waschen, wozu ihn als weichen Knaben sein Vater zwingt.

[...] Als Symbol für den Nutzen der antiweichen Heldenerziehung« (Notizen, S. 17).

zur Größe emporgeschichtet: Auch für Thomas Mann selbst war diese Arbeitsweise typisch: Bei der Beendigung der *Buddenbrooks* bezeichnete er den Roman in einem Brief an seinen Bruder Heinrich (27. März 1901) als ein »Werk dreijähriger Qual« (BrH 19).

seine Heimatprovinz eroberte: Anspielung auf die Schlesischen Kriege Friedrichs II. von Preußen gegen Österreich 1740–42, 1744–45 und 1756–63 (Siebenjähriger Krieg).

Aschenbach ... als ein Trotzdem dastehe: Wiederum schiebt Thomas Mann seiner literarischen Figur hier Eigenes unter: Bei der »wenig sichtbaren Stelle« handelt es sich um einen Artikel *Über den Alkohol* (1906), in dem er geschrieben hatte: »Denn wie beinahe alles Große, was dasteht, als ein Trotzdem dasteht [...].« (GW XI,718)

ein kluger Zergliederer: bezieht sich auf den Kritiker Samuel Lublinski (1868–1910). In seinem Buch *Bilanz der Moderne* (1904) hat er die Gestalt des Thomas Buddenbrook mit den Worten gekennzeichnet, die hier wörtlich wiedergegeben werden. Thomas Mann war Lublinski dankbar verbunden, denn der Kritiker hatte ihn als »schlechtweg den bedeutendsten Romandichter der Moderne« bezeichnet. – Lublinski vertrat die Position des Neoklassizismus und spielte damit eine wichtige Rolle bei der Entstehung des *Tod in Venedig* als »Anreger zu der folgenreichen Umorientierung auf das Postulat einer neuen Klassizität« (Vaget), von der Thomas Mann sich zugleich in der Figur seines Protagonisten distanzierte. Die Selbstdisziplinierung und Willensanstrengung um eine klassisch formorientierte Lebensführung wird in Aschenbachs ›Fall‹ ad absurdum geführt. Aschenbachs würdevoller »Weg zur Form« endet in der Katastrophe der Entwürdigung, der Ausschweifung und des dionysischen Rausches. Zugleich dringt Mann jedoch mit dieser Kritik zu »einer neuen, weniger einseitigen und auf Vermittlung der Gegensätze apollinisch-dionysisch bedachten Klassizität« vor, die seine

späteren Werke auszeichnet (Vaget, 1973). Dazu gehört
insbesondere die erfolgreiche Integration des Mythos nach
dem Vorbild Goethes, besonders des zweiten Teils des
Faust, an dem er die Wiederbelebung des Mythos studieren
konnte. Seine Lektüre von *Faust II* ist seit 1895 belegt und
für die Arbeitsperiode am *Tod in Venedig* anzunehmen.
(Siehe dazu Vaget, 1973.)

Sebastian-Gestalt: Sebastian, christlicher Märtyrer, nach der
Legende Offizier in der Leibgarde Diokletians, von Bo-
genschützen hingerichtet. Er gilt als Pestheiliger und Pa-
tron der Schützen. In der christlichen Kunst wird er als
schöner Jüngling, von Pfeilen durchbohrt, dargestellt.
In seiner Stockholmer Nobelpreisrede nannte Thomas
Mann den heiligen Sebastian seinen »Lieblingsheiligen«
und nahm sein Heldentum »für den deutschen Geist, die
deutsche Kunst in Anspruch« (GW XI,410).

die elegante Selbstbeherrschung ... des geborenen Betrügers:
Mit diesen Charakterisierungen werden Personen aus Thomas Manns eigenem Werk erfaßt, die nun an Aschenbach
als Figuren von dessen Werken abgetreten werden: Thomas Buddenbrook, Lorenzo de' Medici und Girolamo Savonarola aus dem Drama *Fiorenza* (1905), Prinz Klaus
Heinrich aus *Königliche Hoheit* (1909) und Felix Krull aus
der ersten Arbeitsperiode des Romans, die Thomas Mann
unterbrochen hatte, um den *Tod in Venedig* auszuführen.
Siehe dazu seinen Hinweis in einem Brief an Felix Bertaux,
den französischen Übersetzer des *Tod in Venedig*, vom
29. März 1924, wo die Rede von einer »autobiographischen
Anspielung« ist (DüD, I,421).

am Rande der Erschöpfung arbeiten: womöglich in Analogie
zur eigenen und zu Hofmannsthals Schriftsteller- und
Künstlerexistenz, wie Thomas Manns Brief vom 7. Dezember 1908 an seinen Bruder Heinrich zu entnehmen ist:
»Hofmannsthal war ebenfalls gerade vollständig kaputt
und arbeitsunfähig, als ich in Wien war. Es ist merkwürdig
wie gerade die Besten alle am Rande der Erschöpfung arbeiten« (BrH 71).

Mißgriffe/Verstöße: Wenn man autobiographisch interpretiert, wäre an Thomas Manns Drama *Fiorenza* (1905) und seine Erzählung *Wälsungenblut* (1906) zu denken.

Würde: hier nicht im Sinne von bürgerlicher Würde, sondern eher im Sinne Schillers als ethisch-ästhetische Würde zu verstehen. Siehe dazu Schillers Aufsatz *Über Anmut und Würde* (1793). Das Wort »Würde« steht bei Thomas Mann um diese Zeit im Zusammenhang mit seinen Bemühungen um eine neue Klassizität.

Psychologismus der Zeit: die Tendenz der Zeit, jede Handlungsweise psychologisch zu verstehen und damit die Moral in der Psychologie aufzulösen. Zur Kritik an der »Laxheit des Mitleidssatzes« vgl. schon *Tonio Kröger*, (GW VIII,300).

Velleität: unwirksame Willensregung, kraftloses Wünschen in ethischen Situationen (zu lat. *velle* ›wünschen‹).

daß alles verstehen alles verzeihen heiße: nach dem Roman *Corinne ou L'Italie* (1807) von Germaine Necker (Madame de Staël): »Tout comprendre c'est tout pardonner«.

Wunder der wiedergeborenen Unbefangenheit: Selbstzitat aus *Fiorenza* (1905), ausgesprochen von Savonarola (GW VIII,1064); vgl. auch Pico von Mirandolas Diktum (im selben Drama): »Die Moral ist wieder möglich« (GW VIII,987), sowie frühere Skizzen zum Drama, wo von »wiedergeborener Naivität« die Rede war, was den Begriff in die Nähe von Schillers antithetischem Begriffspaar »naiv/sentimentalisch« rückt, das Thomas Mann so beeindruckt hatte. Siehe auch die Arbeitsnotiz 27, die in Vorbereitung dieser Stelle von einer »sittlichen Naivisierung der Welt« spricht.

Meisterlichkeit und Klassizität: Damit wird das Stilideal einer »neuen Klassizität« angesprochen, das Thomas Mann unmittelbar vor der Niederschrift des *Tod in Venedig* in einem kurzen Aufsatz mit dem Titel *Auseinandersetzung mit Richard Wagner* (1911) formuliert hatte (GW X,840–842), dessen Manuskript aus dem Juni 1911 stammt und auf Briefpapier des »Grand Hotel des Bains, Lido-Venise« ge-

schrieben ist. In diesem wichtigen Text spricht Thomas
Mann in Anlehnung an Nietzsches Wagner-Kritik von der
Notwendigkeit einer »neuen Klassizität« (GW X, 842). Vaget sieht dieses neuklassische Stilideal auf den Aschenbach
vor der Venedig-Reise zurückprojiziert, doch bezeichne es
»offenbar auch noch die Ästhetik Aschenbachs in Venedig«, wie z. B. im vierten Kapitel. Zum Problem der »neu-
en Klassizität« im *Tod in Venedig* s. auch Lehnert, 1965,
S. 99–108, Heller, 1972, S. 90–93, und Vaget, 1973.

libertinischen: Adjektiv zu *Libertin* ›zügelloser, liederlicher
Mensch, Wüstling‹ (zu frz. *libertiner* ›liederlich leben,
wild, ausgelassen sein‹).

Puppenstande entwächst: vgl. dazu Thomas Manns Aufsatz
über Adelbert von Chamisso aus dem Jahre 1911, in dem es
heißt, Chamisso »beeilt sich, dem problematischen Puppenstande zu entwachsen, [...] wird als Meister verehrt.
Nur ewige Bohemiens finden das langweilig. Man kann
nicht immer interessant bleiben. Man geht an seiner Inter-
essantheit zugrunde oder man wird ein Meister« (GW
IX, 57).

Ludwig XIV: König von Frankreich (1643–1715), auch Roi
Soleil (›Sonnenkönig‹) genannt. Seine glanzvolle Repräsen-
tation des Sonnenkönigtums in dem von ihm erbauten
Schloß von Versailles wurde zum Symbol der Hofkultur
des Grand Siècle und der damit verbundenen französischen
Klassik.

Sein Kopf: Zur Beschreibung von Aschenbachs äußerer
Erscheinung benutzte Thomas Mann ein Zeitungsbild von
Gustav Mahler, das sich unter den Arbeitsnotizen (Blatt
23) befindet.

physiognomische Durchbildung: Gestaltung des Gesichtsaus-
drucks.

Repliken: Entgegnungen, Erwiderungen, Gegenreden, besonders in Gerichtsverfahren oder wie hier im Streitge-
spräch.

Voltaire: eigtl. François-Marie Arouet (1694–1778), fran-
zösischer Schriftsteller, Historiker und Philosoph, der

1750 auf Einladung Friedrichs II. von Preußen nach
Potsdam kam, wo er, der als geistreicher Gesprächspart-
ner galt, Mittelpunkt der Hofgesellschaft wurde. Doch
führten Spannungen zwischen dem Monarchen und dem
französischen Schriftsteller 1753 zum Bruch zwischen
beiden.

Drittes Kapitel

Triest: bis 1918 der Hauptseehafen Österreichs am Nordost-
ende des Adriatischen Meers. Triest gehörte seit 1832 zu
Österreich und bildete ein selbständiges österreichisches
Kronland. 1919 wurde es Italien zugesprochen.

Pola: seit 1850 der Hauptkriegshafen Österreich-Ungarns,
gelegen an der Westküste der Halbinsel Istrien; Pola war
auch als Touristenziel wegen zahlreicher römischer Altertümer beliebt. 1920 kam Pola zu Italien, 1947 wurde es an
Jugoslawien abgetreten und ist heute unter dem serbokroa-
tischen Namen Pula bekannt.

Insel der Adria: wahrscheinlich die Insel Brioni, die damals
wegen ihrer Anlagen und Seebäder als Touristenziel beliebt
war. Thomas Mann hielt sich dort auf seiner Ferienreise
1911 mit seiner Frau Katia und seinem Bruder Heinrich
auf, bevor sie, ähnlich wie die Romanfigur, nach Venedig
weiterreisten.

unfern der istrischen Küste: in der Nähe der adriatischen
Küste des österreichischen Kronlandes Istrien, heutzutage
die Provinz Kroatien in Jugoslawien.

Kriegshafen: gemeint ist Pola.

Fahrzeug italienischer Nationalität: Aschenbach hätte auch
ein Dampfboot des österreichischen Lloyd von Pola nach
Venedig nehmen können. In der Beschreibung des Erzählers zeigt sich eine gewisse Übereinstimmung mit
Aschenbachs Geringschätzung von Italien. In den Wörtern »rußig und düster« deutet sich das Moralisch-Frag-
würdige und Todbringende an, es handelt sich um »Ingre-

dienzen einer Verfallsgeschichte, die im Kontrapunkt zu
klassischem Mythos und venezianischem Glanz stehen«
(Reed).

ein ziegenbärtiger Mann: die zweite leitmotivische Figur in
der Reihe der Todesboten, die durch den ungewöhnlichen
Fremden an der Aussegnungshalle am Münchner Nordfriedhof angeführt wird (s. die Beschreibung der Wanderfigur in Kap. 1). Die Reise nach Venedig erhält dadurch den
Charakter der Unausweichlichkeit.

Physiognomie: Gesichtsausdruck.

*als besorgte er ... wankend werden | obgleich niemand mehr
da war:* typische Doppelschichtigkeit der Erzählung: Was
sich auf der realistischen Oberfläche zwanglos als Schrulle
verstehen läßt, bedeutet in der symbolischen Tiefenschicht, daß Aschenbach, und nur er, bestimmt ist, nach
Venedig zu gelangen.

Polesaner: Einwohner der Stadt Pola; von den 36 200 Einwohnern, die für 1907 vom *Bädeker* angegeben werden,
waren die Hälfte Italiener, bzw. sprachen Italienisch.

Portefeuilles: Plural zu *Portefeuille,* veraltet für ›Akten-
mappe‹ (zu frz. *portefeuille* ›Brieftasche‹).

roter Krawatte: Sowohl die Farbe als auch das Kleidungsstück besitzen erotische Bedeutung. Sie kehren leitmotivisch bei anderen Personen wieder, bei Tadzio als rote
Schleife und bei Aschenbach ebenfalls als rote Krawatte
(s. Kap. 5).

Panama: ein breitrandiger, aus den getrockneten Blättern der
Panamapalme geflochtener Hut. Leitmotivischer Hinweis
auf den Reisehut des Hermes (Petasos).

daß der Jüngling falsch war: Der Stutzer auf dem Schiff ist
eine Präfiguration Aschenbachs nach der Verjüngungskur
durch den Hotelcoiffeur (s. Kap. 5).

Karmesin: roter Farbstoff.

Ihm war, als lasse nicht alles sich ganz gewöhnlich an:
Aschenbach, der die Augen geschlossen hat, ist hier nahe
daran, von der Oberflächenebene zur mythischen Tiefenschicht durchzustoßen, wird aber durch das plötzliche Ab-

legen des Schiffes wieder in die Sphäre des vordergründig
Realen zurückgeholt.

Kollation: urspr. leichte Abendmahlzeit an Fastentagen, danach jede leichte Zwischenmahlzeit (frz. *collation* ›Zwischenmahlzeit‹).

pokulierten: zechten, viel tranken (zu lat. *poculum* ›Becher‹).

des schwermütig-enthusiastischen Dichters: August Graf von
Platen (1796–1835). Aschenbach mag an das erste seiner
Venedig-Sonette von 1824 denken: »Mein Auge ließ das
hohe Meer zurücke, / Als aus der Flut Palladios Tempel
stiegen, / An deren Staffeln sich die Wellen schmiegen, /
Die uns getragen ohne Falsch und Tücke«, dessen letztes
Terzett lautet: »Ich steig ans Land, nicht ohne Furcht und
Zagen / Da glänzt der Markusplatz im Licht der Sonne: /
Soll ich ihn wirklich zu betreten wagen?« Die bange Frage
des Sonetts läßt sich auf Aschenbachs Reise übertragen.
Der Protagonist könnte aber auch an Platens Gedicht
Tristan sich erinnern, dessen erste Verse: »Wer die Schön-
heit angeschaut mit Augen, / Ist dem Tode schon an-
heimgegeben«, sich als eine Vorausdeutung von Aschen-
bachs Schicksal lesen lassen. – Neben einem kurzen Platen-
Essay von 1926 (GW X,887 f.) hat Thomas Mann im
Jahre 1930 einen längeren Platen-Aufsatz verfaßt (GW
IX,268–281), in dem er eine Interpretation dieses Gedich-
tes vorlegte: Die Ideen von Liebe und Tod seien im *Tristan*
»auf eine Weise aneinandergebunden, die weit über das
äußerlich und sentimental Romantische hinausführt in eine
Seelenwelt, für die ebendiese geheimnisvollen Verse ›Wer
die Schönheit angeschaut mit Augen, ist dem Tode schon
anheimgegeben‹ die Ur- und Grundformel bilden, eine
Welt, in welcher der Lebensbefehl, die Gesetze des Lebens, Vernunft und Sittlichkeit nichts gelten, eine Welt
trunken hoffnungsloser Libertinage, die zugleich eine Welt
der stolzesten Form und der Todesstrenge ist und die den
Adepten lehrt, daß das Prinzip der Schönheit und Form
nicht der Sphäre des Lebens entstammt, daß seine Beziehung zu ihm höchstens die eines rigorosen und melancholi-

Apollo vs Dionysis

schen Kritizismus ist: es ist die Beziehung des Geistes zum
Leben. Liebe und Tod, diese Zusammenziehung romantischen Witzes, ist es noch nicht, was die Welt, von der ich
spreche, bestimmt. Schönheit und Tod, und daß der Pfeil
des Schönen der des Todes und ewigen Sehnsuchtsschmer-
zes ist, erst darin vollendet sich's. Tod, Schönheit, Liebe,
Ewigkeit sind die Sprachsymbole dieses zugleich platonischen und rauschvoll musikalischen Seelenwunders voll
Faszination und Verführung, von welchem unser Gedicht,
ein monoton und hoffnungslos in sich selbst zurückkeh-
rendes Zauberritornell, raunend zu künden versucht«
(GW IX, 270 f.). Diese Ausführungen aus dem Jahre 1930
lassen sich zugleich als eine Interpretation auf den *Tod in
Venedig*, der von der gleichen Thematik beherrscht ist. – Ohne falsche Diskretion erwähnt Thomas
Mann in diesem Aufsatz auch die »Grundtatsache von Platens Existenz«, nämlich »die lebensentscheidende Tatsache
seiner exklusiv homoerotischen Anlage«. Im Sinne von
Platen deutet er diese Anlage »als Unterjochung durch das
Schöne, als Dichterreinheit, Dichterweihe zum Höheren
auch in der Liebe« (GW IX, 274). Auch damit wird eine
Thematik erfaßt, die für die Novelle von 1912 von zentraler
Bedeutung ist.

Bäderinsel: der Lido bei Venedig.

Port: der Porto di Lido, Hafen an der Nordspitze des Lido.

Lagune: hier: die Laguna Venete, die durch die Kette der
Strandinseln vom Adriatischen Meer getrennt ist.

patriotisch angezogen: Im Jahre 1866 vereinigte sich Vene-
zien, das seit 1815 zu Österreich gehörte, mit dem König-
reich Italien. Die jungen Polesaner, die unter der öster-
reich-ungarischen Regierung leben, fühlen sich durch die
militärischen Trompetensignale und den Anblick der italienischen Soldaten an ihre nationale Herkunft erinnert.

Asti: italienischer Schaumwein aus den Weingebieten in der
Nähe von Asti in Piemont. Der Patriotismus der jungen
Polesaner wird durch den Hinweis des Erzählers auf den
Alkohol ironisiert.

VENEZIA

1:12.500

Bersaglieri: Plural zu *Bersagliere* ›italienischer Scharfschütze mit Filzhut und Federbusch‹ (zu ital. *bersaglio* ›Ziel‹).

Kanal von San Marco: Kanal, der durch die Laguna Venete auf die Piazza San Marco, den Markusplatz, führt. Der Markusplatz ist »der Mittelpunkt alles Lebens in Venedig«, wie es im Handbuch für Reisende von Karl Bädeker von 1906 heißt. – Bei der folgenden Beschreibung Venedigs läßt sich derselbe Realismus des Erzählstils feststellen, der auch für die Beschreibung Münchens bestimmend ist (s. Kap. 1).

Landungsplatz: Die Seedampfer gingen damals im sog. Bacino di San Marco, gegenüber der Riva degli Schiavoni, vor Anker. Von diesem Ankerplatz aus wurden die Passagiere zum Markusplatz ausgeschifft.

Republik: Seit den Anfängen seiner Geschichte war Venedig Republik.

Palastes: Damit ist der Dogenpalast, der Palazzo Ducale, gemeint, der wegen seiner gotischen Bogenhallen den Eindruck »leichter Herrlichkeit« erweckt.

Seufzerbrücke: Der »Ponte dei Sospiri« verbindet hoch über dem Kanal den Dogenpalast mit dem Gefängnis. Die Verbrecher wurden nach ihrer Verurteilung im Dogenpalast über die »Seufzerbrücke« ins Gefängnis oder zur Hinrichtung geführt.

Säulen mit Löw' und Heiligem: Es handelt sich um zwei Granitsäulen aus Syrien oder Konstantinopel, die auf der Piazzetta im Anschluß an den Markusplatz gegen die Lagune hin aufgestellt sind: auf der einen der geflügelte Löwe des Evangelisten Markus, des Schutzheiligen der Stadt Venedig, auf der anderen der alte Schutzpatron Venedigs, der heilige Theodorus auf einem Krokodil.

des Märchentempels: San Marco, die Kirche des heiligen Markus, wirkt wegen ihrer Kuppeln im byzantinischen Stil wie ein orientalischer »Märchentempel«. Mitte des 11. Jahrhunderts begann der Umbau der ursprünglich romanischen Backsteinbasilika nach dem Vorbilde der Hagia Sophia, der ehemaligen Apostelkirche zu Konstantinopel.

Der byzantinische Stil und die orientalische Pracht der Ausstattung der Kathedrale finden sich bereits im »byzantinischen Bauwerk der Aussegnungshalle« am Nördlichen Friedhof in München angekündigt (s. Kap. 1). Aschenbach hat damit das symbolische Ziel seiner Reise erreicht, wobei Venedig aufgrund seiner Geschichte und seiner Kunstschätze auf Konstantinopel bzw. Byzanz und den weiteren Orient verweist. Arthur Eloesser schrieb 1925 in der *Neuen Rundschau* zu Thomas Manns fünfzigstem Geburtstag, daß Venedig auch zu dieser Zeit noch mehr auf Byzanz und auf den Orient blicke als auf Italien: »Venedig liegt an dem Märchenmeer, das der blaugelockte Poseidon gegen Odysseus und seine Gefährten erregte, und das sie geduldig mit den Rudern schlugen. Der Schriftsteller [Aschenbach], den die Schönheit in der Bildung eines Knaben entzückt und vernichtet, konnte sich von diesem Standpunkt aus in die antike Welt zurücksinnen, die seine Leidenschaft vergeistigte, die dem Liebenden versichert, daß der Gott in ihm waltet. Der Platonische Traum gab der modernen Geschichte ein zweites Bewußtsein, eine großartige Luftspiegelung. Man sieht weit bis zu der alten Platane, zu deren Füßen die Quelle lieblichsten Wassers floß, in deren Laub die Zikaden sangen, die bis zu ihrem letzten Lied keine Nahrung brauchen, in deren Schatten sich Sokrates mit dem jungen Phaidros niederließ, um ihn über die Schönheit zu belehren. Auf diesen Elementen von Stimmung, Erlebnis, Erinnerung hat sich die Novelle ›Der Tod in Venedig‹ aufgebaut« (Eloesser, 1925, S. 615 f.).

Torweg und Riesenuhr: Der Uhrenturm oder Torre dell' Orologio bildet mit hohem Torbogen den Eingang zur Merceria, der wichtigsten Gewerbe- und Verkehrsstraße der Stadt. Auf der Plattform des Uhrenturms stehen zwei Riesen aus Bronze, welche auf einer Glocke die Stunden anschlagen.

Fallreepstreppe: an der Bordwand herablaßbare Treppe, meist aus Schiffstauen, mit Holzsprossen.

Abschiedshonneurs: Ehrenbezeigungen zum Abschied (zu frz. *honneurs* ›Ehrenerweisungen‹).

Erinnerung: Vorausdeutung auf Aschenbachs Zustand im fünften Kapitel, wo er sich einer ähnlichen kosmetischen Verjüngungskur unterzieht, wie sie der falsche Jüngling offensichtlich hinter sich hat. Das Motiv der kosmetischen Verjüngung stammt wahrscheinlich aus Goethes Novelle *Der Mann von funfzig Jahren* in *Wilhelm Meisters Wanderjahren* (1829). – Die zweideutige Figur des greisen Stutzers im *Tod in Venedig* ist ein Beispiel für die Erzählstrategie der Novelle: der falsche Jüngling gehört zugleich der Reihe der Todesboten an, die durch den ungewöhnlichen Fremden an der Aussegrungshalle am Münchner Friedhof eingeleitet wird (s. die Beschreibung der Wandererfigur in Kap. 1).

Au revoir, excusez und bon jour: (frz.) »auf Wiedersehen! Verzeihung und Guten Tag«.

Exzellenz: früher Titel von Ministern und hohen Beamten, heute von Gesandten und Botschaftern (zu lat. *excellentia* ›Erhabenheit, hervorragende Persönlichkeit‹).

schwarz, wie … Särge: Aufgrund einer Anordnung gegen Luxus aus dem 15. Jahrhundert, sind venezianische Gondeln traditionell schwarz. Der Erzähler verwendet die negativen Assoziationen zur Vorausdeutung des Todes im fünften Kapitel.

am Schnabel: am Bug der Gondel, der »Schnabel« (ital. *rostro*) genannt wird. Dort ragt ein hellebardenartiges Eisen (ital. *ferro*) empor, das etwas höher als die Gondeldecke ist und als Höhenanzeiger bei Brückendurchfahrten dient; wenn das Eisen die Brücke nicht berührt, kann also die Gondel darunter hindurchfahren. Da das Eisen schwer ist, dient es zugleich als Gegengewicht für den Ruderer, der hinten auf der Ruderplattform (ital. *poppa*) steht (*Bädeker*).

Scirocco: trockener, warmer Wind in den Mittelmeerländern, dem Föhn vergleichbar. Ein weiterer Fall des »Wetterparallelismus« (E. Lämmert): Aschenbach findet hier die-

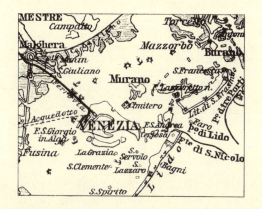

selbe Schwüle vor, der er durch die Abreise aus München
zu entgehen hoffte.

Es war ein Mann ...: Der Gondolier ist die vierte Figur in der
Reihe der Todesboten, die durch den ungewöhnlichen
Fremden an der Aussegnungshalle am Münchner Friedhof
eingeleitet wird (s. die Beschreibung der Wandererfigur in
Kap. 1). Wie oft bemerkt wurde, verweist der Gondolier
auf das mythologische Vorbild des griechischen Fähr-
manns Charon, der die Seelen über den Styx in die Unterwelt übersetzte und dafür den Lohn erhielt, der den Toten
unter die Zunge gelegt wurde. Darauf spielt die herausfor-
dernde Erklärung des Gondoliers an: »Sie werden be-
zahlen.«

Auch dieser Todesbote erscheint als Fremder (»nicht italienischen Schlages«) und mit kurz aufgeworfener Nase wie
der Wanderer am Münchner Friedhof. Der Strohhut (Petasos) ordnet ihn leitmotivisch den Hermesfigurationen zu,
aber eine Dionysos-Beziehung ist ebenfalls möglich.

Vaporetto: Stadtdampfer, der den Nahverkehr in Venedig
vermittelt (zu ital. *vaporetto* ›kleines Dampfschiff‹).

Aides: altertümliche Form für »Hades«, den Gott der Unter-

welt in der griechischen Mythologie. Thomas Mann mag
die Form »Aides« dem Buch von Erwin Rohde über *Psyche. Seelencult und Unsterblichkeitsglaube der Griechen*
entnommen haben, das zu seiner Lektüre während der Arbeit am *Tod in Venedig* gehörte. Die Form »Aides« findet
sich bei Rohde im Kapitel über den »Kultus der chthonischen Götter«: Zwar kenne auch Homer die chthonischen,
also die im Inneren der Erde hausenden Götter, »aber die
Dichtung hat sie, aller landschaftlichen Beschränkung ent-
kleidet, in ein fernes, *lebenden* Menschen unzugängliches
Höhlenreich jenseits des Okeanos entrückt. Dort walten
Aides und die schreckliche Persephoneia als Hüter der Seelen« (I,204).

unterstützt von jenem Alten: Im *Bädeker* von 1906 heißt es:
»Legt die Gondel an, so steht meist ein ›Rampino‹ mit
einem Stab bereit, um sie heranzuholen und beim Aussteigen behilflich zu sein. Verpflichtung zu einer Gabe ist nicht
da, er bedankt sich schon für 2–3 Centimes«.

ein Mann ohne Konzession: Der *Bädeker* von 1906 warnt
Reisende vor unnummerierten Gondeln. Bei etwaigen Streitigkeiten wird geraten, sich sofort an einen Schutzmann zu
wenden oder sich unter Angabe der Bootsnummer beim
Inspektor im Municipio (Rathaus) zu beschweren.

Bäder-Hotel: Dabei handelt es sich zweifellos um das – heute
noch existierende – »Grand-Hotel des Bains«, das im *Bädeker* »am Meer, 8 Min. von dem Dampfbootlandeplatz,
mit Aufzug und schönem Park« verzeichnet ist. Auch
Thomas Mann stieg in diesem Hotel ab, wie die für das
Manuskript seines Wagner-Aufsatzes (*Auseinandersetzung mit Richard Wagner*) von 1911 benutzten Briefbogen
beweisen.

So beunruhigten die Erscheinungen ... Widerspruch: Zum
wiederholten Male seit seiner Abreise von Pola wird
Aschenbach hier der schmalen Grenze zwischen der
scheinbar intakten Oberfläche der Realität und ihrer gefahrdrohenden Tiefenschicht inne.

Bonnen: deutscher Plural zu frz. *bonne* ›Kindermädchen‹.

1. Gr. Hôt. des Bains
2. Gr. Hôt. Hungaria
3. Gr. Hôt. Lido
4. H.-P. Ortolanella
5. Alb.-P. Laguna
6. H. Villa Regina

daß der Knabe vollkommen schön war: Die Unmittelbarkeit der Aussage erzielt »die Schockwirkung einer plötzlichen Offenbarung« (Reed).

Dornauszieher: antike Statuette eines sitzenden Knaben, der sich einen Dorn aus der Fußsohle zieht; am bekanntesten ist eine römische Bronzekopie aus dem 1. Jh. n. Chr. (heute im Konservatorenpalast in Rom) nach dem verschollenen griechischen Original des 3. Jh.s v. Chr.

das Schöne: Die Verwendung des Neutrums – anstatt »der Schöne« – kennzeichnet die anfänglich rein ästhetische Betrachtungsweise Aschenbachs.

Aus irgendeinem Grunde: Wiederum wird hier vom Erzähler in charakteristischer Weise auf die mythische Tiefenschicht, hier die beginnende Verführung Aschenbachs durch Tadzio, verwiesen und dieser Hinweis gleichzeitig auf der realistischen Vordergrundsebene abgefangen.

mythic background.

Phäake: In Homers *Odyssee* sind die Phäaken glückliche Bewohner der Insel Scheria. Auf seinen Irrfahrten gelangt Odysseus zu den Phäaken und wird von ihnen gastlich aufgenommen.

»Oft ... Ruhe«: *Odyssee*, 8. Buch, V. 249; Übersetzung von Johann Heinrich Voß.

ruhte die Blüte des Hauptes in unvergleichlichem Liebreiz: Die Worte bilden einen Hexameter inmitten des Prosatextes, was zur klassizistischen Intention dieser Stelle paßt. Reed erwägt außerdem die Möglichkeit, daß es sich bei diesem vereinzelten Hexameter um den Rest einer »hymnischen« Dichtung handeln könnte, die Thomas Mann zu diesem Zeitpunkte versucht, aber wohl aufgegeben hatte. Im *Gesang vom Kindchen* (1919) gibt es einen wehmütigen Rückblick auf die Zeit, da sich die Seele des Dichters »hymnisch« erhob: »es drängte der ringende Geist zum Gesange / Unter Tränen sich hin« (GW VIII,1069). Doch leider vermochte der Dichter nach eigenem Geständnis den hymnischen Ton nicht durchzuhalten, und »das trunkene Lied« wurde zur »sittlichen Fabel,« wie es im *Gesang vom Kindchen* heißt.

Eros: Gott des Liebesverlangens; in der klassischen Zeit des 4. Jh.s v. Chr. ein bevorzugter Gegenstand der griechischen Bildhauer, die Eros als schönen, unbekleideten Jüngling darstellten. In Friedrich Nösselts *Lehrbuch der griechischen und römischen Mythologie für höhere Töchterschulen*, das zu Thomas Manns Quellen gehörte, wird Eros als Sohn der Aphrodite bezeichnet: »Er war der mächtigste Gott; er bezwingt einen Jeden, seine Gewalt ist unwiderstehlich, d. i. die Liebe ist eine allgemeine, unwiderstehliche Leidenschaft. Selbst die Götter mußten seine Macht anerkennen« (S. 121).

vom gelblichen Schmelze parischen Marmors: Marmor von der griechischen Kykladeninsel Paros im ägäischen Meer, dem der Erzähler eine gelbliche Färbung zuschreibt. Der parische Marmor ist sonst als reinweißer Statuenmarmor weltberühmt.

Strohhut: Hinweis auf den Basthut (Petasos) des Hermes.
Aufgrund dieses Leitmotivs ist der Bademeister in die Reihe der Todesboten einzuordnen. Es mag sich aber auch um
ein Dionysos-Attribut handeln, den Efeukranz, übersetzt
in die moderne Realität.

Capannen: Strandhütten, deutsche Pluralform zu ital. *ca-
panna* ›Hütte, Schuppen, Badehütte, Scheune‹.

Er liebte das Meer: In dem autobiographischen Aufsatz *Süßer
Schlaf* von 1909 spricht Thomas Mann von seiner Liebe
zum Meer, welche so alt sei wie seine Liebe zum Schlaf:
»Ich habe in mir viel Indertum, viel schweres und träges
Verlangen nach jener Form oder Unform des Vollkom-
menen, welche ›Nirwana‹ oder das Nichts benannt ist«
(GW XI,336).

zum Ungegliederten, Maßlosen, Ewigen, zum Nichts: bewußte Steigerung; »Liebe zum Nichts, das heißt Liebe
zum Tod; so wie [Aschenbachs] Reiselust, seine Sehnsucht
in die Ferne nur Todesreife, seine Liebe zu Tadzio nur
Todessehnsucht sind« (Arnold Hirsch, *Der Gattungsbegriff Novelle*, Berlin 1928, S. 143).

Unwetter zorniger Verachtung: Hier macht sich etwas von
dem polnischen Nationalstolz des Knaben bemerkbar, der
mit Verachtung auf die russischen ›Feinde‹ reagiert. Seit
der Niederschlagung des Aufstands von 1830–31 zur Wie-
derherstellung der nationalen Unabhängigkeit war Polen
russische Provinz. Erst 1918 wurde es wieder ein autono-
mer Staat.

Folie: Hintergrund, von dem sich etwas abhebt.

u-Laut: Dieser u-Laut wird leitmotivisch in dem orgiasti-
schen Traum Aschenbachs kurz vor seinem Tode wieder
aufgenommen (s. Kap. 5).

die rote Masche: veraltet und auch österreichisch für
»Schleife«. Dieses schlipsartige Kleidungsstück erweist
sich im Laufe der Erzählung als ein leitmotivisches Erken-
nungszeichen zwischen Aschenbach und dem Knaben.
Dabei erhält die Farbe Rot deutlich erotische Bedeutung.
Nach der kosmetischen Verjüngung im fünften Kapitel

wird bei Aschenbachs Beschreibung seine rote Krawatte
hervorgehoben. Auch der »falsche Jüngling« auf dem
Schiff nach Venedig (s. Kap. 3) trägt eine rote Krawatte.
Bei Tadzios letztem Auftritt am Meer erscheint der Knabe
»mit roter Schleife«. Das historische Vorbild der Tadzio-
Figur, Wladyslaw Baron Moes, hat sich noch 1964 seiner
»ungewöhnlichen Kleidung« erinnert, über die sich Thomas Mann bis ins Detail ausgelassen habe, wie z. B. über
den gestreiften »Leinenanzug mit der roten Schleife«
(s. Mendelssohn, 1975, S. 873).

Jaschu: Hier handelt es sich wohl um einen polnischen Voka-
tiv zu dem Namen Jascha. Wie für Tadzio hat man auch für
Jascha ein historisches Vorbild gefunden, einen gewissen
Janek Fudakowski, einen Freund des jungen Wladyslaw
Baron Moes.

Dir aber rat' ich, Kritobulos ... Genesung: Zitat aus Xenophon, *Memorabilien des Sokrates*, Buch 1, Kap. 3. Sokrates warnt Xenophon in diesem Gespräch vor den Gefahren
der sinnlichen Schönheit, die selbst einem offensichtlich
vernünftigen Mann drohen. Insofern behandelt der Dialog
genau das Thema des *Tod in Venedig*. Kritobulos, der den
Sohn des Alkibiades geküßt hat, wird von Sokrates geraten, für ein Jahr auf Reisen zu gehen, um die Wunde des
Kusses zu heilen, der mit dem Biß der Tarantel verglichen
wird. Aschenbach ist ein »zweiter Xenophon«, der trotz
besserer Einsicht nicht dem Rat des Sokrates folgt, beim
Anblick der Schönheit die Flucht zu ergreifen. (Siehe dazu
Gustafson, 1946).

vollreife Erdbeeren: Erdbeeren gelten als Symbol erotischer
Verheißung (vgl. Kap. 5: Kurz vor dem Zusammenbruch
kauft Aschenbach »Erdbeeren, überreife und weiche
Ware«).

Tadzio: Das historische Vorbild zu dieser Gestalt hat sich
60 Jahre später zu erkennen gegeben: Wladyslaw Baron
Moes, der zur Zeit des Lido-Aufenthalts, als Thomas
Mann ihn sah, 14 Jahre alt war. (Vgl. Mendelssohn, 1975,
S. 869–873.) Die Verwechslung von »Wladzio« mit »Tad-

zio« ist durch einen Brief von Olga Meerson aufgeklärt,
der sich unter den Arbeitsnotizen befindet. Olga Meerson,
eine russische Malerin und spätere Frau von Thomas
Manns Schwager Heinz Pringsheim, hatte briefliche Auskunft über den nur akustisch aufgenommenen Namen
»Adgio« oder »Adgiu« gegeben und dabei erklärt, daß es
sich entweder um »Tadeusz« oder »Wladislaw« gehandelt
haben könne, deren Rufform »Tadzio« beziehungsweise
»Wladzio« sei: »aber Tadeusz ist viel schöner« (s. Arbeitsnotiz 3).

antönenden Gesang: Tadzios Anblick wird für Aschenbach
zur dichterischen Inspiration eines »in seinem Innern antönenden Gesangs«.

der die Schönheit hat: Platon, *Phaidros* 251E, in der Übersetzung von Rudolf Kassner. Von hier an beginnt der Einfluß
der griechischen Philosophie im Text spürbar zu werden.

mit Anmut gekrönten Wortes: s. dazu Arbeitsnotiz 25, die
zum Teil aus Zitaten aus der *Odyssee* besteht. Wichtig für
diese Textstelle ist *Odyssee*, Buch 8, V. 169–174: »Denn
wie mancher erscheint in unansehnlicher Bildung; / Aber
es krönet Gott die Worte mit Schönheit; und alle / Schaun
mit Entzücken auf ihn; er redet sicher und treffend, / Und
durchgeht er die Stadt, wie ein Himmlischer wird er betrachtet. / Mancher andere scheint den Unsterblichen ähnlich an Bildung; / Aber seinen Worten gebricht die krönende Anmut.«

Nobilitierung: Noch einmal wird hervorgehoben, wie
Aschenbachs »ganzes Wesen auf Ruhm gestellt« ist (s.
Kap. 2).

Tadzio's Zähne: Aufgrund seiner schlechten Zähne ist Tadzio
mit der Reihe der leitmotivischen Todesboten verbunden,
ist auch er »nur eine Gestalt in dem Totentanz, der den
alternden Künstler umspielt« (Arnold Hirsch, *Der Gattungsbegriff Novelle*, Berlin 1928, S. 139).

Gefühl der Genugtuung: Ohne einen Makel läßt sich das
Vollkommene nicht ertragen. Vgl. auch Savonarolas Erlebnis mit dem »großen Vogel, schön, frech und stark« in

Thomas Manns Drama *Fiorenza*. Der Anblick des Vogels erregt in Savonarola den »heißen Wunsch« und »ungeheuren Willen«, ihm die »großen Flügel« zu brechen (GW VIII,1061).

San Marco: die Anlegestelle der Stadtdampferlinie am Markusplatz (Piazza San Marco).

Eine widerliche Schwüle: »Wetterparallelismus« (E. Lämmert), der den »abscheulichen Zustand«, in dem sich Aschenbach befindet, wiedergibt und die Verbindung von »Erregung und Erschlaffung«, der er zunehmend verfällt, erklärt. Sie lähmt Aschenbachs Verstand und Willenskraft (s. Nicklas, 1968, S. 148–150).

Auf stillem Platz: an ihn wird Aschenbach am Schluß der Novelle, Tadzio folgend, zurückkehren (s. Kap. 5).

Es fügte sich: eine jener Formulierungen, die als Zufall erscheinen läßt, was doch in Wahrheit Bestimmung ist.

des Aufbrechenden: die Form des substantivierten Adjektivs, die von hier ab häufiger zur Bezeichnung von Aschenbach verwendet wird, dient dazu, den »Fall« Aschenbach als »überpersönlich-repräsentativ« darzustellen (Reed).

den Großen Kanal hinauf: der Große Kanal oder Canal Grande, »die Haupt-Pulsader Venedigs, 3,8 km lang, durchschnittlich 70 m breit und 5 m tief, durchschneidet die Stadt von SO nach NW in einer schönen Bogenlinie (in der Form eines umgekehrten S)« (*Bädeker*).

Piazzetta: Die Piazzetta (der »kleine Platz«) verbindet die Lagune bzw. den Kanal von San Marco mit dem Markusplatz. Sie wird östlich begrenzt vom Dogenpalast, auf den der Ausdruck »in fürstlicher Anmut« indirekt anspielt.

Flucht der Paläste: An beiden Seiten des Großen Kanals »erheben sich prächtige alte Adelspaläste«, wie der *Bädeker* von 1906 berichtet. Für die Fahrt von der Piazzetta bis zum Bahnhof (Stazione della Strada ferrata) zählt der *Bädeker* nahezu siebzig und gibt den folgenden Touristenratschlag: »Wer auch nur einen flüchtigen Eindruck der bemerkenswerten Paläste bewahren will, wird mindestens

eine Stunde zur Durchfahrt brauchen. Der Gondoliere
nennt die Namen.«

des Rialto prächtig gespannter Marmorbogen: Rialto-Brücke
oder Ponte di Rialto, »ein Marmorbogen von 27,7 m Spannung und 7,5 m Höhe, in der Mitte des Kanals, mit zwei
Reihen Buden, bis 1854 die einzige Verbindung zwischen
der östlichen und westlichen Hälfte Venedigs« (*Bädeker*).

Harm/Weh/Seelennot: s. Arbeitsnotiz 25, die einen Einblick
in Thomas Manns kompositorische Kleinarbeit vermitteln.

Unterdessen nähert: Übergang ins Präsens zur Hervorhe-
bung der Dramatik.

Como: Provinzhauptstadt des damaligen Königreichs Italien,
an der Südwestspitze des Comer Sees, nahe der schweizeri-
schen Grenze gelegen. Beliebtes Touristenziel, da der Comer See nach *Bädeker* »vielen als der schönste der westlichen Seen« gilt.

Bagage: (frz.) ›Gepäck‹.

Suade: Redeschwall (zu lat. *suada* ›Beredsamkeit, Redefluß‹).

automobiler Omnibus: Damals wurde das Wort »Omnibus«
auch für Pferdewagen benutzt, die eine größere Anzahl
von Personen gewerbsmäßig beförderten; zur Kennzeichnung eines Omnibusses mit Benzinmotor war das Adjektiv
»automobil« erforderlich. Der *Bädeker* von 1906 gibt ausdrücklich eine Pferdebahn für den Lido an, die von der
Landungsbrücke in 8 Minuten quer über die Insel zum
Meeresstrande führte.

Pas de chance, Monsieur: (frz.) »Kein Glück, mein Herr«.

der Flüchtling: In der ironischen Metapher kündigt sich eine
Distanzierung des Erzählers vom Protagonisten an. Zugleich aber »lauert dahinter die Bedeutung, daß A[schen-
bach] unwissentlich einem Schicksal hatte entfliehen wollen, in dessen Ablauf er jetzt endgültig verstrickt ist. Damit
wird er tatsächlich zum ›Flüchtling‹ aus dem Bereich ver-
nünftiger Lebensführung, zu der er mit der beabsichtigten
Abreise zurückzukehren versuchte« (Reed).

Wahrheit seines Herzens: Aschenbach gesteht sich den
Grund seiner Rückkehr in das Hotel auf dem Lido ein. Er

wird sich bewußt, daß er sich auf »ein spätes Abenteuer des Gefühls« (s. Kap. 3) eingelassen hat. Die lässige Gebärde am Ende des Kapitels deutet die Ergebung in sein Schicksal an.

Viertes Kapitel

Nun lenkte Tag für Tag ...: Mit diesen Worten setzt das »antikisierende Kapitel« (Th. Mann) der Erzählung ein, das dem Autor besonders gelungen schien (s. Brief an Heinrich Mann vom 2. April 1912). Hier wird nicht nur das klassische Bildungsgut Aschenbachs und Thomas Manns konzentriert zur Schau gestellt, sondern hier erfolgt der Versuch der Steigerung des privaten Erlebnisses ins Platonisch-Ideale. Die zuvor angekündigten »mythischen Vorstellungen« bestimmen die Auffassungsweise und Sublimierungsversuche des Protagonisten.

der Gott: der Sonnengott Helios. In Friedrich Nössels *Mythologie,* die zu Thomas Manns Quellen gehörte, wird Helios »mit einem goldenen Helm« geschildert, »mit blitzendem Auge, den Kopf mit glänzenden Strahlen und hellleuchtenden Locken umgeben. Seine Schwestern waren *Eos* und *Aurora,* die Morgenröthe, und *Selene* oder *Luna,* der Mond. Er wohnte mit der Eos am Ostrande der Erde [...]. Von hier fährt er jeden Morgen, nachdem die rosenfingrige Eos die Thore geöffnet hat, auf einen goldenen, von vier feurigen Rossen gezogenen Wagen stehend, in schräger Richtung zum Himmel hinauf. Am Abend lenkt er am Westrande in den Okeanos hinab, wo er die Sonnenrosse abkühlt« (S. 170).

Pontos: (griech.) das Meer. Pontos gilt in der griechischen Mythologie als das innere, mittelländische Meer im Gegensatz zu Okeanos, dem breiten Strom, »welcher um die Erdscheibe floß, ohne Anfang und ohne Ende« (s. Nössel, S. 8).

Möglichkeiten lieblichen Zufalls: Möglichkeiten, Tadzio zu begegnen.

erinnerte er sich seines Landsitzes … Fichten schwangen: Hier
wird ein Bild nordischer Mythologie beschworen, das im
Kontrast zu dem folgenden Bild der griechischen Mythologie steht. Die Raben, die Aschenbach füttert und die ihn
»in den Wipfeln der Fichten« schwingen, erinnern an
Odin-Wotan, der mit Raben auf seinen Schultern beschrieben wird. Die Schilderung von Aschenbachs Landsitz zeigt
deutlich, wie hier der Realismus der Beschreibung durch
den mythologischen Verweis eine zweite Dimension erhält, so daß die Darstellung doppelschichtig wird. (Siehe
dazu Gronicka, 1956.)

Dann schien es ihm wohl … ins elysische Land: leicht abgewandeltes Zitat aus Homers *Odyssee* (IV,563–568), nach
der Übersetzung bei Rhode, *Psyche* (s. Arbeitsnotiz 8).
Die Schilderung dieses elysischen Zustandes aus der *Odyssee* steht im Gegensatz zu dem vorangegangenen Bild der
nordischen Mythologie, das Aschenbachs Herkunft und
Heimat bezeichnet. (Siehe dazu Gronicka, 1956.) Das elysische Land bezeichnet das entfernteste Land der Erde, am
Okeanos, »ein Land unter ewig heiterem Himmel, gleich
dem Götterlande. […] Dorthin werden dereinst die Götter ›senden‹ den Menelaos: er wird nicht sterben (V. 562),
d. h. er wird lebendig dorthin gelangen, auch dort den Tod
nicht erleiden. Wohin er entsendet werden soll, das ist
nicht etwa ein Theil des Reiches des Hades, sondern ein
Land auf der Oberfläche der Erde, zum Aufenthalt bestimmt nicht abgeschiedenen Seelen, sondern Menschen,
deren Seelen sich von ihrem sichtbaren Ich nicht getrennt
haben: denn nur so können sie eben Gefühl und Genuß des
Lebens (V. 565) haben. Es ist das volle Gegentheil von einer
seligen Unsterblichkeit der Seele in ihrem Sonderdasein,
was hier die Phantasie sich ausmalt« (Rohde I,69).

frohes Erschrecken: Nach Platons *Phaidros* (250A) besteht die
Wirkung des Schönen auf den Beobachter im Erschrecken
(s. Arbeitsnotiz 17).

Muscheln, … Krebse: Auch hier verfällt der Prosaerzähler in
den Rhythmus des Hexameters.

zu dem Geringeren, Dienenden: Verwendung des substantivierten Adjektivs, das vom Ende des dritten Kapitels ab
immer häufiger auftritt (s. oben S. 44, Anm. zu »des Aufbrechenden«).

Welch eine Zucht ... den Menschen darstellte: Erlebte Rede
wird hier zum Nachvollzug eines für Platons Philosophie
typischen Gedankenganges von der Erscheinung zur Idee
verwendet.

nüchterner Leidenschaft voll: s. dazu Arbeitsnotiz 18.

Standbild: Tadzio wird von Aschenbach wie ein antikes griechisches Standbild gesehen: »Die Beschreibung seines
Körpers ist die Schilderung einer griechischen Statue mit
Stand- und Spielbein« (Arnold Hirsch, *Der Gattungsbegriff Novelle*, Berlin 1928, S. 139). Winckelmanns Beschreibung der griechischen Altertümer in den Villen und
Palästen Roms scheint Thomas Mann als stilistisches Vorbild gedient zu haben.

glaubte er mit diesem Blick das Schöne selbst zu begreifen: zur
Frage, inwieweit Aschenbach hier noch platonischer Lehre
folgt, s. Schmidt (1974): »Aschenbach setzt, den platonischen Chorismos überbrückend und das Einzelne und die
Idee zur Deckung bringend, das Schöne und Tadzio gleich
und hat sich implizit damit schon des Dranges begeben,
aufzusteigen, vom Körper fort zum Geist zu gelangen.
[...] Aschenbach ist und bleibt auch in seiner Beziehung
zu dem schönen Knaben Künstler. Ist ihm nun schon der
Knabe das Schöne, so wird der Künstler an ihm hangen
bleiben wollen, wird er nicht wie der Philosoph den Körper verlassen und zu den Ideen aufsteigen wollen.« (S. 169)
Im Gegensatz zu anderen Forschern erscheint der zitierte
Satz Schmidt deshalb »als radikalste Umkehrung des Platonismus« (S. 170).

Stand nicht geschrieben: Anspielung auf Plutarch, *Erotikos*
765A. Siehe ferner Arbeitsnotiz 12.

der Enthusiasmierte: der vom Enthusiasmus Bewegte, d. h.
der von der »Einwohnung der Gottheit« Bewegte (zu

griech. *entheos* ›voll von Gott‹). Zur Etymologie s. Arbeitsnotiz 11.

Sonnenglast: Sonnenglanz (*Glast* oberdt. und poetisch ›Glanz‹).

ein reizendes Bild: Die im folgenden geschilderte Szenerie geht auf Platons *Phaidros* (230B) zurück. Es handelt sich um den klassischen Locus amoenus mit Baum, Bach und Rasen. (Vgl. Berger, 1971).

Keuschbaumblüten: Keuschbaum: ein der Weide ähnlicher Baum, dessen Früchte als Mittel zur Herabsetzung des Geschlechtstriebes angewandt wurden.

Acheloos: Sohn des Okeanos und der Thetis, der große Flußgott schlechthin.

lagerten zwei: Sokrates und Phaidros. In dieser Szene vollzieht sich Aschenbachs Identifikation mit Sokrates. Wie dieser möchte er einen Jüngling lieben und von ihm geliebt werden (s. Sommerhage, 1983, S. 90–97). Vgl. im fünften Kapitel den Traum von der dionysischen Kultfeier und den Traum auf den Stufen der Zisterne, ebenfalls eine Sokrates-Identifikation.

der Weise beim Liebenswürdigen: Reed verweist dazu auf die Schlußzeilen von Hölderlins Gedicht *Sokrates und Alkibiades*: »Und es neigen die Weisen / Oft am Ende zu Schönem sich«, sowie auf Thomas Manns Brief vom 4. Juli 1920 an Carl Maria Weber, wo »dieses schönsten Liebesgedichtes der Welt« gedacht und die erste Zeile der Schlußstrophe zitiert wird: »Wer das Tiefste *gedacht*, liebt das *Lebendigste*« (Br I,179).

belehrte Sokrates den Phaidros: vgl. zum folgenden Platon, *Phaidros* 250A–252A, sowie Thomas Manns Arbeitsnotiz 14 und 17.

Semele: eine sterbliche Geliebte des Zeus, die durch den unmittelbaren Anblick seiner göttlichen Erscheinung verbrannt wurde. Semeles Tod wird ausführlich in Friedrich Nösselts *Mythologie*, die Thomas Mann als Quelle diente, beschrieben (S. 36 f.). Siehe Arbeitsnotiz 6.

daß der Liebende ... im andern: nach Platons *Gastmahl*

p 54

(180A): »Göttlicher nämlich ist der Liebende als der Geliebte, der Gott ist ja in ihm.«

Gedanke, der ganz Gefühl: nach Reed ein Anklang an die
Schlußverse von Platens Venedig-Epigramm *Rückblick*:
»es wird in der Seele des zärtlichen Schwärmers / Jedes
Gefühl Sehnsucht, jeder Gedanke Gefühl«.

Zwar liebt Eros ... geschaffen: eine Zeile des Euripideischen
Dramenfragments *Danaë*, die in Plutarchs *Erotikos* (757A)
zitiert wird. Thomas Mann hatte sich diese Stelle exzerpiert
(s. Arbeitsnotiz 11).

des Heimgesuchten: substantiviertes Adjektiv, das vom
Erzähler mit deutlicher Distanz und Kritik zur Bezeichnung von Aschenbach gewählt wird. Diese Kritik verstärkt
sich im folgenden mit Bezeichnungen wie »der Starrsinni-
ge«, »der Verrückte«, »der Betörte«, »der Verwirrte«, »der
Verirrte«, »der Verurteilte« und schließlich »der Hinabge-
sunkene«. Hier wird Aschenbach als der vom Eros Heim-
gesuchte charakterisiert. (Siehe Nicklas, 1968, S. 90.)

seine Schönheit ins Geistige zu tragen: Aschenbach versucht
hier im Akt des Schreibens die Lehre Platos zu verwirkli-
chen, daß nur Eros allein den Weg zur absoluten Schönheit
zu weisen vermag. Siehe dazu Arbeitsnotiz 20: »Nur der
glänzt in der Kunst, den Eros unterweist. [...] Eros ist
immer in ihm gewesen. Tadzio war immer sein König.
Auch seine Liebe zum Ruhm war Eros.«

den troischen Hirten: Ganymed, der um seiner Schönheit
willen von Zeus in Gestalt eines Adlers auf den Olymp
getragen und zum Mundschenken der Götter gemacht
wurde. Siehe Arbeitsnotiz 9, die deutlich darauf hinweist,
daß Thomas Mann das *Lehrbuch der griechischen und römischen Mythologie* von Friedrich Nösselt als Quelle benutzt hat. Bei Nösselt wird Ganymed als Liebling des Zeus
bezeichnet: Er war »ein Sohn des Troas, Königs von Troja,
und so schön, daß ihn Zeus in den Himmel zu versetzen
beschloß. Als einst der Knabe die Heerden seines Vaters
auf dem Berge Ida weidete, senkte sich Zeus in der Gestalt
eines großen Adlers herab, und trug ihn sanft schwe-

bend zu den Wolken hinauf. Von nun an lebte er im Himmel in Gesellschaft der Götter, und schenkte ihnen bei der Tafel die Becher voll Wein.« (S. 41).

jene anderthalb Seiten erlesener Prosa: Anspielung auf die »Meisterlichkeit und Klassizität«, die Aschenbachs Werke aus seiner reifen Periode auszeichneten (s. Kap. 2). Als autobiographisches Modell ist hier an Thomas Manns Aufsatz *Auseinandersetzung mit Richard Wagner* zu denken, den er 1911 in Venedig schrieb. Die Handschrift ist auf Briefbogen des »Grand-Hotels des Bains, Lido-Venise« überliefert. Hans Rudolf Vaget hat diesem Aufsatz 1973 eine zentrale Stelle in Manns Leben und Werk zugewiesen.

zeugender Verkehr des Geistes: Übernahme eines Gedankens aus Platons *Gastmahl,* wonach das Zeugen im Leibe von einem geistigen Zeugen unterschieden wird (s. Arbeitsnotiz 17). In *Platons Gastmahl in deutscher Übertragung* von Rudolf Kassner heißt es: »Wer im Leibe zeugen will, den zieht es zum Weibe hin. [. . .] Neben diesem aber leben jene anderen, welche lieber in den Seelen das, was die Seele empfangen und gebären soll, die Einsicht und Tugend zeugen wollen. Und in diesem Sinne sind alle Dichter Zeuger« (S. 60). Die Textstelle deutet auf die von Aschenbach vertretene Auffassung, daß sich intellektuelle Produktion in den Formen sexueller Zeugung vollziehen kann. Aschenbach ergibt sich der Selbsttäuschung, »jene anderthalb Seiten erlesener Prosa« in Hingebung an die körperliche Schönheit Tadzios geschaffen zu haben.

als ob sein Gewissen . . . Klage führe: Obwohl Aschenbach glaubt, sich in seiner Beziehung zu Tadzio ›platonisch‹ zu verhalten, läßt sein Gewissen diese Selbsttäuschung nicht zu. Selbst das Gelingen seiner »kleinen Abhandlung« vermag sein Gewissen nicht zu beschwichtigen.

erreicht ihn: Übergang ins Präsens, um die Unmittelbarkeit des Vorgangs hervorzuheben.

Jedoch war es zu spät?: Intervention des Erzählers, der sich von diesem Punkt an deutlich von Aschenbach distanziert. Im weiteren Verlauf der Erzählung entwickelt sich diese

Distanz des Erzählers zu einer Kritik an Aschenbach, die
aber nicht mit Thomas Manns Haltung gleichzusetzen ist.
(Siehe Cohn, 1983, S. 229.)

Zucht und Zügellosigkeit: Anknüpfung an Nietzsches Be-
griffe des Apollinischen und Dionysischen aus der *Geburt
der Tragödie* (1872).

Denn heilsame Ernüchterung ... Zügellosigkeit: Kommentar
des Erzählers, der sich damit vom Protagonisten distanziert. (Siehe Cohn, 1983.)

Aschenbach war zur Selbstkritik nicht mehr aufgelegt: Dies
zeigt Aschenbachs Entschluß, nicht mehr geheilt werden
zu wollen. Es handelt sich um ein altes Motiv der Liebes-
dichtung, wie es z. B. in Goethes Elegie *Amyntas* themati-
siert ist, deren letzter Vers lautet: »Wer sich der Liebe
vertraut, hält er sein Leben zu Rat?«

bestürzt ... zu Boden drückt: Zitat aus Plutarchs *Erotikos*
762F. Siehe Arbeitsnotiz 12.

Eos: griechische Göttin der Morgenröte. Zu Eos, ihrem
Gemahl und ihren »Jünglingsentführungen« siehe Arbeitsnotizen 8 und 9. In Friedrich Nössels *Mythologie* wird sie
als Schwester des Helios bezeichnet, als ihr Gatte wird
Asträos oder auch Tithonos genannt: »Da sie ihn zärtlich
liebte, so bat sie den Zeus, ihm Unsterblichkeit zu verlei-
hen. Zeus gewährte die Bitte; da sie aber vergessen hatte,
ihm zugleich ewige Jugend zu erflehen, so wurde er endlich
so alt, schwach und häßlich, daß ihre Liebe zu ihm täglich
mehr schwand.« (S. 165)

Kleitos, ... Kephalos, ... Orion: Jünglingsfiguren der griechischen Mythologie, die von Eos geraubt und verführt wurden. Siehe Arbeitsnotiz 8.

Rosenstreuen: abgeleitet von dem stehenden Beiwort der Eos
bei Homer: »die rosenfingrige Eos«, in der Übersetzung
von Johann Heinrich Voß.

des Bruders heilige Renner: die Pferde von Helios' Sonnen-
wagen, auf dem die Sonne während des Tages von Osten
nach Westen über den Erdkreis gezogen wird (s. oben
S. 46, Anm. zu »der Gott«).

Aber der Tag ...: Der folgende Abschnitt verwirklicht den Gedanken einer »seligen Belebtheit der Natur«, wie es in Arbeitsnotiz 9 heißt, in Form der griechischen Mythologie.

die Rosse Poseidons ... Stiere: Die Rosse und Stiere des Poseidon entsprechen verschiedenen Wellenformen des Meeres. In Nösselts *Mythologie* heißt es, daß Poseidon die Stürme herbeiruft, »daß sie das Meer aufregen, und unermeßliche Wogen sich aufthürmen« (S. 53).

dem Bläulichgelockten: bläulichgelockt: homerisches Beiwort für den Meeresgott Poseidon. In Nösselts Mythologie werden seine Haare als schwarz beschrieben, »ins Blaue spielend«, und in »vollen Locken« herabhängend (S. 56).

voll panischen Lebens: ein Leben, beherrscht von dem griechischen Gott Pan, der der gesamten Natur innewohnt. In Nösselts *Mythologie* wird Pan in demselben Kapitel wie Dionysos oder Bacchos behandelt (S. 136–138). Es könnte sich hier um eine versteckte Vorankündigung des Dionysos im fünften Kapitel handeln.

Hyakinthos: von Apollo und Zephyr geliebter Jüngling. Aus Liebe zu Hyakinthos vergaß Apollo, sich um das Orakel von Delphi zu kümmern, sein Instrument, die Kithara, zu spielen und seine Waffe, den Bogen, bereitzuhalten. Aus Eifersucht lenkte Zephyr die Diskusscheibe des selbst- und pflichtvergessenen Apoll auf Hyakinthos, so daß sie den Jüngling erschlug. Die Hyazinthe ist aus dem Blut des schönen Jünglings entstanden (dazu ausführlich in Nösselts *Mythologie*, S. 155 f.) Siehe auch Arbeitsnotiz 9.

Seltsamer, heikler ...: Übergang vom Standpunkt des Protagonisten zu dem des Erzählers.

daß das Wort ... nicht wiederzugeben vermag: Dahinter verbirgt sich das schon von Schiller in *Kallias oder über die Schönheit* (Brief vom 28. Februar 1793, Schlußabschnitte) behandelte Problem, inwiefern die abstrakten Zeichen der Sprache überhaupt fähig sind, konkrete Dinge auszudrücken.

Narziß: Wie die Figur der griechischen Mythologie ihr Spie-

gelbild im Wasser zu küssen versucht, so erblickt hier der
lächelnde Tadzio sein Spiegelbild im Gesicht des Liebenden (Vaget). »Er sieht seine Schönheit in ihren Wirkungen«, notiert sich Thomas Mann für seine Novelle (s. Arbeitsnotiz 2).

mit hängenden Armen: Ähnlich passiv-überwältigt wurde
Aschenbach schon am Ende des dritten Kapitels geschildert.

»Ich liebe dich!«: Mit diesem Bekenntnis greift der Erzähler
ein gewagtes Thema auf, gewagt sowohl für seine Zeit als
auch für die Autobiographie des Autors. – In Presse, Öffentlichkeit und Justiz des wilhelminischen Deutschland
kam es Anfang des 20. Jahrhunderts zu einer Reihe von
aufsehenerregenden Denunziationen wegen (angeblicher)
Homosexualität, die prominenten Figuren Leben oder
Karriere kosteten. Wegen Enthüllungen über »Krupp in
Capri« im sozialdemokratischen *Vorwärts* beging Friedrich Alfred Krupp 1902 Selbstmord, der in der Öffentlichkeit durch die Begräbnisrede Kaiser Wilhelms II. vertuscht
wurde. Vier Jahre später stellte Maximilian Harden
(1861–1927), ein Anhänger des von Kaiser Wilhelm II. ver-
abschiedeten Bismarck, in seiner Zeitschrift *Die Zukunft*
die Behauptung einer Verschwörung von Homosexuellen
und Päderasten aus der nächsten Umgebung des Kaisers
auf, um den Monarchen und seine Politik zu diskreditie-
ren. Im Mittelpunkt der Diskussion stand Fürst Philipp zu
Eulenburg (1847–1921), ein enger Freund des Kaisers und
deutscher Botschafter in Wien von 1894 bis 1902. Der Kaiser ließ Eulenburg nach dieser Kompromittierung fallen.
Es kam zu einem Gerichtsverfahren gegen den Fürsten, der
zum Meineid getrieben worden war, doch wegen Erkrankung des Angeklagten erfolgte kein Urteil. Wegen seiner
Veröffentlichung sah sich Harden zwischen 1907 und 1909
in mehrere Verleumdungsprozesse verwickelt. In der damit verbundenen Kampagne der konservativen Presse gegen Harden erhielt der Publizist jedoch die Unterstützung
der liberalen Schriftsteller seiner Zeit. Thomas Mann, der

sich 1907 im Berliner *Morgen* für ihn eingesetzt hatte –
seine Stimme war allerdings weniger ein Votum für Harden
als eines für die Pressefreiheit –, war also mit der negativen
Reaktion der Öffentlichkeit auf das Thema Homosexualität vertraut.

Weder die Gründung des »Wissenschaftlich-humanitären
Komitees« zur Abschaffung der Strafbarkeit der Homosexualität noch die Veröffentlichung des *Jahrbuchs für sexuelle Zwischenstufen*, seit 1899 herausgegeben von Dr.
Magnus Hirschfeld, hatten die Einstellung der Öffentlichkeit zu ändern vermocht. Lediglich in intellektuellen und
künstlerischen Kreisen läßt sich in dieser Hinsicht um 1912
eine Veränderung des Zeitklimas feststellen. Die Bemühungen des »Wissenschaftlich-humanitären Komitees« um
eine Strafrechtsreform wurden von zahlreichen Schriftstellern wie Gerhart Hauptmann, Rainer Maria Rilke, Hermann Hesse, Thomas und Heinrich Mann, Stefan Zweig
und Arthur Schnitzler durch Unterschriften unterstützt.
Eine Reihe wichtiger Veröffentlichungen führte zur öffentlichen Diskussion der Problematik. Dazu gehörten die
Schriften von Hans Blüher (*Die deutsche Wandervogelbe-
wegung als erotisches Phänomen*, 1912; *Die Rolle der Erotik in der männlichen Gesellschaft*, 2. Bde., 1917–19) und
Magnus Hirschfeld (*Die Homosexualität des Mannes und
des Weibes*, 1914). – Auf literarischem Gebiet trug vor
allem der George-Kreis, der in jeder Hinsicht seine Oppo-
sition zum wilhelminischen Zeitalter bezeugte, zu einer
Neukonzeption der männlichen Erotik in der Nachfolge
von Antike und Renaissance bei. So heißt es im *Jahrbuch
für die geistige Bewegung*, das den *Blättern für die Kunst*
nahestand und von Friedrich Gundolf und Friedrich Wol-
ters herausgegeben wurde, mit deutlichem Bezug auf die
zeitgenössische Diskussion, von der man sich jedoch gleichzeitig elitär distanzierte: »Wir fragen nicht danach ob des
Schillerschen Don Carlos hingabe an Posa, des Goethe-
schen Ferdinand an Egmont, der leidenschaftliche enthusiasmus des Jean Paulischen Emanuel für Viktor, Roquai-

rols für Albano irgend etwas zu tun hat mit einem hexen-
hammerischen gesetzesabschnitt oder einer läppischen me-
dizinischen einreihung: vielmehr haben wir immer geglaubt in diesen beziehungen ein wesentlich bildendes der
ganzen deutschen kultur zu finden. Ohne diesen Eros halten wir jede erziehung für blosses geschäft oder geschwätz
und damit jeden weg zu höherer kultur für versperrt«
(Bd. 3, 1912, S. VI f.). Im Mittelpunkt des Jahrbuchs stan-
den Stefan George und sein Werk. Das Vorwort von 1912
nimmt indirekt Bezug auf Georges Maximin-Erlebnis, seine Begegnung mit dem schönen und begabten Gymnasiasten Maximilian Kronberger, der 1904 in München einen
Tag nach seinem 16. Geburtstag gestorben war. George
hatte seinem Andenken 1907 ein Buch gewidmet und in
dem Gedichtband *Der siebente Ring* im Mittelstück unter
dem Titel »Maximin« eine Reihe von Gedichten zusammengestellt. Als George 1909 die Umdichtung von Shakespeares *Sonetten* erscheinen ließ, stellte er ihnen eine Einleitung voraus, aus der man entnehmen kann, wie der
Dichter sein Maximin-Erlebnis verstanden wissen wollte.
Dabei lassen sich deutlich Parallelen zu Aschenbachs Tad-
zio-Erlebnis feststellen. In seiner Einleitung zu den Sonetten spricht George von der »anbetung vor der schönheit«
und dem »glühenden verewigungsdrang« und erklärt: »Im
mittelpunkte der sonnettenfolge steht in allen lagen und
stufen die leidenschaftliche hingabe des dichters an seinen
freund. Dies hat man hinzunehmen auch wo man nicht
versteht und es ist gleich töricht mit tadeln wie mit rettun-
gen zu beflecken was einer der grössten Irdischen für gut
befand. Zumal verstofflichte und verhirnlichte zeitalter haben kein recht an diesem punkt worte zu machen da sie
nicht einmal etwas ahnen können von der weltschaffenden
kraft der übergeschlechtlichen Liebe.« Es ist in diesem Zusammenhang von Bedeutung, daß George zum *Tod in Venedig* kritisch geäußert hat, daß dort »das Höchste in die
Sphäre des Verfalls gezogen« sei (Br I, 179). – Autobiographisch hat sich Thomas Mann in einem bekenntnishaften

Brief vom 4. Juli 1920 an den Schriftsteller Carl Maria
Weber hinsichtlich der gewagten Thematik, wie er selbst
sagte, »verraten«, indem er erklärte, daß er die homose-
xuelle Gefühlsart ehre, »weil sie fast notwendig – mit viel
mehr Notwendigkeit jedenfalls, als die ›normale‹ – *Geist*
hat«. Er hätte diese Gefühlsart im *Tod in Venedig* keineswegs »verneinen oder sie [...] verleugnen wollen«, denn
sie sei ihm, er dürfe es sagen, »kaum bedingter Weise«
zugänglich (Br I,176). Er sei zwar »Familiensohn und Fa-
milienvater von Instinkt und Überzeugung«. Doch wenn
vom »Erotischen, vom unbürgerlichen, geistig-sinnlichen
Abenteuer« die Rede sein solle, stellten die Dinge sich ein
wenig anders dar: »Das Problem des Erotischen, ja das
Problem der Schönheit scheint mir beschlossen in dem
Spannungsverhältnis von Leben und Geist.« »Zwei Wel-
ten«, wie er in einem Selbstzitat aus den *Betrachtungen
eines Unpolitischen* erklärte, »deren Beziehung erotisch ist,
ohne daß die Geschlechtspolarität deutlich wäre, ohne daß
die eine das männliche, die andere das weibliche Prinzip
darstellte: das sind Leben und Geist. *Darum gibt es zwischen ihnen keine Vereinigung, sondern nur die kurze, be-
rauschende Illusion der Vereinigung und Verständigung,
eine ewige Spannung ohne Lösung [...]. Es ist das Problem
der Schönheit*, daß der Geist das Leben, das Leben aber den
Geist als ›Schönheit‹ empfindet« (Br I,178 f.).

In seinem Aufsatz *Über die Ehe* von 1925 hat er noch
einmal zur Homoerotik Stellung genommen, die gegenwärtig »eine gewisse zeitklimatische Gunst« genieße: »Tatsächlich ist über eine Gefühlszone, aus der das Mediceer-
Grabmal und der David [des Michelangelo], die Venezianischen Sonette [Platens] und die Pathétique in h-moll [von
Tschaikowsky] hervorgegangen sind, nicht gut schimpfen
oder spotten« (GW X,196). In bezug auf Platens berühmte
Tristan-Verse (»Wer die Schönheit angeschaut mit Augen /
Ist dem Tode schon anheimgegeben«) erklärte Thomas
Mann, daß sie »die Ur- und Grundformel alles Ästhetizis-
mus« bildeten und die Homoerotik »mit Fug und Recht

[...] erotischer Ästhetizismus zu nennen« sei. Er fügte
hinzu, daß ihr damit *sittlich* ihr Urteil gesprochen sei: »Es
ist kein Segen bei ihr, als der der Schönheit, und das ist ein
Todessegen.« Thomas Mann bezeichnete die Homoerotik
weiterhin als L'art pour l'art, »was ästhetisch recht stolz
und frei sein mag, doch ohne Zweifel unmoralisch ist«
(GW X, 197). Im Hinblick auf den *Tod in Venedig* erwähnte er in diesem Zusammenhang die »Abwendung von der
Idee der Familie und Geschlechtsverewigung«, die »Auflösung der Lebenszucht« und die »›Heimkehr‹ in die orgia-
stische Freiheit des Individualismus«. Aschenbach sei ein
»Flüchtling [...] der Lebenszucht und Sittlichkeit«, ein
»Dionysier des Todes«. Es handele sich dabei um eine Verfassung, erklärte er, auf die er sich selbst mit einem Teil
seines Wesens beizeiten verstanden habe (GW X,200). –
Nicht zuletzt liegt im *Tod in Venedig* auch stilistisch ein
»Wagnis« vor, wie Fritz Martini in einer ausführlichen Interpretation der letzten fünf Absätze des vierten Kapitels
gezeigt hat: »Dieses banale ›Ich liebe dich‹ ist, gerade in
seiner Einfalt, ein großes stilistisches Wagnis, die höchste
Gipfelung der Pointe« (1961, S. 222).

Fünftes Kapitel

Frequenz: hier: Besucherzahl.

Übel: Bezeichnend ist die Verwendung dieses Wortes, das
sowohl Krankheit, Leiden als auch etwas Moralisch-
Schlechtes, Schlimmes, Böses bedeutet.

Manie: Trieb, Sucht, leidenschaftliche Liebhaberei. Die Verwendung des Wortes soll hier an die griechische Wurzel
des Wortes erinnern: *mania* ›Wahnsinn‹. Bei den Griechen
bezeichnet das Wort, wie sich Thomas Mann notierte, einen »Zustand der Überwältigung des selbstbewußten Geistes, der *Besessenheit* durch fremde Gewalten« und ge-
winnt »als religiöse Erscheinung weitreichende Bedeutung« (s. Arbeitsnotiz 8). Diese Definitionen sind zum Teil

wörtlich aus Erwin Rohdes *Psyche* (II,4) übernommen. Aschenbach soll hier nicht nur im alltäglichen Sinne als unkontrolliert erscheinen, sondern zugleich in der antiken, religiösen Bedeutung als der vom Eros Besessene.

Abgott: Reed hat auf die absteigende Linie der Bezeichnungen für Tadzio aufmerksam gemacht. Auf den gottähnlich bewunderten Knaben, dem »Andacht und Studium« galten, im dritten folgt die Bezeichnung »Idol« im vierten Kapitel, worauf Tadzio im fünften als »Abgott« charakterisiert wird. Ähnlich wird die Bezeichnung »das Schöne« im dritten Kapitel zuerst durch »der Schöne« im vierten, dann durch »das Begehrte« im fünften ersetzt.

Arom: unter französischem Einfluß (frz. *arome*) verkürzte Form von »Aroma«.

süßlich-offizinellen: offizinell: arzneilich, als Heilmittel anerkannt (zu lat. *officina* ›Werkstätte‹, im engeren Sinne: Arbeitsraum einer Apotheke).

des gastrischen Systems: das Magensystem betreffend, zu ihm gehörig, von ihm ausgehend (zu griech. *gaster* ›Unterleib‹).

Amethystgeschmeiden: Amethyst: Halbedelstein von violetter Farbe, Abart des Quarzes.

Denn der Leidenschaft ist ... hoffen kann: eindeutige Verurteilung des Protagonisten durch den Erzähler (s. Cohn, 1983).

mit seinem eigensten Geheimnis verschmolz: Aschenbachs geheime Leidenschaft wird hier von ihm selbst mit der Epidemie in Verbindung gebracht. Sein Verhalten unterscheidet sich nicht von dem der Behörden, die die akute Gefahr der Epidemie zum Schutz der Touristenindustrie beschönigen. Auch Aschenbach ist aus Eigennutz – wenn auch nicht finanziellem, sondern erotischem – darum besorgt, »daß Tadzio abreisen könnte«. Es heißt deutlich, daß er seinen rücksichtslosen Eigennutz »erkannte«, wenn auch der Euphemismus »nicht ohne Entsetzen« zu seiner Entschuldigung angeschlossen wird.

des Schönen: s. o., Anm. zu »Abgott«.

auf zerklüftetem Mosaikboden: Der Fußboden besteht aus

Steinmosaiken des 12. Jahrhunderts, die deutliche Spuren
der Abnützung aufweisen.

Pracht des morgenländischen Tempels: nochmaliger Verweis
auf die »orientalische Pracht der Ausstattung«, auf die auch
der *Bädeker* hinweist. In der Novelle herrscht noch die
traditionelle europäische Auffassung des Orients als Ort
der »Üppigkeit« und Dekadenz. Aschenbachs »Fall« wird
deutlich als ein Verfallen an den Orient dargestellt. Erst
später, in den Josephsromanen, gelingt es Thomas Mann,
sich von dieser Auffassung des Orients zu lösen.

Merceria: die wichtigste Gewerbe- und Verkehrsstraße der
Stadt, die vom Markusplatz zur Rialtobrücke führt.

Garküchen: Speisewirtschaften

des Dämons: vgl. Arbeitsnotiz 9.

So glitt und schwankte er: Aschenbachs Bewegung auf dem
Wasser schildert der Erzähler mit Worten, die deutlich
einen moralischen Nebensinn anklingen lassen.

Der Ruf des Gondoliers: Der *Bädeker* verweist ausdrücklich
auf die eigentümlichen Zurufe der Gondoliere, bevor sie
um eine Ecke biegen.

Arabische Fensterumrahmungen: wiederum ein Motiv des
Orientalismus, der die Erzählperspektive bestimmt.

halb Märchen, halb Fremdenfalle: Die Formulierung versucht, die historisch-orientalische Attraktion der Stadt mit
der Wirklichkeit der Tourismusindustrie des 20. Jahrhunderts zu verbinden.

schwelgerisch aufwucherte: vgl. Arbeitsnotiz 25.

Klänge [...], die wiegen und buhlerisch einlullen: Anspielung
auf die Musik Richard Wagners, der 1883 in Venedig gestorben ist.

er spähte ungezügelter aus: absoluter Komparativ; das Ende
einer Motivkette, die von der »Selbstzucht« und dem »ge-
zügelten Gefühl« im ersten Kapitel über die »Instinktver-
schmelzung von Zucht und Zügellosigkeit« im vierten zum
Ungezügelten führt.

an des Schönen Zimmertür: Die kurz angedeutete Szene verweist auf Plutarchs *Erotikos* (759B) als Quelle, wo die »Ra-

serei der Liebe« u. a. mit der Nachtwache vor der Tür des Geliebten veranschaulicht wird (s. Arbeitsnotiz 11).

natürliche Verdienste: eine Formulierung, die auf Goethes paradoxe, doch charakteristische Prägung »angeborene Verdienste« aus *Dichtung und Wahrheit* zurückzugehen scheint.

bei den tapfersten Völkern vorzüglich in Ansehen gestanden: s. dazu Plutarch, *Erotikos* 761A sowie Arbeitsnotiz 12.

nicht zur Schande: s. dazu Platons *Gastmahl* 182E (in Rudolf Kassners Übersetzung S. 17 f.) sowie Arbeitsnotiz 14.

der welschen Behörden: welsch: pejoratives Adjektiv, zu »Welschland«: Italien, Spanien oder Frankreich (aus mhd. *wel(hi)sch* ›romanisch, französisch, italienisch‹).

Schleicher: Freundlichkeit vortäuschender Mensch, Heuchler. Trotz der zweideutigen Situation, in der er sich selbst befindet, zögert Aschenbach nicht, dem Geschäftsführer einen Hinterhalt zu legen, um ihn moralisch zu kompromittieren.

quinkelierende Geige: quinkelieren: von nd. *quinkeleren* ›zwitschern, trillern, flöten‹.

falsettierenden Tenor: Falsettstimme: durch Brustresonanz verstärkte Kopfstimme der Männer (auch »Fistelstimme«).

das eigentliche Talent: Kurz vor seinem Ende wird Aschenbach mit einer Parodie seiner selbst konfrontiert »in Form eines Künstlers, der die Würde nie angestrebt hat« (Reed). Vgl. dagegen Thomas Manns Ausführungen zum Thema »Komödiant« in Arbeitsnotiz 29. – Entsprechend der Mehrdeutigkeit der Erzählung gehört der Bänkelsänger gleichzeitig in die Reihe der Todesboten, die mit der mythischen Wanderfigur am Münchner Nordfriedhof eingeleitet wird.

Bariton-Buffo: Sänger einer komischen Opernrolle in der Mittellage der Männerstimmen.

Granatapfelsaft: in der griechischen Mythologie ein Todessymbol; Persephone ist dem Hades verfallen, als sie vom Granatapfel gegessen, den ihr der Gott der Unterwelt gegeben hat.

Gürtelanzug: wiederum ein ikonographisches Attribut des Hermes, der sogenannte Chiton, der in seiner modernen Abwandlung zum ersten Mal bei der mythischen Wandererfigur am Münchner Nordfriedhof auffällt.

die Füße gekreuzt: Nach Lessing (*Wie die Alten den Tod gebildet*) sind die gekreuzten Füße kennzeichnend für die Darstellung der Figur des Todes in der Antike.

der Gitarrist: gehört wie der Wanderer am Münchner Nordfriedhof und der Gondolier in Venedig in die Reihe der Todesboten. Die Ähnlichkeiten im Äußeren zu seinen beiden ›Vorgängern‹ sind auffallend: er ist rothaarig, hager, stumpfnasig, entblößt seine Zähne beim Lachen, hat einen großen Adamsapfel, zwei Furchen zwischen den Brauen und scheint »nicht venezianischen Schlages«, also fremd zu sein. In einigen Details, so der »schlüpfrig im Mundwinkel« spielenden Zunge, erinnert er auch an den greisen Stutzer während der Überfahrt von Pola.

Karbolgeruchs: Karbol: damals am häufigsten verwendetes Desinfektionsmittel, auch unter dem Namen Phenol bekannt.

Hohngelächter: »Nicht ein Straßensänger, der Tod selbst bricht in den verzerrt tobenden, grauenvollen Jubel aus, der das sichere Opfer begrüßt« (Arnold Hirsch, *Der Gattungsbegriff Novelle*, Berlin 1928, S. 138). Das Motiv der Verhöhnung des tragischen Opfers nimmt Thomas Mann im *Doktor Faust* (1947) bei der Beschreibung von Adrian Leverkühns Oratorium »Apocalipsis cum figuris« (s. GW VI,501 f.) wieder auf (Reed).

als richte er Verhalten und Miene nach der des anderen: Hier wird auf eine geistig-erzieherische Verbindung zwischen Tadzio und Aschenbach verwiesen, wie sie nach der platonischen Lehre zwischen dem Geliebten und dessen Liebhaber bestehen sollte (Reed).

Sanduhr: Seit der mißglückten Abreise hat Aschenbach gegen seine frühere Gewohnheit völlig ohne Tageseinteilung gelebt. Jetzt verweist die Sanduhr auf Vergänglichkeit und Bemessenheit der Lebenszeit.

Clerk: (engl.) ›Angestellter‹.

Seit mehreren Jahren schon ...: Im folgenden Absatz werden Thomas Manns Aufzeichnungen zur Cholera asiatica aus den Arbeitsnotizen 22 in komprimierter Form verwendet. – Die Wege der indischen Cholera sind zum Teil identisch mit den Wegen des Dionysos, auf dem auch durch den Verweis auf den »kauernden Tiger« angespielt wird (s. unten). Thomas Mann mag zu dieser Analogie durch eine Bemerkung in Erwin Rohdes *Psyche* angeregt worden sein, wo von der Unwiderstehlichkeit und der allgemeinen Ausbreitung der dionysischen Religion berichtet wird. Diese Berichte ließen, heißt es dort, »an die Erscheinungen solcher religiösen Epidemien denken, deren manche auch in neueren Zeiten bisweilen ganze Länder überfluthet hat. Man mag sich namentlich der Berichte von der gewaltsam sich verbreitenden Tanzwut erinnern, die bald nach den schweren körperlichen und seelischen Erschütterungen, mit denen der ›schwarze Tod‹ im 14. Jahrhundert Europa heimgesucht hatte, am Rhein ausbrach und Jahrhunderte lang sich nicht ganz beschwichtigen ließ« (II,42). – Die (falsche) Annahme, daß Indien die Heimat des Dionysos-Kults sei, hat Thomas Mann wahrscheinlich aus Nietzsches *Geburt der Tragödie* übernommen (s. § 20).

mit dem mephitischen Odem: mit üblem Geruch, Gestank (zu lat. *mephitis* ›schädliche Ausdünstung der Erde‹, auch personifiziert als Schutzgöttin gegen Malaria). Aufschlußreich ist die Verbindung des Wortes im Lateinischen zu einer endemisch auftretenden Infektionskrankheit, die gewisse Ähnlichkeiten zur Cholera aufweist.

Tiger: Leitmotivisch taucht hier die Vision des Tigers aus dem ersten Kapitel wieder auf. Der Tiger ist Aschenbach »in übertragenem Sinne auf halbem Wege entgegengekommen« (Reed). Sowohl bei Nietzsche als auch in Nösselts *Mythologie* wird darauf verwiesen, daß der Tiger zu Dionysos gehört: »Mit Blumen und Kränzen ist der Wagen des Dionysos überschüttet: unter seinem Joche schreiten Panther und Tiger« (Nietzsche, *Die Geburt der Tragödie*, § 1).

Astrachan: Stadt an der Mündung der Wolga ins Kaspische Meer.

Toulon und Malaga: Hafenstädte in Frankreich und Spanien.

Kalabrien und Apulien: südliche und südöstliche Provinzen Italiens.

Vibrionen: begeißelte Kommabakterien, wie hier die Erreger der Cholera (zu nlat. *vibrio* ›Krankheitserreger mit vibrierender Bewegung‹).

Tenazität: Hartnäckigkeit, Ausdauer (zu lat. *tenacitas*); hier: Widerstandsfähigkeit.

»die trockene«: In seinen Aufzeichnungen hat Thomas Mann auch die sog. »trockene Cholera« (Cholera sicca) angeführt, eine besonders gefährliche Form, bei der die »wasserähnlichen Ausleerungen« gänzlich fehlen, »weil der gelähmte Darmkanal die in ihm ausgeschwitzten Stoffe nicht auszutreiben vermag« (Arbeitsnotiz 22).

Ospedale civico: (ital.) Bürgerhospital, städtisches Krankenhaus.

San Michele: diente seit 1813 als Friedhof von Venedig.

die gewerbsmäßige Liederlichkeit: ein weiterer Aspekt des Orientalismus, in europäischer Sicht wird dem Orient ausschweifende bzw. »gewerbsmäßige« Sexualität zugeschrieben.

Werkzeug einer höhnischen Gottheit: Tadzio als Werkzeug des Dionysos (Vaget).

wer außer sich ist, ... in sich zu gehen: Das Wortspiel gibt die Bedeutung des griechischen Wortes *ekstasis* ›Austritt, Ausdehnung Erweiterung‹ wieder. Es handelt sich hier um die »Ekstasis« im Rauschzustand. Diese Ekstasis ist ein »Austritt« der Seele aus ihrem Leib, »ein vorübergehender Wahnsinn«, wie Thomas Mann in Erwin Rohdes *Psyche* (II,19) nachlesen konnte. Das Wortspiel läßt sich zugleich auf Platons Beschreibung der Wirkung der Schönheit zurückführen, die Thomas Mann aus *Phaidros* (250A) bekannt war, wie die Arbeitsnotiz 18 belegt.

eines weißen Bauwerks, ... jener seltsamen Wanderergestalt: In der Erinnerung wird die Szene am »byzantinischen Bau-

werk der Aussegnungshalle« des Nördlichen Friedhofs in
München beschworen, die mit der mythischen Wanderer-
figur Aschenbachs abenteuerliche Reise »ins Weite und
Fremde« einleitete.

einen furchtbaren Traum: Dieser Traum steht im Gegensatz
zu den Platon-Stellen des vierten Kapitels. Zwischen diesen beiden Abschnitten zeigt sich die Spannung, die zwischen dem Apollinischen und dem Dionysischen besteht.
Während in Aschenbachs Phaidros-Dialog der apollinische
Geist zum Ausdruck kommt, erfolgt im großen Traum der
Durchbruch der dionysischen Kräfte. Apollo, der Gott der
Erkenntnis und des Maßes, und Dionysos, der Gott des
Rausches, werden von Nietzsche in den ersten Kapiteln
der *Geburt der Tragödie* zu seiner berühmten Unterschei-
dung des Apollinischen und des Dionysischen herangezo-
gen. Hermann Kurzke (1985, S. 124) hat dafür das folgende
Schema aufgestellt:

Apollinisch	Dionysisch
Plastik	Musik
Gehen, Sprechen	Tanzen, Singen
Traum	Rausch
Form	Unform
Vertrauen auf principium individuationis	Zerbrechen des p. i.
Raum und Zeit	Ewigkeit
Kausalität	heiliger Wahnsinn
Selbstgewißheit	Selbstvergessenheit
Nüchternheit	Verzückung
illusionäre Sicherheit	Grausen
das maßvolle und kontempla-tive Leben des Erkennenden	das glühende Leben diony-sischer Schwärmer

Zur Beschreibung der Traumorgie s. Erwin Rohdes *Psyche*
II,5–22. 38–52; dazu Lehnert, 1965, S. 109–117); s. auch
Arbeitsnotiz 8. Nach Vaget sind darüber hinaus wohl auch
Reminiszenzen an das Tiroler Bacchanal in Heinrich Hei-

nes Essay »*Die Götter im Exil*« (1853) verarbeitet worden
(s. dazu Volkmar Hansen, *Thomas Manns Heine-Rezeption*, Hamburg 1975, S. 155–157). Bei Nösselt konnte
Thomas Mann unter dem Titel »Dionysos oder Bacchos«
nachlesen: »In seinem Gefolge war eine Menge trunkener
Männer und Weiber, oder, wie die Dichter es zarter aus-
drückten, begeistert durch seine Segnungen: Mänaden, Si-
lenen und Satyrn, die laut jauchzend vor und hinter ihm
herzogen. Die Weiber besonders, die *Mänaden* und *Bac-
chantinen*, überließen sich einer ungezügelten Begeisterung. Ihr wild umherfliegendes Haar war mit Schlangen
durchwunden, die Stirn mit Epheu und Weinlaub geschmückt, um die Schulter hing das Fell einer Hindin, und
in der Hand schwangen sie den *Thyrsos*. [...] ›Evan!
Evoë!‹ riefen sie laut, und sprangen jauchzend .um ihn
[Dionysos] her, während eine wilde Musik von Flöten,
Pauken und Klappern ertönte. Er selbst, der Gott, saß auf
einem Triumphwagen, den Löwen, Tiger, Luchse oder
Parder zogen.« (S. 130)

gezogenen u-Laut: Dieses »Geheul im gezogenen u-Laut« ist
nicht bei Rohde belegt, der nur von »gellendem Jauchzen«
spricht (*Psyche* II,9). Vielleicht bezieht sich der Erzähler
damit auf den bekannten »Io«-Schrei der Dionysos-An-
hänger. Auf jeden Fall ist die Übereinstimmung mit dem
u-Laut im Vokativ von Tadziu zu beachten (s. Kap. 3).

»*Der fremde Gott!*«: Diese Bezeichnung erscheint als Name
des Dionysos weder in Nietzsches *Geburt der Tragödie*
noch in Rohdes *Psyche*, doch Rohde nimmt ausführlich
Bezug auf die fremde Herkunft des Dionysos, und Nietzsche spricht von dem »unbekannten Gott«. Nach Rohdes
Ausführungen müßte dem homerischen Griechen alles
fremd gewesen sein, »was einem Aufregungscult nach der
Art der dionysischen Orgien [...] ähnlich sähe. [...] Den-
noch [...] weckten die enthusiastischen Klänge dieses
Gottesdienstes im Herzen vieler Griechen einen aus tiefem
Innern antwortenden Widerhall; aus allem Fremdartigen
muss ihnen doch ein verwandter Ton entgegengeschlagen

sein« (II,22). Rohde berichtet ferner von »Kämpfen und Widerstand gegen den fremden und fremdartigen Cult« (II,40). Den von ihm angeführten Sagen und Erzählungen liegt als Voraussetzung die historische Tatsache zugrunde, »daß der dionysische Cult aus der Fremde und als ein Fremdes in Griechenland eingedrungen sei« (II,41). In diesen Formulierungen von Rohde konnte Thomas Mann Anhalt für seine Prägung finden. Ebenso bei Nietzsche. Aufgrund zahlreicher Entsprechungen hat Manfred Dierks bei Aschenbachs Traumbegegnung mit dem »fremden Gott« auf die Euripides-Tragödie der *Bakchen* als Typisierungsmuster geschlossen. Pentheus, der Protagonist der Tragödie, der dem fremden Kult des Dionysos Widerstand leistet, verfällt dem bakchischen Wahnsinn und bezahlt seinen Widerstand mit dem Tode. Nach dieser Deutung stellt Aschenbach einen von Dionysos abgefallenen Apollon-Diener dar, an dem sich der »fremde Gott« rächt. Thomas Mann hat das mythisch typisierende *Bakchen*-Muster wahrscheinlich auf dem Umweg über Nietzsches *Geburt der Tragödie* (§ 12) rezipiert (s. Dierks, 1972, S. 18–37).

Und die Begeisterten heulten: Wie Josef Hofmiller bereits in seiner Rezension von 1913 bemerkte, verwendet der Erzähler immer ausschließlicher den Daktylus: »Plötzlich stehen vollständige oder fast vollständige Hexameter da«. Hofmiller zählt 22 solcher Zeilen an dieser Stelle.

Aber die Frau im Perlenschmuck ... auf dieser Insel zurückbleiben: Auch an dieser Stelle bemerkte Hofmiller bereits 1913 einen vollständigen Hexameter, zwei Hexameteranfänge und einen Hexameterschluß.

Im Frisiermantel ...: Im folgenden wird Aschenbach in den Zustand jenes stutzerhaften Greises versetzt, der ihm auf der Seereise nach Venedig begegnete und sich »geneigter Erinnerung« empfahl. Dasselbe Karmin, das Aschenbach an dem falschen Jüngling auffiel, schmückt jetzt seine eigenen Wangen. Das Motiv ist aus Goethes Novelle *Der Mann von funfzig Jahren* übernommen, zeigt dort aber entgegengesetzte Wirkung: Der alternde Liebhaber wird sich anläßlich der kosmetischen Verjüngung seiner Verirrung bewußt, denn ein kariöser Zahn erinnert ihn an sein wahres Alter. Bezeichnenderweise kommt auch der Coiffeur auf die Zähne zu sprechen.

Seine Krawatte war rot: Die rote Farbe ist sowohl ein Signal der erotischen Bereitschaft als auch ein Symbol der erotischen Verheißung. Aschenbachs Krawatte hat jetzt dieselbe Farbe wie die des greisen Gecks und wie dieser trägt er einen »Strohhut mit einem mehrfarbigen Bande umwunden« – ein Dionysos-Symbol, das dem Efeukranz des Gottes entspricht (s. Kap. 1).

Lauwarmer Sturmwind: Wetterparallelismus zur inneren Stimmung des Protagonisten.

Windgeister üblen Geschlechts: sogenannte Harpyien, zu denen sich Thomas Mann aus Vergils *Äneis* und Rohdes *Psyche* (I, 72 ff. 248) Auszüge gemacht hatte. Siehe Arbeitsnotiz 7 und 8.

Erdbeeren, überreife und weiche Ware: wiederum ein erotisches Symbol, das durch die Qualitäten der Überreife und Weichheit einen zusätzlich negativen Inhalt bekommt. Dieser negative Inhalt des Symbols wird realistisch aufgewogen durch die Tatsache, daß Aschenbach durch die Erdbeeren mit Cholera infiziert wird. In der Arbeitsnotiz 24 hatte sich Thomas Mann aufgezeichnet, daß die Krankheit leicht durch infizierte Waren erkrankter Gemüsehändler oder Milchverkäuferinnen ausbricht.

Zisterne: unterirdischer, gemauerter Brunnen bzw. Behälter zum Speichern von Regenwasser (aus lat. *cisterna*).

seltsamer Traumlogik: Zur Klärung der Frage, ob sich Aschenbachs Gedanken wirklich als »seltsame Traumlogik« abtun lassen, verweist Reed unter anderem auf die aufschlußreiche Formulierung auf dem Yale-Einzelblatt 31: »Erkenntnis bei der Zisterne«. Auch für Dorrit Cohn ist der folgende imaginäre Dialog ein »Augenblick der Wahrheit«, eine weitsichtige, wenn auch hoffnungslose Diagnose der Künstlerproblematik und des Künstlerschicksals. Aschenbach gesteht seine Niederlage auf dem

platonischen Wege zum Absoluten ein und verurteilt seine
früheren pädagogischen Bemühungen als Selbsttäuschung.
Nach Cohn übernimmt der Dialog die Funktion der Anagnorisis in der griechischen Tragödie: das plötzliche
Durchschauen des Tatbestandes. Aschenbachs tragische
Erkenntnis übersteige die Fassungskraft des Erzählers,
dessen Ironie sich gegen sich selbst wende. Mit Hilfe
der Beschränktheit des Erzählers werde dem Leser »*die
Tragödie des Meistertums*« vermittelt, wie Thomas Mann
es in einem Brief vom 6. September 1915 an Elisabeth
Zimmer (Br I,123) formulierte. (Siehe Cohn, 1983, S. 236
bis 239.)

Denn die Schönheit, Phaidros, …: In einem inneren Monolog, der an Platons *Phaidros* (250D) anknüpft, wird das
Verhältnis des Menschen zur Schönheit diskutiert. Siehe
auch Arbeitsnotiz 6 und 19. In einer Leseanweisung hat
Thomas Mann bestätigt, »die Anrede an Phaidros für den
Kern des Ganzen [zu] erachten« (Br I,123).

unsere Sehnsucht muß Liebe bleiben: Diese Formulierung
basiert auf einem Auszug aus Georg Lukács' Aufsatz über
Sehnsucht und Form: Charles-Louis Philippe, der zuerst in
der *Neuen Rundschau* (Februar 1911) und dann in *Die
Seele und die Formen* (Berlin 1911) erschien. Bei Lukács
lautet der Satz: »Im Leben muß die Sehnsucht Liebe bleiben« (S. 203; s. dazu Judith Marcus-Tar, *Thomas Mann
und Georg Lukács. Beziehung, Einfluß und »Repräsentative Gegensätzlichkeit«,* Köln/Wien 1982, S. 27–38, sowie
ferner Arbeitsnotiz 4).

Georg Lukács, der seinen ungarischen Adelstitel 1918
beim Eintritt in die kommunistische Partei ablegte, stand
als Kritiker Thomas Mann zeit seines Lebens positiv gegenüber und hat sich in seinem Aufsatz *Auf der Suche nach
dem Bürger* (1945) sehr verständnisvoll über den *Tod in
Venedig* geäußert. Daß eine Beziehung zwischen seinem
Frühwerk und der Novelle besteht, habe er aber erst viel
später bemerkt, erklärte Lukács 1971 in einem Gespräch
(s. Marcus-Tar, S. 38).

Uns Dichter, … wir vermögen nicht, uns aufzuschwingen:
Diese Formulierung basiert ebenfalls auf einem Satz aus
dem oben genannten Aufsatz von Lukács: »Aber den Menschen und Dichtern wird ein solcher Aufschwung immer
versagt bleiben« (S. 203).

Herbstlichkeit: Wetterparallelismus, der auf den herannahen-
den Tod des Protagonisten hinweist.

photographischer Apparat: Mit dem »dreibeinigen Stativ« des
verlassenen Photoapparats wird auf den Dreifuß des Apoll
angespielt, der nach Aschenbachs Hinwendung zum
Dionysischen »herrenlos« geworden ist, allerdings nur
»scheinbar herrenlos«, denn die apollinische Kunst des Erzählers ist nicht aufgegeben. Er ist weiterhin Herr seiner
Kunst. Das apollinische Symbol steht im Kontrast zu
Aschenbachs dionysischem Untergang. Die apollinische
Perspektive des photographischen Apparates hält sozusagen seinen Untergang objektiv fest.

mit roter Schleife: Zum letzten Mal tritt Tadzio mit diesem
Zeichen der erotischen Verheißung auf, das Aschenbach
bei einem der ersten Auftritte des Knaben im dritten Kapitel aufgefallen war.

Am Rande der Flut: Zum letzten Mal wird das Motiv Fest-
land–Wasser herausgestellt mit den Assoziationen von Venedig als Wasserstadt, Willensunterwanderung durch »das
nachgiebige Element« und Strandleben als »Kultur am
Rande des Elementes«. Die Arbeitsnotiz 4 gibt einen wichtigen Hinweis auf die intendierte Bedeutung dieser Stelle:
»Die Würde rettet allein der Tod«.

Psychagog: Seelenführer in die Unterwelt (zu griech. *psyche*
›Lebensatem, Lebenskraft, Seele‹ und *agogos* ›führend,
Führer‹); Beiname des Hermes. Siehe dazu Thomas Manns
Arbeitsnotiz 11.

voranschwebe: Daß Hermes den Sterbenden nicht vorangeht,
sondern voranschwebt, ist nach Vaget möglicherweise auf
Goethes *Faust II* zurückzuführen: »Alles deckte sich
schon / Rings mit Nebel umher. [...] Siehst Du nichts?
Schwebt nicht etwa gar / Hermes voran?« (V. 9110–17.)

ins Verheißungsvoll-Ungeheure: Daß diese Geste als erotisches Signal zu verstehen sei, wird von Reed und Vaget
durch den Verweis auf eine teilweise gleichlautende Formulierung in Thomas Manns *Felix Krull* begründet. Die
Stelle erscheint in dem frühesten, kurz vor dem *Tod in
Venedig* geschriebenen Teil des Romans. Es ist dort von
Prostituierten die Rede, die ihre Kunden »ins Verhei-
ßungsvoll-Ungewisse« locken, als erwarte sie »dort ein un-
geheures, nie gekostetes und grenzenloses Vergnügen«
(GW VII,376). Andererseits kann es sich ebensogut um ein
sinnverwandeltes Selbstzitat des Autors handeln. Was im
Felix Krull frivol scherzhaft gemeint war, ist im *Tod in
Venedig* tief ernsthaft zu verstehen, ohne daß die in Platons
Sinne erotische Bedeutung der Geste verleugnet zu werden
braucht. Der Schluß der Novelle beruht implizit auf Dioti-
mas Worten an Sokrates in Platons *Gastmahl*, die sich im
Auszug in der Arbeitsnotiz 16 finden.

II. Thomas Manns Arbeitsnotizen

Bearbeitet von T. J. Reed

Die Arbeitsnotizen zum *Tod in Venedig* liegen im Zürcher Thomas-Mann-Archiv, als Handschrift Mp XI 13e/1–30. Die Bezifferung 1–30, zurückgehend auf die nach Thomas Manns Tod vorgefundene Ordnung der Manuskriptblätter, wurde im Druck beibehalten. Die Zürcher Handschrift umfaßt:

1 Umschlag, beschriftet »Der Tod in Venedig«,
21 Blätter, oktav,
5 Blätter, oktav, gefaltet,
1 Blatt, oktav, gefaltet, von fremder Hand beschrieben (= Bl. 3),
2 Zeitungsausschnitte.

Hinzu kommt ein weiteres, in der Thomas-Mann-Sammlung der Yale-University befindliches Blatt, das hier als letztes (Bl. 31) abgedruckt wird.

Von Thomas Mann nachträglich Hinzugefügtes wird durch Einweisungszeichen ⌐⌐ gekennzeichnet, von ihm Gestrichenes ist in eckigen Klammern [] wiedergegeben, vom Autor Unterstrichenes erscheint kursiv, vom Herausgeber Hinzugefügtes steht in Winkelklammern ⟨ ⟩. Anstreichungen und Ankreuzungen, die Thomas Mann – wie auch die Unterstreichungen – ersichtlich im Zuge verschiedener Stadien der Arbeit mit Tinte, Blei-, oder Farbstiften angebracht hat, werden einheitlich durch senkrechte Striche oder halbfettes **X** am Rand gekennzeichnet. Gelegentlich hat Thomas Mann ganze Notizen, wohl nach ihrer Verwertung, durchgestrichen. Von der gesonderten Kennzeichnung solcher Durchstreichungen wurde abgesehen. Diese Aufschlüsselung gehört zu einer minutiöseren Analyse der Arbeitsphasen, als sie hier geboten werden kann.

Im gleichen Sinn wurden die Arbeitsnotizen nur spärlich kommentiert mit dem Ziel, vor allem Thomas Manns Quellen

(Q) nachzuweisen. Die vollständigen bibliographischen Angaben zu den Quellenschriften finden sich in den Literaturhinweisen (Kap. VI,6).

Erstmals gedruckt wurden die Arbeitsnotizen in: T. J. Reed, *Thomas Mann. »Der Tod in Venedig«. Text, Materialien, Kommentar mit den bisher unveröffentlichten Arbeitsnotizen Thomas Manns*, München: Hanser, 1983 (Literatur-Kommentare, 19). Dieser Text wurde für den vorliegenden Abdruck nochmals mit der Handschrift verglichen und korrigiert. Für freundliche Unterstützung bei der Textrevision sei Herrn Professor Hans-Joachim Sandberg von der Universität Bergen, Norwegen, herzlich gedankt.
Der Abdruck des handschriftlichen Materials erfolgt mit freundlicher Genehmigung von Herrn Professor Golo Mann, Kilchberg bei Zürich.

⟨1⟩ ⟨Umschlag des Konvoluts⟩

⟨2⟩ Tadzios Lächeln ist das des Narkissos, der sein eigenes Spiegelbild sieht – er sieht es auf dem Gesichte des anderen / er sieht seine Schönheit in ihren Wirkungen. Auch von der Koketterie u. Zärtlichkeit ist in diesem erwidernden Anlächeln, mit der Narkissos die Lippen seines Schattens küßt.

Le 2 juillet 1911 Paris
⟨3⟩ Sehr vererter Herr Tommy, Bitte tausendmal um Entschuldigung, dass es so lange mit der Antwort dauerte Ich traute mir nicht Ihnen eine bestimmte Antwort zu schreiben und wollte erst eine bekannte Polin consultieren. Ich traf das Mädchen nie zu Hause, nun heute kam sie zu mir und sagte mir dasselbe, was ich selbst meinte. Das was für Sie »Adgu« gescheint hat, ist »Tadzio« (deusch geschrieben »Tadschio«)

eine Abkürzung von einem sehr schönen polnischen Namen: Tadeusch[1] (deutsch Tadeusch) vokatif: »Tadziu«.

In einem Kunstwerke von dem grössten Polnischen Dichter Adam Mickiewicz heisst der Held auch *»Tadeusz«* dann während der Polnischen Revolution war ein berühmter polnischer General der Tadeusz Kosciuszko hies, im Jahre 1794. Ich weiss nicht welcher deutsche Vorname entspricht oder übersetzt ihn etwa, im Französischen ist es »Thadée«. Vielleicht haben Sie auch ›Wladzio‹ rufen hören (eine Abkürzung von *Wladyslaw* französich »*Ladyslas*« ⟨⟩). Es waren polnische Könige die so hiessen, aber Tadeusz ist viel schöner. »Adgu« existiert gar nicht kann vielleicht von *Adam* eine Abkürzung sein, aber es ist ein sehr banaler Name Das ist alles was ich Ihnen sagen kann, wenn Sie noch irgend eine Auskunft brauchen bitte, ich stehe zu Ihrer Verfügung mit grossem Vergnügen Entschuldigen Sie meine Felher in der deutschen Sprache Wann ich nach München komme? Ich möchte recht bald, aber hoffe nicht früher, als im Herbst, denn jetzt muss ich irgendwo hinfahren um ungenierter zu malen – Viele Grüsse für Sie und Katia. Wünsche Ihnen beiden alles Gute

    Ihre Olga Meerson[2]

    3 rue Schoelcher

X ⟨4⟩ *Beziehungen von Kap. II zu V*[3]

Vorfahren, dienstlich tapfer

Ruhmliebe und *Befähigung* zum Ruhm.

Durchhalten. Zucht. Kriegerdienst. Unter der

Spannung großer Werke. Das Trotzdem.

Aufstieg von der Problematik zur Würde. Und nun! Der Konflikt ist: von der »Würde« aus, von der Erkenntnisfeindschaft und zweiten Unbefangenheit, aus antianalytischem Zustande gerät er in *diese* Leidenschaft. Die Form ist die Sünde. Die Oberfläche ist der Abgrund. Wie sehr wird dem würdig gewordenen Künstler die Kunst noch einmal zum Problem! Eros ist ⌈für den Künstler⌉ der Führer zum Intellektuellen, zur geistigen Schönheit, der Weg zum Höchsten

geht für ihn durch die Sinne.[4] Aber das ist ein gefährlich
lieblicher Weg, ein Irr[weg]- und Sündenweg, obgleich es
einen anderen nicht giebt. »Den Dichtern wird ein solcher
Aufschwung immer versagt bleiben. Ihr Aufschwung ist immer die Tragödie. . . . Im *Leben* [muß] (und der Künstler ist
der Mann des Lebens!) muß die Sehnsucht *Liebe* bleiben: es
ist ihr Glück und ihre Tragödie.«[5] – Einsicht, daß der Künstler nicht würdig sein *kann*, daß er [notwendig in die Irre
geht] Bohemien [Zigeuner, Libertiner,] liederlich, Abenteurer des Gefühls bleibt. Die Haltung seines Styles erscheint
ihm als Lüge und Narrentum, Orden, Ehren, Adel höchst
lächerlich. Die Würde rettet allein der Tod (die »Tragödie«,
das »Meer«, – Rat, [Ausweg] und Zuflucht aller höheren
Liebe. ⟨)⟩
Der Ruhm des Künstlers eine Farce, das Massenzutrauen zu
ihm nur Dummheit, Erziehung durch //
⟨5⟩ die Kunst ein gewagtes, zu verbietendes Unternehmen.
Ironie, dass die Knaben ihn lesen. Ironie der Offizialität, der
Nobilitierung.

Zuletzt: Zustand der Verweichlichung, Entnervung, Demoralisation.

⟨6⟩ Myrrhina[6]

»Nur die Schönheit[7] ist zugleich sichtbar (sinnlich wahr- X
nehmbar, sinnlich [wahr] auszuhalten) *und* ›liebenswürdig‹«,
d. h. ein Teil des Göttlichen, der ewigen Harmonie. Sie ist das
einzige »Liebenswürdige«, das sichtbar, sinnlich wahrnehmbar, sinnlich erträglich ist. Von den Übrigen würden wir
sinnlich vernichtet wie Semele. So ist die Schönheit der Weg

des sinnlichen Menschen, des Künstlers zum »Liebenswürdigen«, Göttlichen, Ewigen, Harmonischen, Intellektuellen, Reinen, Ideellen, *Moralischen:* der einzige Weg und – ein gefährlicher Weg, der fast notwendig in die Irre führt, zur Verwirrung führt. Liebe zur Schönheit führt zum Moralischen, d. h. zur Absage an die Sympathie mit dem Abgrund, an die ∥ ⟨unten hinzugefügt⟩ [zur Bejahung der Leidenschaft u. des Lebens] Psychologie, die Analyse; führt zur Einfachheit, Größe u. schönen Strenge, zur wiedergeborenen Unbefangenheit, zur Form, aber eben damit auch wieder zum Abgrund.

Was ist moralisch? Die *Analyse*? (Die Vernichtung der Leidenschaft?) Sie hat keine Strenge, sie ist wissend, verstehend, verzeihend, ohne Haltung u. Form. Sie hat Sympathie mit dem Abgrund [sie *ist* der Abgrund]. Oder die *Form*? Die Liebe zur Schönheit? Aber sie führt zum Rausch, zur Begierde u. also ebenfalls zum Abgrund.

⟨7⟩ *Harpyien*[8]: von scheußlicher Magerkeit. Sie kamen schnell herbeigeflogen, fielen mit unersättlicher Freßgier über alle Speisen her, fraßen, ohne satt zu werden, und *besudelten*, was sie etwa übrig ließen mit ihrem Unrat. Zusammengeschrumpft und dürr, gewöhnlich mit einem Mädchengesicht, rauhen Ohren, einem Vogelkörper u. scharfen Krallen, auch wohl den Kopf mit einem Kranz u. einer Haube geschmückt. Dichter geben ihnen lange, magere Hände mit eisernen Klauen, einen Vogelkopf, Flügel, gefiederten Leib, menschliche Schenkel und Hühnerfüße.

Sie fressen dem Verurteilten die Speisen vorm Munde weg oder besudeln sie so, daß er sie nicht genießen kann. So wurde König Phineus von Bithynien geplagt, weil er seinen Kindern erster Ehe die Augen ausstechen lassen u. sie den wilden Tieren vorgeworfen. Von seiner Sippe verscheucht, wohnten sie auf den strophadischen Inseln:

»Jungfraunhaft der Vögel Gesicht – – –

– – auch die Hände gekrallt, und von Hunger das Antlitz
Immer gebleicht.«

– –

»Plötzlich in graunvoll sausendem Sturz von dem Fel-
sengebirge
Nahn die Harpy'n und schwingen mit hallendem Laute
die Flügel,
Und sie zerraffen den Schmaus und mit Unrat schänden
sie Alles,
Durchgewühlt; ihr Geschrei tönt graß zum scheußlichen
Aushauch.«

– –

»Wieder aus anderen Räumen der Luft und verborgenen
Winkeln
Tönet der Schwarm und umflieget mit kralligen Klauen
die Beute,
Und sie entweihn mit dem Munde das Mahl. – – – –
– – – – Das Gräuelgezücht – – – –
– – – – Des Meers unholde Gevögel.
– – – – er entrauscht in beschleunigter Flucht zu dem
Aether (der Schwarm)
Angenageten Raub und garstige Spuren verlassend

⟨8⟩ *Elysische Flur*[9], an den Grenzen der Erde, wo »leichte- X
stes Leben den Menschen bescheert ist«, (Nie ist da Schnee,
nie Winter und Sturm noch strömender Regen, sondern es
läßt aufsteigen des Westes leicht atmenden Anhauch, ferner
Okeanos dort, daß er Kühlung bringe den Menschen).

Harpyien, Windgeister.

Tithonos[10], Gatte der *Eos*: von seiner Seite erhebt sich die XX
Göttin Morgens, um das Licht des Tages Göttern u. Men-

schen zu bringen. Die fernen Wohnplätze am Okeanos, von
wo sie Morgens auffährt.

X   Idyll im elysischen Lande.[11] Ein Zustand des Genusses unter
    mildestem Himmel; mühelos, leicht ist dort das Leben, hierin
    dem Götterleben ähnlich, aber ohne Streben, ohne That.

X   Der *Wahnsinn als Korrelat von Maß und Form*.[12] Bei den
    Griechen bekannt: Zur Zeit ihrer vollsten Entwicklung ge-
    wann der *Wahnsinn* (μανία) eine zeitweilige Störung des psy-
    chischen Gleichgewichts, ein Zustand der Überwältigung des
    selbstbewußten Geistes, der *Besessenheit* durch fremde Ge-
    walten als religiöse Erscheinung weitreichende Bedeutung.
    Diesem Überwallen der Empfindung entspricht als entgegen-
    gesetzter Pol im gr. religiösen Leben: die in ruhiges Maß
    gefaßte Gelassenheit, mit der Herz und Blick sich zu den
    Göttern erheben.
    Die Heimat des Dionysoskultes ist *Thrakien*. Feier auf Berg-
    höhen *bei Nacht, beim Fackelbrande*. Lärmende Musik,
    *Schmettern eherner Becken, Donnern großer Handpauken u.
    der »zum Wahnsinn lockende Einklang« der tieftönenden
    Flöten*. Die Feiernden tanzen mit hellem Jauchzen, in wüten-
    dem, wirbelndem, stürzendem Rundtanz, begeistert über die
    Bergfelder dahin. Vorwiegend Weiber, in lang wallenden Ge-
    wändern, aus Fuchspelzen genäht oder Rehfelle darüber,
    auch Hörner auf dem Kopf, mit flatternden Haaren, Schlan-
    gen in den Händen, u. *Dolche schwingend oder Thyrosstäbe,
    die unter dem Efeu die Lanzenspitze verbargen*. Sie *toben bis
    zum Äußersten*, stürzen sich schließlich auf die zum Opfer
    erkorenen Tiere, hacken u. zerreißen sie u. beißen mit den
    Zähnen das blutige Fleisch ab, das sie roh verschlingen. U. s.
    weiter. – Der Zweck ist Mania, Überspannung des Wesens,
    Verzückung, Überreizung der Empfindung bis zu visionären
    Zuständen. Nur durch Überspannung u. Ausweitung[13] sei-

nes Wesens kann der Mensch in Verbindung und Berührung treten mit dem Gott u. seinen Geisterschaaren. *Der Gott ist unsichtbar anwesend oder doch nahe, u. das Getöse des Festes soll ihn ganz heranziehen.*
Ekstasis. Hieromania, in der die Seele, dem Leibe entflohen, sich mit dem Göttlichen vereinigt. Sie ist nun bei u. in dem Gotte, im Zustand des *Enthusiasmos.*[14]
Der Mystiker Dschelaleddin Rumi: »Wer die Kraft des Reigens kennt, wohnt in Gott; denn er weiß wie Liebe töte. Allah hu!«[15]

Eos raubt oder entführt außer dem *Tithonos* (Sproß der alten **XX** troischen Königsgeschlechter) auch den schönen *Orion* und freut sich trotz dem Neide der übrigen Götter seiner Liebe. Ferner den *Kleitos,* Jüngling a. d. Geschlecht des Sehers Melampus, um seiner Schönheit willen, damit er unter den Göttern wohne. Ferner den *Kephalos* (Sohn des Königs Deïoneus in Thessalien). Sie sah ihn, als er in der Frühe des Morgens jagte, faßte Liebe für ihn und entführte ihn in ein fernes Gebirge.[16]

⟨9⟩ *Ganymed*[17], Sohn des Troas, Königs von Troja, ein **XX** Knabe so schön, daß ihn Zeus unter die Himmlischen zu versetzen beschloß. Als G. einst die Heerden seines Vaters auf dem Berge Ida weidete, senkte sich Zeus als riesiger Adler hinab und trug ihn sanft schwebend zu den Wolken hinauf.

Hyákinthos[18], Liebling des Apollon. Der Gott vergaß um **X** seinetwillen, sich um Delphi zu kümmern, die Kithara zu schlagen u. den Bogen zu spannen. Zephyr, aus Eifersucht, lenkt die von Apoll geschleuderte Diskosscheibe so, daß sie den Jüngling erschlägt. Sein Blut wird zur Blume.

XX *Selige Belebtheit der Natur*[19]: Jedes sanfte Wesen gemahnt an
höhere Beseelung. Von den Wolken des Himmels sind die
großen und gewaltigen dämonische Mächte, die Schafwölk-
chen werden zu Herden von Kühen, Lämmern und Ziegen,
welche Göttern gehören. Die Meereswogen, dahinlaufend u.
tragend, sind Rosse oder Stiere (brüllend u. die Hörner nei-
gend), die zwischen Felsen u. Klippen brandenden Wellen
springende Ziegen.

Apollon [der delische Gott] ist der reine Lichtgott, aber zugleich der furchtbare Sender von Seuchen und schnellem Tode. *Poseidon* Befestiger der Erde, aber auch *Erderschütterer*.
(Erdbeben)

Dämon[20] als Bezeichnung der oberen Mächte als Gesamtheit,
besonders, wenn man glaubte, der Gottheit Ungünstiges, namentlich eine *Bethörung des Menschen zum Bösen*, sogar in
satanischer Weise zutrauen zu dürfen. ǁ Der Dämon, der *den
Edelstrebenden in Irrtum und Vergehen treibt* ist die Gott*heit*
selbst.

X *Dionysos*[21]: Mit Weinwonne u. Rausch ist seine Bedeutung
nicht erschöpft; er führt noch ganz andere Aufregungen mit
sich und entspricht dabei einem großen Gebiet des antiken
Lebens, ja der Menschennatur überhaupt, über welches die
Alten nie deutlich herausgeredet haben.
In der Maske des hellenischen Gottes der Erdfruchtbarkeit
gebärdet sich nämlich ein halbfremdes Wesen. Eine der Per-
sonifikationen des »leidenden« (sterbenden u. wiederbeleb-
ten) Gottes, dessen Cultus mit aufgeregten Klagen u. Jubel
begangen wurde, hatte im vorderen Kleinasien, auch bei

den Thrakiern u. Phrygiern ein besonders wildes, rauschendes Treiben angenommen und in wiederholten Stößen auf Hellas sich dem griechischen Dionysos substituiert. Der Gott wird als ein *Fremder, von draußen gewaltsam Eindringender* geschildert, als Sohn oder Begleiter der phrygischen Göttermutter, welche sich ja ebenfalls in Griechenland eingedrängt hatte (*Kybele*). »Ihr gefällt (Homer) der Lärm der Schellen u. Handpauken u. der Schall der Flöten u. das Heulen der Wölfe und der glanzblickenden Löwen und hallende Gebirge u. waldige Schluchten« – und mit einem ähnlichen wilden Heer zieht nun auch dieser Dionysos einher, u. wie die Göttin, *so verhängt auch er Wahnsinn*. Verrückt wird nicht nur, wer die Diener der Göttermutter (Korybanten) beleidigt, sondern auch, *wer die Begehung ihrer Mysterien zu Gesicht bekommt* oder (unberufen) in ihr Heilig-∥

⟨10⟩ tum eintritt. Der »*Schwarm*« des Weingottes, *dem sich das Volk einer ganzen Stadt anschließt*, mag in der wonnevollsten Stimmung sein, die Feste desselben mögen (später) die reichste Gestaltung annehmen, die Darstellung seines Mythos der Anlaß zu Tragödie u. Komödie werden: – *dahinter steht ein unheimlicher Geist*, der nicht nur im Mythos seine verblendeten Mänaden zu allen Greueln treibt, sondern auch in historischer Zeit hie u. da Menschenopfer verlangt u. Wahnsinn u. tödliche Krankheiten sendet, wenn man ihm nicht gehuldigt hat. Man erzählte sich, wie einst in Kalydon *der Tod im Wahnsinn* das ganze Volk hinzuraffen begonnen habe, weil die Liebe eines Dionysospriesters nicht erhört worden war. Von allen Göttern unterscheidet sich dieser nur halbgriechische Dionysos erstens dadurch, daß er als ein Kommender, ein Fremder auftritt, zweitens, daß er in fanatischer Weise Huldigung u. Bekenntnis verlangt. Wahrscheinlich bildeten sich nach kleinasiatischer Weise wilde »Schwärme«, die wirklich Mord übten gegen solche, die nicht mithalten wollten. Im Mythos leiden alle, die diesem Gotte trotzen, die entsetzlichsten Strafen (*mörderische Raserei*). Aber auch denjenigen, die sofort gehuldigt haben, geht es am Ende

schlecht, als müßte die furchtbare Seite des Dionysos immer
wieder vorschlagen.

Er giebt bei dem Erlebnis seinen ganzen Rest von Kraft,
Rauschfähigkeit auf einmal her. Läuft rasend ab.[22]

X ⟨11⟩ *Plutarch.*
Tempel des Amor zu Thespiä.[23]

X »Denn Amor liebt den Müßiggang; für solchen nur
   Ist er geschaffen –«[24]

Merkur hatte die Seelen in die Unterwelt hinabzuführen und
wurde davon psychagogos und psychopompos genannt.[25]

X *Amor*, der Verwandte der Venus, der Musen und Grazien,
der, wie ein Dichter sagt, »den frühen Samen der Liebe in die
Brust des Mannes streut«.[26]

X *Enthusiasmus*[27]: zusammengesetzt aus en und theos, bedeutet die Einwohnung der Gottheit. *Arten:*
       Wahnsinn (Apollo)
       Bacchisch
       Musisch
       Kriegerisch
       Liebe

Raserei der Liebe[28]: Wenn diese einen Menschen ergriffen, **X**
dann ist keine Muse, kein besänftigender Gesang, keine Veränderung des Ortes imstande, sie zu stillen. Ein solcher liebt
den Gegenstand, der ihn entzündet, wenn er zugegen ist, und
sehnt sich nach ihm wenn er abwesend ist. *Bei Tage verfolgt*
er ihn ohne Unterlaß, des Nachts wacht er vor dessen Tür.
Man pflegt wohl sonst zu sagen, die Einbildungen der Dichter wären Träume der Wachenden, ihrer Lebhaftigkeit wegen
aber weit mehr gilt dies von den Einbildungen der Liebenden,
die ihre Geliebten, als wenn sie zugegen wären, anreden,
umarmen u. *bei Namen rufen.*

⟨12⟩ In Chalkis[29] auf dem Markt das Grabmal des ⌈Pharsa- **X**
liers⌉ Kleomachus, der unter den Augen seines Geliebten
(Lieblings) den Chalkidiern den Sieg erfocht u. dabei fiel. Die
Chalkidier, die vorher die Knabenliebe verabscheuten, fingen
nach dieser That an, sie vorzüglich zu schätzen u. in Ehren zu
halten. Dort singt man: »Reizvolle Knaben, Sprößlinge tap-
ferer Natur, mißgönnt nicht edlen Männern eurer Blüte Genuß.« Denn durch *Tapferkeit* blüht auch Amor, der Freuden-
geber in der Chalkidier Städten.

Die tapfersten Völker[30], die Böotier, Lakedemonier, Kreter, **X**
waren der Liebe am meisten ergeben, ebenso viele der alten
Helden, z. B. Meleager, Achill, Aristomenes, Kimon, *Epa-*
minondas. Mit letzterem fiel sein Liebling Kaphisodorus bei
Mantinea u. liegt neben ihm begraben.

Der »Liebeshändel« des Herkules[31] waren so viele, daß es **X**
schwer fällt, sie alle anzuführen. Admet liebte seine Frau
Alkestis u. war zugleich sein Liebling. *Auch Apollo soll ein*
Liebhaber des Admet gewesen sein und deswegen ein ganzes
Jahr bei ihm ohne Lohn gedient haben.

Amor lehret dich
»Musik und wärst du auch darin ganz ungeschickt.«
(Euripides)[32]

»Zeugt dies nicht auch von göttlicher Begeisterung, daß der
Verliebte, der beinahe alles andere verachtet, nicht nur seine
Freunde u. Verwandten, sondern auch Gesetze, Obrigkeiten
u. Könige, der nichts fürchtet, niemand bewundert oder
schmeichelt, ja, selbst imstande ist, »dem schmetternden
Blitze zu trotzen« (Pindarus), daß dieser gleichwohl, sobald
er den Gegenstand erblickt, *bestürzt wird, wie ein Hahn, der
angstvoll seine Flügel im Kampfe hängen läßt –*[33], daß sein
Mut gebrochen u. sein stolzer Sinn ganz zu Boden gedrückt
wird?«

---

*»Viele sehen doch denselben Körper und dieselbe Schönheit,
aber der Verliebte ist es allein, der wirklich davon eingenom-
men wird* und dies vermöge einer besonderen Stimmung der
Seele. – Nein, *der Gott selbst ist die Ursache*, der den einen
berührt, den anderen in Ruhe läßt.«[34]

⟨13⟩ »Fahrt über den lautbrausenden Acheron« (Dichte-
risch)[35]

»So wenig[36] ein nicht dazu geübter Körper den Sonnenschein
lang aushalten kann, ebensowenig kann eine ungebildete
Seele ohne Ungemach die Liebe ertragen.«
*Die Sonne wendet aber unsere Denkkraft von den intellektu-
ellen auf die sinnlichen Dinge*; sie bezaubert uns durch die

Schönheit u. den Glanz ihres Anblicks u. überredet uns, alles, auch selbst die Wahrheit, nur in und bei ihr selbst, anderwärts aber nichts zu suchen. Unkunde und Vergessen eines anderen Lebens. Wie das Tageslicht das Vergessen der nächtlichen Träume bewirkt, so bezaubert und betäubt auch die Sonne Gedächnis u. Verstand, daß wir vor Vergnügen u. Bewunderung alles Intellektuelle ganz vergessen. Und gleichwohl kann die Seele nur dort, in der intellektuellen Welt die wahre Beschaffenheit der Dinge kennen lernen; sobald sie *hierher* gelangt, bleibt sie mit staunender Bewunderung an dem schönsten und göttlichsten Gegenstand hängen. So glaubt sie denn, daß alles hienieden schön und schätzbar sei, wenn nicht eine göttliche, tugendhafte Liebe ihr zum Arzt und Retter dient, der sich ihr vermittelst der Körper nähert und sie, gleichsam aus der Unterwelt, zur Wahrheit und in das Feld der Wahrheit hinleitet, den *Aufenthalt der vollkommenen, reinen und truglosen Schönheit, nach deren Umarmung und vertrauterem Umgang* sie sich schon so lange gesehnt hat. Amor selbst, gleich einem *Mystagogos* führt sie in das Heiligtum ein und hebt sie zu der Betrachtung der erhabenen Gegenstände empor. *Sie kann sich diesen, vom Leben aus, dann nur noch mit Hülfe eines Körpers nähern.* Denn so wie *Mathematiker* für Kinder, die noch nicht fähig sind, die abstrakten Formen der unkörperlichen und unveränderlichen Substanz zu begreifen, sichtbare u. fühlbare Bilder von Sphären, Kuben u. Dodekaedern machen u. sie ihnen vorzeigen, ebenso schafft auch der himmlische Amor für uns *schöne Spiegel von schönen Gegenständen*; er bedient sich, um uns das Göttliche u. Intellektuelle sichtbar zu machen, der sterblichen und veränderlichen Wesen, besonders der Gestalten, Farben und Formen junger Leute, die mit dem vollen Glanze der Schönheit geschmückt sind, und erweckt dadurch allmählich die lebhafteste Erinnerung an die vormals gesehenen Gegenstände. – Allein diejenigen, die durch einen weisen Gebrauch der Vernunft u. mit Hilfe der Schamhaftigkeit dem Feuer die gar zu große Heftigkeit benehmen und der Seele nur dessen Glanz, Licht und Wärme übrig lassen, empfinden,

wie *Epikur* sagt, nicht den tobenden Drang zu Beischlaf, –
sondern nur eine *bewundernswürdige und fruchtbare Ausdehnung, gleich der in emporwachsenden Pflanzen.*

»Den mächtigsten der Götter gebar die schönbeschuhte Iris,
vom goldlockigen Zephyr umarmt.«[37]

»Der *Regenbogen*[38] ist wohl nichts weiter als eine Refraktion
unseres Gesichtes, wenn es, auf eine feuchte Wolke geheftet,
die gebrochenen Sonnenstrahlen berührt und nun bei Erblik-
kung des schimmernden Lichtes in uns die Meinung erweckt,
daß die Erscheinung in der Wolke selbst befindlich sei. Von
ebender Art ist auch der Kunstgriff, dessen sich Amor bei
gutartigen Seelen, die das Schöne lieben, bedient. [Er macht]
Denn ein von anständiger und tugendhafter Liebe beseelter
Mensch wendet alle seine Gedanken auf jene göttliche und
geistige Schönheit zurück und braucht die Schönheit eines
sichtbaren Körpers bloß als Werkzeug der Erinnerung, insofern liebt und bewundert er sie, findet in dem Umgange mit
ihr das große Vergnügen u. wird dadurch für das Geistige
immer mehr entflammt.«

X »So wie ehedem in Rom[39] nach Ernennung eines Diktators
alle anderen Magistratspersonen ihr Amt niederlegen mußten, ebenso werden diejenigen, über die sich Amor zum
Herrn macht, von der Herrschaft jedes andern Gebieters be-
freit und leben *gleich den Tempeldienern* in völliger Unabhängigkeit.«

⟨14⟩ *Plato* **X**
sagt, es gebe eine nicht ohne göttlichen Einfluß entstehende
Art der Raserei, eine Begeisterung und Umkehrung des Ver-
standes und der Vernunft, [Dieser Zustand wird Enthusiasmus genannt] die Ursprung und Bewegung von einer höheren
Kraft erhält.[40]

Sokrates zum schönen Agathon[41]: »Ich glaube, neben dir
recht voll von deiner reifen und schönen Weisheit zu werden.
Denn meine Weisheit ist mager und zweifelhaft, zweifelhaft
wie ein Traum. Deine Weisheit hingegen strahlt und hat eine
helle Bahn, du bist noch so jung, und sie hat gestern vor mehr
als dreißigtausend Griechen geleuchtet!«

»Denn der Freund ist göttlicher als der Geliebte. Der Freund
trägt den Gott in sich.« **X**[42]

»Und so ist auch Eros und jede Bethätigung der Liebe an und
für sich, im allgemeinen weder ein Edles noch würdig, geprie-
sen zu werden, sondern nur derjenige ist es, der edel zu lieben
weiß.«[43]

In *Elis* und *Böotien*[44], überall, wo Leute nicht redegewandt
sind, ist die Hingabe des Geliebten an den Freund selbstverständlich, denn so brauchen die Geliebten nicht erst überredet zu werden, was man dort eben nicht kann. In Ionien
dagegen und überall bei den Barbaren gilt unsere Liebe einfach für eine Schande. Die Tyrannis verdammt sie, weil sie
die Philosophie und Körperbildung verdammt. In beiden

Fällen spricht die Niedrigkeit der Anschauung, sie sind roh.
In Athen ist man einerseits sehr nachsichtig, so daß man glauben sollte, es gelte dort etwas äußerst Edles, zu lieben und
geliebt zu werden.

X *Dem Liebenden giebt die Sitte Freiheiten, das Wunderlichste
unter dem Beifall aller zu thun, Dinge, die ihm Schande
brächten, wenn sie einem anderen Zwecke dienten: bitten
und flehen, Eide schwören und vor den Thüren liegen, kurz
sich niedriger, als der letzte Sklave zu gebärden: man würde
ihm Kriechen und Feigheit vorwerfen.* Den Liebenden aber
begleitet die Gunst aller, alles ist ihm erlaubt, er handelt sogar
besonders kühn. – Andererseits große Strenge und väterliche
Zurückhaltung der jungen Leute, sodaß die Liebe wie eine
Schande erscheint. ‖*

⟨15⟩ Die Sitte will eben die Treue und höhere Gesinnung
prüfen, darum fordert sie den Geliebten auf, zu fliehen, und
die Freunde, diesem nachzustellen. So gilt es für niedrig, sich
schnell und leicht fangen zu lassen, oder sich durch Geld,
politischen Einfluß etc. gewinnen zu lassen. Die Überlegenheit der Athener besteht darin, zu wissen, daß an u. für sich
nichts gut oder schlecht ist, sondern daß es darauf ankommt,
ob man dem Niedrigen, dem Adepten der körperlichen Liebe, oder dem Edlen zu Willen ist. [45]

»Denn so war einst unsere alte Natur: wir waren einst ganz,
und jene Begierde nach dem Ganzen ist Eros.« [46]

Aus Agathons Rede [47]*: »Jung ist also der Gott und seine Gestalt ist von zarter Bildung ... Wo er auf harten Sinn stößt,
dort flieht Eros, und nur in der sanften Seele will er wohnen.
... [Eros] So muß er selbst wohl das zarteste Wesen sein. ...
und Eros ist auch geschmeidig. ... Eros ist ebenmäßig, und*

seine schöne Haltung zeigt es, und diese zeichnet, wie wir wissen, den Gott vor allem aus. ... Eros ist von schöner Farbe, denn nur vom Blühenden lebt er. Wo die Körper und die Seelen nicht blühen oder die Blüten verlieren, dort kommt er nicht hin, und nur, wo es blüht und duftet, dort läßt sich Eros nieder, dort bleibt der Gott. – – – Und endlich, wissen wir nicht, *daß auch in der Beherrschung der Künste nur der glänzt und bewundert wird, den Eros unterwiesen hat*, und daß jeder im Schatten und ohne Ruhm bleibt, den der Gott nicht berührt hat? – – – *Wo wir uns alle finden, dorthin führt Eros die Wege.* – – Eros ist der Schöpfer aller Zärtlichkeit, Üppigkeit, Anmut und Sehnsucht des Menschen. – In allen Mühen, in jeder Furcht und jedem Begehren, *im Worte* – da weiß er sicher zu lenken, da ist Eros die Hilfe und der Retter.«

Aus der Lehre der Diotima aus Mantinea an Sokrates: Die Armut dachte sich, weil ich arm bin, so will ich vom Reichtum ein Kind haben, und die Armut legte sich zum Reichtum und empfing von ihm den Eros. Das geschah am Geburtstag der Aphrodite, und so ist Eros von ⫽

⟨16⟩ Natur in alles Schöne verliebt. Als Sohn des Reichtums und der Armut aber hat er beider Natur u. Zeichen. (S. Gastm. 51–52)[48]

»... und so[49] im Anblicke dieser vielfachen Schönheit nicht mehr wie ein Sklave nach der Schönheit dieses einen Knaben verlange und dieses einen Menschen Schönheit wolle und gemein sei und kleinlich, ... sondern, *an die Ufer des großen Meeres der Schönheit gebracht*, hier viele edle Worte und Gedanken mit dem *unerschöpflichen Triebe nach Weisheit* zeuge, bis er dann stark und reif jenes einzige Wissen, das da das Wissen des Schönen ist, erschaue. ... Ja, Sokrates, wer

immer von dort unten, weil er den Geliebten richtig zu lieben
wußte, empor zu steigen und jenes ewig Schöne zu schauen
beginnt, *der ist am Ende und vollendet und geweiht.*
Er wird zuerst von allen Dingen die Schönheit lernen und zu
jener ewigen Schönheit wie auf Stufen kommen, Sokrates,
wie auf Stufen, Stufen: auf der ersten sieht er die Schönheit
eines Körpers, auf der zweiten die Schönheit zweier, und
dann sieht er die Schönheit aller Körper, und von den schönen Körpern steigt er weiter zu den schönen Sitten, von den
schönen Sitten zu den schönen Lehren, und von den schönen
Lehren trägt ihn noch die letzte Stufe zu jener einzigen Wis-
senschaft, die da die ewige Schönheit begreift. ... Wenn du
diese [an]schaust, wird sie dir nicht scheinen gleich dem Gol-
de oder schönen Kleidern oder gleich jenen schönen Knaben
und Jünglingen zu sein, *bei deren Anblick schon du und die
anderen erschrecken, und bei denen ihr dann immer weilen
wollt, weilen ohne zu essen und zu trinken, nur sie schauend,
nur ihnen gegenwärtig.* ... Und glaubst du nicht, daß die
Vollendung dem Menschen nur dort zuteil werde, wo er im
Geiste das Schöne sieht und nicht mehr die Bilder der Tugend
– denn an Bildern kann sein Blick dort nicht mehr haften –
sondern die Wahrheit selbst, da er sie dort erblickt, zeugt. ...
daß, um jenes höchste Gut zu erreichen, niemand einen besseren Führer als Eros wählen könne.

⟨**17**⟩ ⟨Als Überschrift später hinzugefügt⟩ Ruhm und Zeugung
»... Wundere dich nicht mehr[50], warum die ganze Natur ihr
eigenes Blut liebt und ehrt: sie thut es um der Unsterblichkeit
willen, nach der sie langt!
Wenn du an den Ehrgeiz der Menschen denkst, du müßtest ja
da über seine Sinnlosigkeit staunen, wenn du nicht an meine
Worte denkst und dir gegenwärtig hältst, *wie stark die Menschen das Verlangen ergreift, berühmt zu werden und den
Ruhm bis in die Ewigkeit zu besitzen, und wie darum die*

*Menschen für den Ruhm mehr als für ihre Kinder, Gefahren
zu suchen ... Mühen zu dulden, ja zu sterben bereit sind.*
Meinst du, daß sie das thäten, wenn sie nicht an das ewige
Gedächtnis ihrer großen Liebe, das wir ihnen heute noch
halten, glaubten? O nein, für die Tugend der Unsterblichkeit,
für den strahlenden Ruhm haben sie und alle Alles gethan;
denn es lieben die Menschen über alles die Unsterblichkeit.
Wer im Leibe zeugen will, den zieht es zum Weibe hin, und
die Kinder schon sollen ihm Unsterblichkeit und Erinnerung
und Glück in die Zukunft tragen. Neben diesem aber leben
jene anderen, *welche lieber in den Seelen das, was die Seele
empfangen und gebären soll, die Einsicht und die Tugend
zeugen wollen.* Und in diesem Sinne sind *alle Dichter Zeuger,*
und jene, die im Handwerk als Erfinder gelten und die höchste
und schönste Einsicht, ich meine das Maß und die Gerechtig-
keit zeugten in der Seele jener, so den Staat zu ordnen und die
Familie zu halten wissen. ... Da geht er aus und sucht das
Schöne, in welchem sein Same Frucht werde. ... Und wer
möchte auch nicht leiblichen Kindern dieses Geschlecht vor-
ziehen, wenn er Homer sieht und Hesiod und den anderen
edlen Dichtern nachstrebt, die da ein Geschlecht zurückgelas-
sen haben, das ihnen ewigen Ruhm und dauernde Erinnerung
brachte, oder, wenn er auf die Kinder des Lykurgos blickt, die
Gesetze, die dieser hinterließ ... *Und ehrwürdig in Hellas und
bei den Barbaren sind alle die vielen Männer, die durch edle
Thaten überall die Tugend gezeugt haben. Und ihnen sind um
dieser Kinder willen und nie dem Geschlecht ihres Blutes und
Namens zu Danke die vielen Altäre gebaut worden.*

Phaidros. So oft[51] ein Mensch ein irdisch Schönes hier er-
blickt, so erinnert er sich der wahren Schönheit, und es wach-
sen ihm die Flügel, und er möchte auffliegen, wieder zu ihr.
... *Und gilt für einen, der besessen ist.* Aber ich sage dir, diese
Gottseligkeit ist echt wie keine.
So oft aber diese ein *Gleichnis der ewigen Schönheit hienieden*

erblicken, dann erschrecken sie u. sind außer sich, sie wissen
nicht, wie ihnen geschieht, denn ihr Auge ist blöde und geblendet.
Der Ungeweihte oder der Verdorbene wird nicht leicht zum
Anblick der Schönheit gebracht, wenn er ein irdisches Abbild
sieht. Er ist blind und weiß nicht *zu verehren*. . . . ja, er scheut
nicht die Unzucht u. ist ohne Scham vor seinen widernatürli-
chen Begierden. Wenn aber der Geweihte, einer von jenen,
*die da oben viel geschaut haben, ein gottgleiches Antlitz, das
jene große Schönheit spiegelt*, oder die schöne Gestalt eines
Körpers erblickt, bebt er auf, und eine heilige Angst fällt über
ihn wie damals; dann erst sieht er sie u. verehrt den Jüngling
wie einen Gott; ja wenn er nicht den Schein des Narren mei-
den wollte, würde er dem Geliebten opfern – gleichwie vor
einer Bildsäule, gleichwie einem Gotte.
. . . Und sehnsüchtig will sie (die Seele) dorthin, wo sie den
erblicken zu können glaubt, *der die Schönheit hat.*

⟨18⟩ Das Unendliche in eins geballt, die vollkommene
Schönheit auf dem Erdboden stehend, gebannt in *eine*
menschliche Gestalt. – Rausch u. Anbetung. . –
Er schaut die ewigen Formen, das Schöne selbst, den einigen
Grund, dem jede schöne Form entquillt.[52]

Das Feld der Wahrheit, der Aufenthalt der vollkommenen,
reinen u. truglosen Schönheit, nach deren Umarmung u. vertrauterem Umgang er sich schon so lange gesehnt.
Wie Mathematiker Körper zeigen.[53] Schöne Spiegel von
schönen Gegenständen. Amor macht das Reine u. Intellektuelle sichtbar durch junge Leute.
Ein von anständiger u. tugendhafter Liebe beseelter Mensch
wendet alle seine Gedanken auf jene göttliche u. *geistige
Schönheit* zurück u. braucht die Schönheit eines sichtbaren
Körpers bloß als Werkzeug der Erinnerung.

G – bei deren Anblick schon du und die Anderen erschrek-
ken, u. bei denen ihr dann immer weilen wollt, weilen ohne
zu essen u. zu trinken, nur sie schauend, nur ihnen gegenwärtig.

Ph. So oft aber diese ein *Gleichnis der ewigen Schönheit* hienieden erblicken, dann erschrecken sie u. sind außer sich, sie
wissen nicht, wie ihnen geschieht, denn ihr Auge ist blöde u.
geblendet.
Der Ungeweihte oder Verdorbene wird nicht leicht zum Anblick der Schönheit selbst gebracht, wenn er ein *irdisches
Abbild* sieht. Er ist blind u. weiß ∥

⟨Auf der Rückseite⟩

    Zucht   Adel
  Maß   nüchtern
 streng u. reiner Wille

⟨19⟩ nicht zu verehren. Wenn aber der Geweihte, einer von
denen, die da oben viel geschaut haben, ein gottgleiches Antlitz, das *jene große Schönheit spiegelt*, oder die schöne Gestalt
eines Körpers erblickt, bebt er auf u. eine heilige Angst fällt
über ihn … Dann erst sieht er hin und verehrt den Jüngling
wie einen Gott, ja wenn er nicht den Schein des Narren mei-
den wollte, würde er dem Geliebten opfern –

Ph Nur die Schönheit ist zugleich sichtbar und liebenswürdig, d. h. sie ist [das Einzige] [die einzige Form des *Geistigen,**)] was sinnlich wahrnehmbar, sinnlich erträglich ist.
[Wo] So ist die Schönheit der Weg des Künstlers [der] zum
Intellektuellen: [u. das ist] nur ein Weg, ein Mittel. Der Lie-

bende ist göttlicher, als der Geliebte, u. sein Wissen davon ist
die Quelle aller Ironie der Liebe.

(*Ein Teil des Göttlichen. Vor dem Übrigen, der sinnlichen
Erscheinung von Vernunft, Tugend, Wahrheit oder gar vom
Gesamt-Göttlichen würden wir vergehen u. verbrennen vor
Liebe wie Semele vor Zeus.)

⟨20⟩ Er erinnert sich bei ansteigender Leidenschaft seiner
sittenstrengen Vorfahren. Was würden sie sagen? Aber was
hätten sie zu seinem ganzen Leben gesagt, [das im Grunde
dem] über das er selbst, aus ihrem Geiste heraus, so skepti-
sche u. ironische Dinge gesagt hatte, – und das dem ihren im
Grunde so ähnlich gewesen war. Auch er[54] hatte strengen,
kriegerischen Dienst gethan, und bei den tapfersten Völkern
stand Eros im Ansehen.

Eros und *Wort*. (Im Worte – da weiß er sicher zu lenken.
Verhältnis der redegewandten Athener zu ihm. Die Arbeit
am Strande.⟨⟩)

Nur der glänzt in der Kunst, den Eros unterweist. Auch seine
Kunst[54] war ein nüchterner Dienst im Tempel zu Thespiä.
Eros ist immer in ihm gewesen. Tadzio war immer sein Kö-
nig. Auch seine Liebe zum Ruhm war Eros.

⟨21⟩ Und gilt für einen, der besessen ist.

Der Edle, der ein Gleichnis der ewigen Schönheit hienieden
erblickt, erschrickt und ist außer sich.
Ein gottgleiches Antlitz, das jene große Schönheit spiegelt.

Eos

Ganymed. Hyákinthos.
Selige Belebtheit der Natur.

Im Begriff, ihn anzureden.

Das Lächeln vor der Terrasse.

⟨22⟩ *Cholera asiatica*[55]
Die Sterblichkeit schwankt je nach der Schwere der Epidemie, auch nach Lebensalter etc. Sie erreicht 60–70 Prozent.
Etwa die Hälfte der Menschen ist immun.
Die Seuche ist seit alter Zeit in gewissen Teilen Ost-Indiens
heimisch. Seit 1817 zeigt sie auffallende Neigung zur Ausbreitung und Wanderung. 1816 bildeten sich an den Ganges-
mündungen zerstreute kleinere Choleraherde. Im folgenden
J. *dehnt sich* die Krankheit über die ganze Halbinsel *aus*, hatte
Ende 1818 schon ganz Ostindien *durchwandert, richtete* auf
den Inseln des ind.-chines. Archipels *große Verheerungen
an, verbreitete* sich 1820–1 über ganz China u. *drang* über
Persien 1823 bis nach Astrachan. Ausgehend von einer neuen
Epidemie, die 1826 in Bengalen ausbrach, *erreichte* die Ch.
1829 von neuem die Ufer der Wolga, *trat* 1830 in Astrachan

u. zwei Monate später in Moskau *auf* u. *hielt* nun ihren großen *Seuchenzug* über Europa, indem sie sich über das ganze
Europ. Rußland verbreitete, 1831 als verheerende Seuche
Deutschland zum erstenmal überzog u. 1832 nach England u.
Frankreich drang. In dems. Jahre durch Auswandererschiffe
nach Amerika. Bis 1838 in Europa viele kleinere Epidemien,
dann vollst. Pause bis 1846, wo wieder *von Indien über Persien u. Syrien* ein neuer Seuchenzug sich bildet, der 1848 die
deutschen Grenzen erreicht, sich von hier aus über den größten Teil Europas u. Nordamerikas ausdehnt u. bis 1859
versch. größere Epidemien auf der ganzen nördl. Hemisphä-
re verursachte. Eine vierte Epidemie *1865–75, unterschied
sich von allen früheren durch ihren eigentümlichen Verlauf u.
die Schnelligkeit, mit der sie von Asien nach Europa gelangte.*
Während sie sonst stets von Indien über Afghanistan, Persien
u. das asiatische Rußland nach Europa vordrang und mehr als
ein Jahr gebrauchte, ehe sie die europ. Grenzen erreichte,
*gelangte sie diesmal in nur wenigen Tagen auf dem Seewege
von der Küste Arabiens aus nach Südeuropa u. überzog in
wenigen Wochen einen großen Teil Europas.* – Weitere Epidemie brach, durch französische Schiffe von Indien einge-
schleppt, 1884 in Toulon aus u. Marseille aus, dehnte sich
nach Italien, bes. Neapel u. suchte 1885 Spanien heim, wo sie
auch 1890 auftrat. Sommer 1892 von Persien nach Baku u.
Astrachan, überzog fast ganz Rußland u. Aug. 1892 nach
Hamburg verschleppt. Gleichzeitig in Frankreich (Paris,
Havre, Rouen) u. Belgien (Antwerpen). 1893, 94, 95 in Europa nur vereinzelte Fälle.
Vereinbarung internat. Maßregeln gegen die Verbreitung der
Ch. auf dem 1893 in Dresden abgeh. Hygienekongreß u.
Ausarbeitung eines deutschen Seuchengesetzes, das [1893]
1900 erlassen wurde.
Verlauf der asiatischen, epidemischen oder indischen Ch: Ta-
gelang Abgeschlagenheit, Verdauungsstörungen, schmerzlo-
se wässerige Durchfälle. Oft fehlen aber auch die Vorboten;
blitzschnelles Eintreten. Plötzlich, meist in der Nacht, stür-
mische Ausleerungen, nur im Anfang aus gefärbtem Darmin-

halt, bald aber aus einer wasserähnlichen Flüssigkeit beste-
hend. (Alkalisch, zahllose Epithelzellen des Dünndarms,
Fetttröpfchen, Blutkörperchen, Tripelphosphatkristalle und
zahlreiche Bakterien, darunter die spezifischen Erreger ent-
haltend.) Dazu reichliches Erbrechen, zuerst Mageninhalt u.
Galle, dann gleichfalls reiswasserähnliche Flüssigkeit. *Bei der*
sog. trockenen Ch. (Cholera sicca), einer besonders gefährli-
chen Form, die selten auftritt, fehlen die reiswasserähnlichen
Ausleerungen gänzlich, weil der zeitig gelähmte Darmkanal
die in ihm ausgeschwitzten Stoffe nicht auszutreiben vermag.
Mit dem Eintritt der wässr. Ausleerungen quälender Durst,
beträchtliches Sinken der Eigenwärme u. des Pulses. Herz-
schlag matt, Glieder, Nase, Ohren blau u. leichenkalt, Gesicht
verfällt, Augen tiefliegend, Stimme heiser und klanglos (vox
cholerica). Keine Harnentleerung. Schmerzhafte Krämpfe in
den Waden u. Füßen. Dies heißt »Kältestadium«. (Stadium
algidum) Schließlich verschwinden, zuweilen unter Nachlaß
der vorher vorhandenen Ausleerungen, Puls, Herzstoß u.
Herztöne gänzlich, u. der Tod erfolgt gewöhnlich unter den
Zeichen allgem. Entkräftung. (Asphyktische Ch.) – In der
Genesungs-(Reaktions)Periode tritt oft noch eine eigentümli-
che Fieberkrankheit ein, die dem Typhus ähnlich verläuft.
(Sogen. Choleratyphoid), das bisweilen wochenlang dauert
u. die Befallenen oft noch hinwegrafft. Dabei gehen die Kranken, bisweilen nach vorübergehender Besserung, an Urämie
(Harnvergiftung) oder an Sepsis (Fäulnis) zu Grunde.
Leichenbefund: Reiswasserähnl. Flüssigkeit im Darmrohr,
auch im Magen, aus [ausgesch] massenhaft ausgeschwitztem
Blutwasser u. zahllosen abgestoßenen Darmepithelien beste-
hend. Darmschleimhaut entzündet, z. T. blutig unterlaufen
u. ihrer schützenden Decke beraubt. Blut dunkel blaurot,
eingedickt, fast teer- oder pechartig zähe, im Herzen ange-
häuft, fehlt in den Haargefäßen, sodaß das Zellgewebe, Muskeln u. s. w. blutarm, trocken, zähe, unelastisch, Haut grau u.
runzlig, die serösen Häute klebrig. Während des Verlaufes
Eiweiß im Harn. *Also: Übermäßige Ausscheidung von Was-*
ser aus d. Blutgefäßen in die Höhle des Darmkanals. Hier-

durch Blut dickflüssig, langsam beweglich, vermag nicht mehr die feinen Haargefäße zu durchdringen. Daher stockt Atmungsprozeß: Atemnot u. Beängstigung wie beim Erstikken. Hirnsymptome, da Gehirn bei der mangelhaften Blutzirkulation nicht genügend ernährt wird. *Das eingedickte Blut hat an Masse sehr abgenommen*, daher fehlt allen Teilen der Haut ihre sonstige Fülle. *Blaue Farbe des Bluts* inf. der mangelhaften *Atmung, mangels Sauerstoff.*

Zu Epidemiezeiten wurden die Vibrionen oft auch im Darm scheinbar ganz gesunder Menschen gefunden, die mit Cholerakranken in Berührung gekommen sind, jedoch inf. größerer individ. Immunität vor ernsterer Erkrankung (außer leichten Durchfällen) geschützt sind. Diese Personen sind aber für die Verbreitung ebenso gefährlich wie schwer Erkrankte, ja meist gefährlicher, da durch sie die Erreger in unkontrollierbarer Weise verschleppt werden.

Eigentliche Heimat Ostindien, endemisch besonders im Gangesdelta. Rapide Steigerung u. Beschleunigung des Verkehrs seit Einführung der Dampfschiffe, erklärt die ausgedehnte Verschleppung seit diesem (vorig.) Jahrhundert. Verschont geblieben kaum ein Land, nur ganz verkehrsarme [Länder] Orte im Hochgebirge u. in der arktischen Zone. [Nur] Zwei *Wege für die Verbreitung* besonders beträchtlich: Der eine über Central-Asien, folgend den Hauptstraßen des Karavanenverkehrs, nach dem europ. Rußland. *Der zweite zur See nach den Mittelmeerhäfen.* Gefahr aus dem Schiffsverkehr jetzt sehr im Vordergrund.

Art der Verbreitung: Oft direkte Übertragung von Kranken auf Gesunde. Mittelbare Übertragung speziell durch Trinkwasser, in das Ch.-Dejektionen [Exkremente, Kot] gelangt sind. In Hamburg *erkrankten 30 % der Bevölkerung*, weil (im Gegensatz zu Altona, wo gut filtriertes Trinkwasser benutzt wurde) in Hamb. das rohe Wasser in die Stadt geleitet wurde. Verschiedene öffentliche Anstalten, die nur mit Brunnenwasser versorgt waren, blieben verschont. Direkte Übertragungen verhältnismäßig selten, da die von Kranken ausgeschiedenen Bacillen in relativ frischem Zustande in den

Darm Gesunder gelangen müssen, da sie sonst absterben.
Anders, wenn Dejektionen ins Trinkwasser gelangen. Dann
werden die Erreger vielen gleichzeitig zugeführt, und es
kommt zu explosionsartigen [Ausbrüchen] Verbreitung wie
in Hamburg. Eine Stadt mit guter centraler Wasserversor-
gung wird viel //

⟨23⟩ ⟨Zeitungsausschnitt: Bild Gustav Mahlers⟩

⟨24⟩ weniger für die Epedemie disponiert sein, als eine mit
schlechter Wasservers. Gut durchgef. Kanalisation hoher
Schutz, weil dadurch die Dejektionen, die Haus- u. Wasch-
wässer, die ungezählte Erreger enthalten, sofort abgeführt
werden. Einschleppung: Es ist etwa ein Armer, der keinen
Arzt zu Rate zieht, so daß die nötigen Maßregeln nicht getroffen werden. Ist unter den Erkrankten gerade ein Gemüsehändler oder eine Milchverkäuferin, so können Kommabazil-
len leicht die Waaren infizieren, wodurch Ausbruch. Höhepunkt meist im Spätsommer, weil Temperatur des Flußwas-
sers dann am höchsten, – gut für die Bazillen. Um diese Zeit
auch Verdauungsstörungen sehr häufig, wodurch die Menschen für Infektion empfänglich. Wohlhabenheit u. Wohn-
dichtigkeit spielt für die Verbreitung große Rolle. Absolute
Absperrung auch durch rigoroseste Quarantainevorschriften
nicht erreichbar. Außerdem schwere Schädigung des Han-
dels. Beschränkung darauf, Leute, die ⟨aus⟩ Ch.-Gegenden
kommen, zu untersuchen, die Kranken zu isolieren, die Ge-
sunden längere Zeit zu beobachten.
Behandlung: Zuerst Ricinusöl oder Kalomel ⌈Quecksilber-
chlorüd⌉ als Abführmittel. Dann Opium. Kochsalzinfusio-
nen unter die Haut, zwischen die Muskeln oder in das Blutge-
fäßsystem, in Dosen von 1 bis 2 l mehrmals täglich wieder-
holt, beleben die Herzthätigkeit und regen Urinsekretion an.
Alkoholici fürs Herz werden in schweren Fällen wieder er-
brochen.

X

Hamburg. Ausbruch August. Mit außerord. Schnelligkeit
über die ganze Stadt: Am 16. August 2 Erkrankungen, am
16^ten56 1024, am 2. Sept. starben 561. Drei Millionen wurden
für die Bekämpfung bewilligt. Schon Ende Oktober Erlöschen. 16 956 Personen ergriffen, von denen 8605 starben.
Verkehr zu Land auch noch nach dem Erlöschen sehr vermin-
dert, noch mehr der Seeverkehr. Nachher umfangr. Maßregeln zur Besserung der Gesundheitsverhältnisse: Errichtung

eines hygienischen Instituts, beschl. Fertigstellung der Sand-
filter der Wasserkunst, Revision des Bau-Polizei-Gesetzes,
wodurch in den neu zu erbauenden Wohnungen für Licht
und Luft gesorgt, Gesetz über die Wohnungspflege, wodurch die Bewohnung der älteren ungesunden Wohnungen
verhindert ist u. die Benutzung der Gelasse zu Wohnzwecken
eingeschränkt.

Venedig (gegen 160 000 Einw.) (Hamburg za 800 000)[57]
Ein großes Krankenhaus (ospedale civico) in der ehem. Scuo-
la di San Marco. Ein Militärkrankenhaus, Irrenhäuser auf den
Inseln San Servilio u. San Clemente. Zwei Waisenhäuser.
Kinderbewahr-, Rettungs- und Versorgungsanstalten.
Eine Wasserleitung führt vom Festlande in die Stadt. In den
Giardini publici alle zwei Jahre intern. Gemäldeausstellun-
gen. *San Michele:* die Friedhofsinsel.
Cholera in V.: 1848, während Ministerpräsident Manin die
Verteidigung der Stadt gegen die blockierenden Oesterrei-
cher forcierte. Die Bevölkerung litt furchtbar durch Bombar-
dement, Hunger und *Cholera.*

X

Hygiene:
In Italien existieren nach Gesetz von 1865 ein Sanitätsrat unter dem Ministerium des Inneren, in jeder Provinz ein Sanitätsrat, in jedem Kreise ein solcher und in den Gemeinden
Sanitätskommissionen.

X

Internat. Regelung der Quarantänemaßnahmen: für die Cholera angebahnt auf Kongressen u. a. in Venedig 1892. Die

Staaten haben sich verpflichtet zu sofortiger gegens. Mitteilung bei Entstehung von Choleraherden, ferner [die] Art u. Maß der Überwachung von Personen bei Ch.-Gefahr geregelt, insbes. von verseuchten oder verdächtigen Schiffen. *Quarantäne:* Unter choleraartigen Erscheinungen Erkrankte dürfen zurückgehalten, andere nur (gelegentlich der Zollrevision) ärztlich untersucht werden. Aus einem verseuchten Ort kommende Reisende werden nach Ankunft am Bestimmungsort einer 5 tägigen gesundheitspolizeilichen Überwachung unterworfen.

Der *Ganges* mündet, mit dem Brahmaputra das größte Delta der Welt bildend, in den Bengalischen Meerbusen. Der Süden des Deltas, ein üppig bewachsenes, *sehr ungesundes* Sumpf- u. Insellabyrinth, heißt die *Sundarban.*[58]

$$1911 = 53 \text{ Jahre}$$
$$\underline{-53}$$
$$1858 \text{ geboren} \qquad\qquad 1858$$
$$\qquad\qquad\qquad\qquad\qquad\qquad \underline{30}^{59}$$
$$\qquad\qquad\qquad\qquad\qquad\qquad 1888$$

Honigfarbenes Haar (dunkler als goldblond)

$$17000 : 7 = 2428^{60}$$
$$\underline{14}$$
$$\underline{30}$$
$$\underline{20}$$
$$\underline{60}$$
$$\underline{56}$$
$$4$$

⟨**25**⟩ An Gestalt den Unsterblichen ähnlich[61]

Balsamisch

Schöngelockt

Denn wie erscheint in unansehnlicher Bildung ...
(Odyssee S. 127)[62]

»Oft veränderten Schmuck und warme Bäder und Ruhe«
(lieben die Phäaken)[63]

Der bläulichgelockte Poseidon[64]

---

    blühen
Auf [wuchern], üppig, verschwenderisch, schwelgerisch,
                  buhlerisch einlullend

⟨Rückseite⟩.

Pein Qual Weh

  Not Harm

Gemäßheit
Angemessen   Gefällig
Gehörig

⟨26⟩ Entwicklung seines *Styles*: ins klassisch Feststehende, Traditionelle, Akademische, Konservative.

Bei klösterlicher Stille des äußeren Lebens äußerste Verwöhntheit und Blasiertheit der Nerven durch die Kunst. (Auch durch die stofflichen Abenteuer: Blutiges im Friedrich.)

Ebenso weit entfernt vom Banalen wie vom Exzentrischen.

»Trotzdem«. Seine Werke zustandegekommen gegen seine zarte Physis nicht nur, sondern auch gegen seinen *Geist*, gegen Skepsis, Mißtrauen, Cynismus[65], der sich gegen Kunst und Künstler selbst richtet. Der heroische Hamlet.

Kein unedles Wort, wie Ludwig XIV.

Unter der langen und hohen Spannung eines großen Werkes.

Das ist Schicksal. Wie sollte nicht eine Entwicklung unter der Teilnahme einer großen teilnehmenden Oeffentlichkeit anders verlaufen, als eine, die sich einsam, ohne den Glanz und die Verbindlichkeit des Ruhmes vollzieht!

⟨27⟩ Amtsgericht, Landgericht, Oberlandesgericht.[66]

Liegnitz 66620 Einw. Garnison. Land- u. Amtsgericht. Gymnasium.[67]

Sein Heldentypus

[Gemein ist alles, was nicht][68]
Nur anfangs Lyrik, dann Prosaiker.[69]

Jugend-Problematik: Skepsis gegen Kunst und Künstlertum. Erkenntnis, Ironie. Dann wachsende Würde.

Abwendung von Skepsis u. Erkenntnis, im »Elenden« vorbereitet. Sittliche Entschlossenheit jenseits der Erkenntnis [u. Psychologie]. *Zugleich* Erstarken des formalen Sinnes. »Wiedergeborene Unbefangenheit«. Aber moralische Kraft jenseits des Wissens bedeutet zugleich eine Vereinfachung, eine *sittliche Naivisierung* der Welt und der Seele und daher auch ein Erstarken zum Laster, zum Verbotenen, zu allem Möglichen und – Unmöglichen. Wie denn auch das Formale zugleich sittlich und unsittlich ist: züchtig und a-, ja antimoralisch.

⟨Rückseite⟩
1899
  10
―――
1909

⟨28⟩ Tempel des Amor zu Thespiä

―――――――――――――――――――――――――――――――

Denn Amor liebt den Müßiggang.

―――――――――――――――――――――――――――――――

Enthusiasmus.

―――――――――――――――――――――――――――――――

X Bei Tage verfolgt er ihn ohn Unterlaß, des Nachts wacht er –

―――――――――――――――――――――――――――――――

X Eros und Tapferkeit

―――――――――――――――――――――――――――――――

Bestürzt wie ein Hahn

―――――――――――――――――――――――――――――――

Viele sahen doch denselben Körper (Rausch)

―――――――――――――――――――――――――――――――

Der schöne Körper (plat. Schwärmerei) Werkzeug der Erinnerung an die geistige Schönheit.

―――――――――――――――――――――――――――――――

Unabhängigkeit des Tempeldieners.

Dem Liebenden gibt die Sitte Freiheiten – zum Sklaven zu **X** werden.

Eros ist: jung und von zarter Bildung, geschmeidig, ebenmäßig u. von schöner Haltung.

Unterweisung durch Eros in der Beherrschung der Künste, ohne ihn kein Ruhm. In allen Mühen . . . im *Worte* da weiß er sicher zu lenken. Die Athener u. das Wort. (Arbeit am Strande.) Auch seine Kunst war ein nüchterner Dienst im Tempel zu Thespiä. Ruhmesliebe u. Befähigung zum Ruhm.

Bei deren Anblick schon Du u. die Anderen erschraken u. bei denen ihr dann immer weilen wollt –

⟨Rückseite⟩
Abreise 22. Mai Auf Br. 10 Tage. Abreise von dort 2. Juni. Beginn der Cholera in der 4. Woche seines Aufenth. am Lido; also ca. 27. Juni.

Heimsuchung, Abenteuer,

⟨29⟩ Geist fodr' ich vom Dichter.[70]
Gemein ist alles, was nicht zum Geiste spricht und kein andres, als ein sinnliches Interesse erregt. (Schiller)[71]

Es kommt darauf an, gut zu schreiben. Und wer am besten schreibt, hat das Recht auf die höchsten u. vornehmsten Gegenstände.[72]

Intellektualität des modernen Künstlers. (Zeitungsaussch.)[73]

Geist = Christentum, Platonismus. Sinnlichkeit, Plastik = Heidentum. *Schillerisch:* naiv und sentimentalisch. *Goethe* (naiv): die höchste Kunst ist äußerlich. In beiden der Gegensatz nicht rein ausgedrückt. Goethe Spinoza-Schüler, analytischer Psycholog. Schiller besitzt eine gute Portion sinnlicher Naivität. Künstlerschwäche für den Katholizismus. Das Eine strebt nach dem Anderen. Der Intellektuelle bewundert nichts mehr, als das Plastische. Der geborene Plastiker hat spirituellen Ehrgeiz.[74]

Jeder echte Komödiant neigt im Grunde zum Cirkus, zur Clownerie, zum parodistischen Spaß; es ist sein eigentliches Talent und alles Weitere Ehrgeiz u. kindlicher Respekt vor dem Höheren, dem Geist, der Literatur.[75]
Die Schauspielkunst, reduziert auf das leibliche Talent, jenes Kokotten- u. Hochstapler-Talent Sonnenthals. Aber das Talent (etwas Tierisches, [zum] Äffisches zunächst) hat den Drang zum Höheren, den Ehrgeiz, seinem Wirken Würde zu geben durch hohe geistige Aufgaben . . .[76]
Das Variété-Talent der Künstler zu jener äffischen Begabung gehörig, die nicht nur beim Schauspieler die seelische Grundlage des Künstlertums ist, dieser Kreuzung von Luzifer und Clown. Das Parodistische die Wurzel. Aber starke Begabung ist ein Stachel zur Würde, zu hoher Geistigkeit der Aufgaben u. Leistungen . . .[77]

⟨30⟩ ⟨Zeitungsausschnitt⟩
Die Cholera in Italien
*Palermo, 4. Septbr. Der Fremdenverkehrsverein von Palermo sendet uns eine Statistik über die dort vorgekommenen Cholerafälle, aus der Folgendes zu entnehmen ist. Juni: 772 Krankheitsfälle, darunter 393 mit tödlichem Ausgang; Juli: 1132 Krankheits-, 307 Todesfälle; August 531 Krankheits-, 95 Todesfälle. Die Gesamtsterblichkeitsziffer der letzten Augusttage schwankt in Palermo zwischen 40 und 20 bei abnehmender Tendenz, darunter fast die Hälfte Kinder unter sechs Jahren. Nach der vorliegenden Statistik waren die schwersten Tage im ersten Drittel des Juli. Dann nahm die Krankheit, allerdings unter Schwankungen, sichtlich ab, bis sie am 27. August den niedrigsten Stand von 1 Krankheits- und 1 Todesfall erreichte. Der Stand am 31. August be- ⟨Ende des Ausschnitts⟩
⟨Schluß des Berichts, in den »Münchner Neuesten Nachrichten« vom 5. September 1911⟩[78]
trug 4 neue Fälle gegenüber keinem Todesfall. Nach dieser Statistik scheinen sich in Palermo mit seinen 350 000 Einwohnern die Verhältnisse erheblich gebessert zu haben.

⟨31⟩[79] Fängt an, ihn zu verfolgen. (Bei Tage verfolgt er ihn ohn Unterlaß, des Nachts wacht er –.) (Dem Liebenden giebt die Liebe Freiheiten – zum Sklaven zu werden.)
Das buhlerische Venedig.
Auf welchen Wegen! – Sucht sich sittlich zu stützen. Erinnerung an seine Vorfahren, an sein tapferes Leben. Eros und Tapferkeit. Neue Eindrücke vom »Übel«. Der Manager. Der Musikant. Der Engländer. Die Seuche.
Mitschuld. – Wilder Traum vom fremden Gott.
Entnervung und völlige Demoralisation. Haarfärben und Locken. Verfolgung durch das kranke Venedig. Die Erdbeeren, Erkenntnis bei der Cisterne. Letzter Anblick und Auflösung.

Vorfahren: dienstlich, straff, anständig, karg, nüchtern, sittenstreng.
Possenreisser, Buffo
Spaßmacher
Bänkelsänger

Unzucht und Raserei des Unterganges

Anmerkungen

1 Irrtümlich für »Tadeusz«.
2 Heiratete 1912 den älteren Bruder (Heinz) von Thomas Manns Frau Katia (geb. Pringsheim).
3 Aus »II« verbessert (Schreibfehler).
4 Q: *Platons Phaidros* (250), S. 43 f.
5 Q: Lukács, S. 203. Die Worte in runden Klammern sind von Thomas Mann hinzugefügt.
6 Vgl. *Platons Phaidros* (244a), S. 32: »Phaidros ⟨...⟩ aus Myrrhina, der Stadt der Wollust und der Myrrhen«. Vielleicht wollte Thomas Mann eine Beziehung zu Venedig als »Stadt der Wollust« herstellen.
7 Q: *Platons Phaidros* (250), S. 43 f. Die Semele-Anspielung ist von Thomas Mann hinzugefügt; zu seiner »ersten literarischen Liebe« für Schillers *Semele* vgl. den *Versuch über Schiller* (GW IX, 929).
8 Q: Nösselt, S. 14, 267 und 362 f.
9 Q: Homer, *Odyssee*, 4. Buch, V. 563 ff. in der Übersetzung bei Rohde, Bd. 1, S. 69.
10 Q: ebd., S. 74 f.
11 Q: ebd., S. 84.
12 Q: ebd., Bd. 2, S. 4 f. und 9 ff.
13 Q: ebd., S. 11 f.
14 Q: ebd., S. 19 f.
15 Q: ebd., S. 27.
16 Q: ebd., Bd. 1, S. 74 f.; Nösselt, S. 166 (zu Kephalos).
17 Q: Nösselt, S. 47.

18 Q: ebd., S. 196.
19 Q: Burckhardt, Bd. 2, S. 48 f. und 55.
20 Q: ebd., S. 71.
21 Q: ebd., S. 98–101. Zur Fremdheit des Dionysos siehe auch Rohde, Bd. 2, S. 41.
22 Die auf uns gekommenen griechischen Dramentexte kennen keine
   Bühnenanweisungen. Die an solche anklingende Formel soll
   Aschenbachs Schicksal in etwa zusammenfassen.
23 Q: Plutarch (*Erotikos* 748 f.), S. 1.
24 Q: ebd. (757a), S. 23.
25 Q: ebd. (758b), S. 26, Anm. 50.
26 Q: ebd. (758c), S. 26.
27 Q: ebd. (758e), S. 28.
28 Q: ebd. (759b), S. 29.
29 Q: ebd. (760e), S. 33 f.
30 Q: ebd. (761d), S. 35.
31 Q: ebd. (761d), S. 36.
32 Q: ebd. (762b), S. 38.
33 Q: ebd. (762e), S. 39.
34 Q: ebd. (763b), S. 40.
35 Q: ebd. (763e), S. 41, Anm. Die Formulierung wird dort als »Stelle aus einem unbekannten Dichter« bezeichnet. Thomas Manns
   knapper Kommentar deutet vielleicht die Absicht an, die – so
   ausgewiesenen – Worte als Mittel stilistischer Erhöhung einzu-
   bauen, woraus aber nichts wurde.
36 Q: Plutarch (*Erotikos* 764b–765c), S. 43–46.
37 Q: ebd. (765e), S. 47.
38 Q: ebd.
39 Q: ebd. (768a), S. 53.
40 Q: *Platons Phaidros* (244a), S. 32.
41 Q: *Platons Gastmahl* (175e), S. 7.
42 Q: ebd. (180a), S. 13.
43 Q: ebd. (181a), S. 15.
44 Q: ebd. (182b ff.), S. 17 f.
45 Q: ebd. (184a), S. 19 f. (paraphrasiert).
46 Q: ebd. (192e), S. 33.
47 Q: ebd. (195c), S. 37–41 (mit Auslassungen).
48 Q: ebd. (203b), S. 50 f.
49 Q: ebd. (210d ff.), S. 62-65.
50 Q: ebd. (208c ff.), S. 59 ff.
51 Q: *Platons Phaidros* (249d ff.), S. 42–45.

52 Formulierungen Thomas Manns, die die Platonische Lehre dra-
   matisch intensivierend zusammenfassen.
53 Von hier ab kehrt das in früheren Notizen exzerpierte griechische
   Material zunehmend in stichwortartiger Form wieder – eine Konzentration des Angeeigneten auf den Text hin, die für Thomas
   Mann typisch ist. Bereits nachgewiesene Quellen werden im folgenden nicht wieder angegeben.
54 In diesen unscheinbaren Brückenformulierungen werden Einzel-
   fall und Tradition, Erzähltes und Angeeignetes zueinander in
   Beziehung gesetzt.
55 Q: *Brockhaus' kleines Konversationslexikon.* Unnötig zu sagen,
   daß hier der Naturalist Thomas Mann, der in *Buddenbrooks* den
   Typhusablauf peinlich beschrieben bzw. abgeschrieben hatte, das
   einschlägige Wissen sammelt, das dann – abgesehen vom Bericht
   des ehrlichen Reiseclercs – in der Erzählung keine Rolle spielt.
   Allerdings mag für den Realisten »das Bewußtsein, daß ein be-
   stimmtes Quantum von Sachlichem neben einem liegt« wichtig
   sein, welches dann nicht eigentlich gebraucht werden, sondern
   »nur hinter der Szene spuken« mag (so Fontane, von Thomas
   Mann zitiert (GW IX,20 f.). Vor allem aber: daß das medizini-
   sche Material in den Notizen unvermittelt neben griechisch-my-
   thischem Zitatgut steht, ist an sich schon symbolisch für die aus-
   einanderstrebenden Wege der Erzählkunst im frühen 20. Jahrhundert.
56 Zweimal »16«: Schreibversehen.
57 Verbessert aus 750000.
58 Die Bezeichnung »Insellabyrinth« trifft auch auf Venedig zu.
59 Zur Planung von Aschenbachs Lebenslauf. Im Alter von 30
   Jahren hat er die Stufe der internationalen Repräsentanz erreicht.
60 Die Bedeutung dieser Rechenaufgabe ist nicht ohne weiteres klar.
   Hat Thomas Mann vielleicht zu einer Zeit, wo der voraussichtli-
   che Umfang des Textes sich auf 17000 Worte belief, die von ihm
   später so geliebte Siebenteilung erwogen?
61 Q: Homer, *Odyssee,* 8. Buch, V. 174. Vgl. Anm. 62.
62 Q: ebd., V. 169. Das vollständige Zitat lautet: »Denn wie mancher erscheint in unansehnlicher Bildung; / Aber es krönet Gott
   die Worte mit Schönheit; und alle / Schaun mit Entzücken auf
   ihn; er redet sicher und treffend, / Mit anmutiger Scheu, ihn ehrt
   die ganze Versammlung / Und durchgeht er die Stadt, wie ein
   Himmlischer wird er betrachtet. / Mancher andere scheint den

Unsterblichen ähnlich an Bildung; / Aber seinen Worten gebricht die krönende Anmut.«

63 Q: Homer, *Odyssee*, 8. Buch, V. 249.

64 Q: Nösselt, S. 56.

65 In der Ausführung aber sind die »Zynismen« kein Hindernis der künstlerischen Tätigkeit mehr, sondern sie gehören einer früheren Lebensstufe Aschenbachs an, über die der sittlich Entschlossene jetzt hinausgekommen ist: eine wichtige Verteilung von Thomas Manns widersprüchlichen Impulsen auf verschiedene Etappen dieses fiktiven Lebenslaufs.

66 *Brockhaus' kleines Konversationslexikon*, Bd. 2, S. 57.

67 Q: ebd.

68 Vgl. Anm. 71.

69 Dieser autobiographische Zug (vgl. Thomas Manns erhaltene Lyrik am Schluß von GW VIII) ist in der Ausführung weggefallen.

70 Q: Schillers Epigramm *Tonkunst*: »Leben atme die bildende Kunst, Geist fodr' ich vom Dichter, / Aber die Seele spricht nur Polyhymnia aus.«

71 Q: Schiller, *Gedanken über den Gebrauch des Gemeinen und Niedrigen in der Kunst*, erster Satz. Dieses und das vorhergehende Zitat bilden die erste Notiz der *Geist-und-Kunst*-Handschrift Thomas Manns.

72 Ebenfalls übernommen aus der *Geist-und-Kunst*-Handschrift (Notiz 2). Dort folgen die Worte: »C. F. Meyer als Exempel«.

73 Zentrales Thema des *Geist-und-Kunst*-Projekts. Siehe etwa Notiz 13, abgedruckt in: Paul Scherrer / Hans Wysling, *Quellenkritische Studien zum Werk Thomas Manns*, Bern/München 1967 (Thomas-Mann-Studien, 1), S. 159, wo der betreffende Zeitungsausschnitt nachgewiesen wird.

74 Zusammenfassung und Erweiterung (die drei letzten Sätze) von *Geist und Kunst*, Notiz 49.

75 Ebd., Notiz 54.

76 Ebd., Notiz 57.

77 Ebd., Notiz 59.

78 Von Herrn Dietmar Pass, Düsseldorf, gefunden und den Arbeitsnotizen beigelegt.

79 Das Einzelblatt aus der Thomas-Mann-Sammlung der Yale University, 1951 von James F. White in der *Yale University Library Gazette*, Bd. 25, abgedruckt. Die Motivfolge ist, wie White S. 75 bemerkt, »eine vollständige chronologische Skizze für den letzten Abschnitt ⟨das 5. Kapitel⟩ der Geschichte, wobei jede Ein-

zelheit bereits an ihrem Platz steht«. Das Blatt stelle Thomas
Manns Fähigkeit unter Beweis, »das Gerippe einer Geschichte zu
projizieren, um dann dessen Konturen lebendig auszufüllen«
(ebd.). Wie intensiv aber die Bestandteile des Motivgerippes –
weit davon, aus der Luft gegriffen zu sein – durch frühere Arbeit
aufbereitet sein mußten, zeigt erst das ganze Konvolut, aus dessen vorangegangenen Blättern verschiedenen Inhalts (Plutarch,
Rohde, Burckhardt, *Geist und Kunst*) die knappen Stichwörter
herauspräpariert wurden.

III. Dokumente zur Entstehungsgeschichte

Entstanden ist *Der Tod in Venedig* vom Juli 1911 bis zum Juli 1912. Aber bereits im Februar/März 1907 hatte Thomas Mann in seinem Aufsatz *Versuch über das Theater* einen Entwurf zur Hauptgestalt der Novelle vorgelegt.

»Man denke sich den folgenden dichterischen Charakter. Ein Mann, edel und leidenschaftlich, aber auf irgendeine Weise gezeichnet und in seinem Gemüt eine dunkle Ausnahme unter den Regelrechten, unter ›des Volkes reichen, lockigen Lieblingen‹; vornehm als Ausnahme, aber unvornehm als Leidender, einsam, ausgeschlossen vom Glücke, von der Bummelei des Glücks und ganz und gar auf die Leistung gestellt. Gute Bedingungen, das alles, um die ›Lieblinge‹ zu überflügeln, welche die Leistung nicht nötig haben; gute Bedingungen zur Größe. Und in einem harten, strengen und schweren Leben wird er groß, verrichtet öffentlich ruhmvolle Dinge, wird mit Ehren geschmückt für seine Verdienste, – bleibt aber in seinem Gemüt eine dunkle Ausnahme, sehr stolz als ein Mann der Leistung, aber voller Mißtrauen in sein menschliches Teil und ohne Glauben daran, daß man ihn lieben könne. Da tritt ein junges Weib in sein Leben [...].«

GW X,51.

Mit dieser Charakterskizze war Othello in Shakespeares gleichnamigem Drama gemeint. Er wird in den folgenden Jahren einerseits durch Richard Wagner als Gegenmodell, andererseits durch Goethe als umfunktioniertes Vorbild für die Hauptfigur der Novelle ergänzt.
Über Richard Wagner schrieb Thomas Mann Ende Mai 1911 in seinem für Werk und Biographie bedeutenden Aufsatz *Auseinandersetzung mit Richard Wagner* auf Briefbogen des Grand-Hotel des Bains, Lido-Venedig:

»Wagner ist neunzehntes Jahrhundert durch und durch, ja, er ist der repräsentative deutsche Künstler dieser Epoche, die

vielleicht als groß und gewiß als unglückselig im Gedächtnis
der Menschheit fortleben wird. Denke ich aber an das Mei-
sterwerk des zwanzigsten Jahrhunderts, so schwebt mir
etwas vor, was sich von dem Wagner'schen sehr wesentlich
und, wie ich glaube, vorteilhaft unterscheidet, – irgend etwas
ausnehmend Logisches, Formvolles und Klares, etwas zugleich Strenges und Heiteres, von nicht geringerer Willens-
spannung als jenes, aber von kühlerer, vornehmerer und
selbst gesunderer Geistigkeit, etwas, das seine Größe nicht
im Barock-Kolossalischen und seine Schönheit nicht im Rausche sucht, – eine neue Klassizität, dünkt mich, muß kommen.
Aber noch immer, wenn unverhofft ein Klang, eine bezie-
hungsvolle Wendung aus Wagners Werk mein Ohr trifft,
erschrecke ich vor Freude, eine Art Heim- und Jugendweh
kommt mich an und wieder, wie einstmals, unterliegt mein
Geist dem klugen und sinnigen, sehnsüchtigen und abgefeim-
ten Zauber.«

GW X,842.

Mit dem *Tod in Venedig* hatte Thomas Mann ein Werk der
»neuen Klassizität« des 20. Jahrhunderts ins Auge gefaßt,
dessen Hauptfigur einen repräsentativen Künstler dieser
Epoche darstellen sollte.
Zugleich mit Richard Wagner stand Thomas Mann als Modell Goethe vor Augen, und zwar der alte Goethe als Beispiel für die »Entwürdigung des Leistungsethikers«. Was er
ursprünglich hatte machen wollen, legte Thomas Mann im
März/April 1940 in seinem autobiographischen Abriß *On
Myself* dar:

»Ich war von dem Wunsche ausgegangen, Goethe's Spätliebe
zu Ulrike von Levetzow zum Gegenstand meiner Erzählung
zu machen, die Entwürdigung eines hochgestiegenen Geistes
durch die Leidenschaft für ein reizendes, unschuldiges Stück
Leben darzustellen – jene schwere Krise Goethe's, der wir
seine herrliche Karlsbader [eigtl.: Marienbader] Elegie ver-
danken, diesen Aufschrei aus tiefstem Verstört- und Hinge-

rissensein, das für ihn fast zum Untergang geworden wäre und jedenfalls ein Tod vor dem Tode gewesen ist.«

GW XIII,148.

Damals habe er es jedoch nicht gewagt, »die Gestalt Goethes zu beschwören«. Er habe sich die Kräfte dazu nicht zugetraut und sei deshalb von diesem Thema abgekommen.

Den Hinweis auf Goethes Marienbader Erlebnis als motivischen Ausgangspunkt des *Tod in Venedig* hatte Thomas Mann selbst bereits in einem Brief vom 6. September 1915 an Elisabeth Zimmer, eine nicht weiter bekannte Leserin, gegeben.

»Ich hatte ursprünglich nichts Geringeres geplant als die Geschichte von Goethe's letzter Liebe zu erzählen, die Liebe des Siebzigjährigen zu jenem kleinen Mädchen, die er durchaus noch heiraten wollte, was aber sie und auch seine Angehörigen nicht wollten, – eine böse, schöne, groteske, erschütternde Geschichte, die ich vielleicht trotzdem noch einmal erzähle, aus der aber vorderhand einmal der ›Tod in Venedig‹ geworden ist. Ich glaube, daß dieser ihr Ursprung auch über die ursprüngliche Absicht der Novelle das Richtigste aussagt.«

Br I,123.

Diese Version der Entstehungsgeschichte verbreitete er auch in anderen Briefen (an Paul Amann, 10. September 1915; an Carl Maria Weber, 4. Juli 1920). In einem Brief an Julius Bab vom 2. März 1913 interpolierte er eine andere Episode aus Goethes Leben unter dem Stichwort »groteske Entwürdigung«:

»Ich sehe, wie der Alte [Goethe] das Kind [Philippine Lade], einen Hügel hinan, haschen will und *hinfällt*. Sie lacht und *weint* dann. Und immerfort will er sie heiraten. Schaurig.«

DüD I,400.

Auch nach der Vollendung des *Tod in Venedig* dachte Thomas Mann noch daran, Goethes Marienbader Erlebnis zum Thema einer Novelle zu machen (s. Notizen, S. 53) und noch in einem Brief an den Germanisten Hans Eichner vom 10. März 1947 bestätigte er diesen Ausgangspunkt des *Tod in Venedig*:

»Ich bin tatsächlich bei der Konzeption des ›Tod in Venedig‹ von Goethe und Ulrike ausgegangen und habe nur damals nicht gewagt, Goethe mit der Perspektive seiner Werke über meine kleine epische Bühne zu führen. Erst viel später habe ich einen *humoristischen* Anlaß gefunden, das zu tun, und es war gleich ein ganzer Roman, ›Lotte in Weimar‹, der damals entstand. Übrigens erinnere ich mich, daß ein deutscher Kritiker, Josef Hofmiller, ein begabter, von Nietzsche erzogener Analytiker, damals in einer großen Besprechung des ›Tod in Venedig‹ in den Süddeutschen Monatsheften der Einsicht in diese Urkonzeption Ausdruck gab. Er schrieb in seiner Besprechung: ›Der Schatten Ulrike von Levetzows schwebt vorüber.‹«

DüD I,444.

Die eigentliche Entstehungsgeschichte der Novelle beginnt dann im Mai 1911, als Thomas Mann, während der Arbeit am *Felix Krull*, zusammen mit seiner Frau Katia und seinem Bruder Heinrich eine Ferienreise nach der Insel Brioni vor Istrien und dann nach Venedig unternahm. In seinem *Lebensabriß* aus dem Jahr 1930 berichtet er:

»Den Krull'schen Memoirenton [. . .] lange festzuhalten, war freilich schwer, und der Wunsch, davon auszuruhen, leistete wohl der Konzeption Vorschub, durch die im Frühjahr 1911 die Fortsetzung unterbrochen wurde. Nicht zum erstenmal verbrachten wir, meine Frau und ich, einen Teil des Mai auf dem Lido. Eine Reihe kurioser Umstände und Eindrücke mußte mit einem heimlichen Ausschauen nach Dingen zusammenwirken, damit eine produktive Idee sich ergäbe, die dann unter dem Namen des ›Tod in Venedig‹ ihre Verwirklichung gefunden hat. Die Novelle war so anspruchslos beabsichtigt wie nur irgendeine meiner Unternehmungen; sie war als rasch zu erledigende Improvisation und Einschaltung in die Arbeit an dem Betrügerroman gedacht, als eine Geschichte, die sich nach Stoff und Umfang ungefähr für den ›Simplicissimus‹ eignen würde. Aber die Dinge – oder welches dem Begriff des Organischen nähere Wort hier sonst einzusetzen wäre – haben ihren eigenen Willen, nach dem sie sich ausbilden: ›Buddenbrooks‹, geplant nach Kielland' schem Muster als Kaufmannsroman von allenfalls zweihundertfünfzig Seiten, hatten den ihren gehabt, der ›Zauberberg‹ würde den seinen durchsetzen, und auch Aschenbachs Geschichte erwies sich als ›eigensinnig‹, ein gutes Stück über den Sinn hinaus, den ich ihr hatte beilegen wollen. In Wahrheit ist jede Arbeit eine zwar fragmentarische, aber in sich geschlossene Verwirklichung unseres Wesens, über das Erfahrungen zu machen solche Verwirklichung der einzige, mühsame Weg ist, und es ist kein Wunder, daß es dabei nicht ohne Überraschungen abgeht. Hier schoß, im eigentlichen kristallinischen Sinn des Wortes, vieles zusammen, ein Gebilde zu zeitigen, das, im Licht mancher Facette spielend, in vielfachen Beziehungen schwebend, den Blick dessen, der sein Werden tätig überwachte, wohl zum Träumen bringen konnte. [. . .] Ganz ebenso [wie im *Tonio Kröger*] ist im ›Tod in Venedig‹ nichts erfunden: Der Wanderer am Münchener Nordfriedhof, das düstere Polesaner Schiff, der greise Geck, der verdächtige Gondolier, Tadzio und die Seinen, die durch Gepäckverwechslung mißglückte Abreise, die Cholera, der ehrliche Clerc im Reisebureau, der bösartige Bänkelsänger oder was sonst anzuführen wäre – alles war gegeben, war eigentlich nur einzustellen und erwies dabei aufs verwunderlichste seine kompositionelle Deutungsfähigkeit.«

DüD I,433 f.

Noch auf der Insel Brioni, am 18. Mai, hatte Thomas Mann die Nachricht vom Tod Gustav Mahlers erreicht. »Sein fürstliches Sterben in Paris und Wien, das man in den täglichen

Bulletins der Zeitungen schrittweise miterlebte«, bestimmte ihn, dem Helden seiner Erzählung »die leidenschaftlich strengen Züge der [ihm] vertrauten Künstlerfigur zu geben« (GW XIII, 149). Thomas Mann schnitt sich das Bild Mahlers aus der Zeitung aus und benützte es als Vorlage für die Beschreibung seines Helden (s. Arbeitsnotiz[23]).

Am 26. Mai 1911 verließen Thomas, Katia und Heinrich Mann die Insel Brioni und reisten zu Schiff von Pola nach Venedig. Der Venedig-Aufenthalt im Hôtel des Bains auf dem Lido mit einem Abstecher nach Como dauerte bis zum 2. Juni 1911. Hier begegnete Thomas Mann dem vierzehnjährigen Wladyslaw Baron Moes, dem Vorbild des Tadzio. Während seines Aufenthaltes schrieb Thomas Mann die *Auseinandersetzung mit Richard Wagner* (später veröffentlicht unter dem Titel *Über die Kunst Richard Wagners*) für die Zeitschrift *Der Merker*. Die Konzeption des *Tod in Venedig* muß ebenfalls für diesen Zeitraum angesetzt werden.

Im Juni 1911 erfolgte die Rückkehr nach Deutschland, wo Thomas Mann in seinem Landhaus bei Bad Tölz mit der Arbeit am *Tod in Venedig* begann. Am 3. Juli berichtete er in einem Brief an Hans von Hülsen, daß er seine Chamisso-Studie abgesandt habe und jetzt »gute Lust« verspüre, »eine schwierige, wenn nicht unmögliche Novelle zu unternehmen« (DüD I,394), und am 18. Juli äußerte er gegenüber dem Germanisten Philipp Witkop:

»Ich bin an der Arbeit: eine recht sonderbare Sache, die ich aus Venedig mitgebracht habe, Novelle, ernst und rein im Ton, einen Fall von Knabenliebe bei einem alternden Künstler behandelnd. Sie sagen ›hum, hum!‹ aber es ist sehr anständig.«

Br I,90.

Über die Vorarbeiten zur Novelle geben die Arbeitsnotizen Auskunft (s. Kap. II).
Bis Mitte Oktober 1911 blieb Thomas Mann in Bad Tölz. Vom Text der endgültigen Novelle scheint bei der Rückkehr nach München nicht viel vorgelegen zu haben. An den

Literaturhistoriker Ernst Bertram schrieb er am 16. Oktober 1911:

»Ich bin eben vom Lande zurückgekehrt und noch in einem verwirrten Zustande; außerdem von einer Arbeit gequält, die sich im Laufe der Ausführung mehr und mehr als eine unmögliche Conception herausstellt und an die ich doch schon zuviel Sorge gewandt habe, um sie aufzugeben.«

DüD I,395.

Ende Oktober heißt es dann, daß die Novelle »ziemlich weit gefördert« sei, doch mußte die Arbeit wegen einer Vortragsreise Anfang November nach Brüssel unterbrochen werden (DüD I,395). Anfang Dezember 1911 schrieb er, daß er mit der Novelle, »die vielleicht eine unmögliche Conception ist, bis zur Qual beschäftigt« sei (ebd.). Damals lag ungefähr das erste Drittel der Novelle in der Niederschrift vor, wie sich aus Selbstzitaten aus dem *Tod in Venedig* in Thomas Manns persönlichen Briefen erschließen läßt. Am 24. Dezember 1911 erschien im *Berliner Tageblatt* die folgende Antwort von Thomas Mann auf eine Umfrage:

»Mich beschäftigt eine ziemlich breit angelegte Novelle, betitelt, ›Der Tod in Venedig‹, eine ernste, gewagte und schwer möglich zu machende Sache, die ich der ›Neuen Rundschau‹ zugedacht habe, vorausgesetzt, daß sie sie haben will. Ich habe dieser Arbeit zuliebe einen neuen Roman zurückgestellt: die ›Bekenntnisse des Hochstaplers und Hoteldiebes Felix Krull‹ [. . .].«

Thomas Mann. Aufsätze, Reden, Essays. Hrsg. von
Harry Matter. Berlin/Weimar: Aufbau-Verlag,
1983. Bd. 1. S. 255.

Nach einer kurzen Vortragsreise im Januar 1912 nach Heidelberg, Bremen und anderen Städten setzte Thomas Mann die Arbeit an der Novelle fort. Dabei gewann er den Eindruck, daß es, wie er am 7. Februar 1912 an den Schriftsteller und Freund des Hauses, Hans von Hülsen, schrieb, »eine bedeutende Sache wird« (DüD I,396). Nachdem seine Frau Katia im März einen Kuraufenthalt in einem Davoser Lungensanatorium angetreten hatte, schrieb er am 2. April 1912 an seinen Bruder Heinrich:

»Mein Leben ist jetzt etwas hart, aber ich habe, von einigen Krankheitstagen abgesehen, nie ganz aufgehört, zu arbeiten, und der ›Tod in Venedig‹ wird hoffentlich, bis ich nach Davos gehe (Anfang Mai), fertig werden. Es ist zum Mindesten etwas sehr Sonderbares, und wenn Du es im Ganzen nicht wirst billigen können, so wirst Du einzelne Schönheiten nicht leugnen können. Besonders ein antikisierendes Kapitel scheint mir gelungen. Die Novelle wird zunächst als ›Hundertdruck‹ bei Hans v. Weber erscheinen, in üppiger Ausstattung.«

Br I,93.

Doch die Novelle ließ sich vor der Abreise nicht mehr vollenden. Vom 15. Mai bis zum 12. Juni hielt Thomas Mann sich dann bei seiner Frau in Davos auf und empfing dort Anregungen zu einer neuen Novelle, »Der verzauberte Berg« (später *Der Zauberberg*, 1924). Nach der Rückkehr aus der Schweiz verbrachte er den Rest des Sommers in seinem Haus in Bad Tölz, wo der *Tod in Venedig* im Juli 1912 abgeschlossen wurde.

Der Abdruck erfolgte im Oktober- und Novemberheft der *Neuen Rundschau* (23. Jahrgang, 1912; 1.–3. Kapitel: S. 1368–98; 4.–5. Kapitel: S. 1499–1526) sowie in einer bibliophilen Auflage von hundert Exemplaren im Hyperionverlag (München 1912). Im S. Fischer Verlag erschien das Buch im Februar 1913 in einer Erstauflage von 8000 Exemplaren, die sofort vergriffen war. Bis zum Ende des Jahres 1913 war das 18. Tausend erreicht (s. Mendelssohn, 1975, S. 913). Bis 1915 wurde die Novelle ins Dänische, Schwedische, Ungarische und Russische übersetzt. Übertragungen ins Englische und Französische erfolgten erst nach dem Ende des Ersten Weltkriegs.

IV. Spätere Äußerungen Thomas Manns
zu seiner Novelle

Zu den ersten Äußerungen Thomas Manns gehören Reaktionen auf die negativen und positiven Kritiken der Novelle. So schrieb er am 2. März 1913 an Julius Bab, den Theaterkritiker und Dramaturgen der Berliner Volksbühne, im Hinblick auf die negativen Rezensionen von Alfred Kerr (s. S. 139 ff.):

»Gestern schickte ich ein Exemplar des ›Tod in Venedig‹ an Sie ab – in dankbarer Gesinnung. Daß Ihnen Ihr festes Eintreten für meine geistige Existenz Unannehmlichkeiten eingetragen hat – denn unangenehm sind Mistfliegenstiche und können wirklich quälende, wenn auch leicht heilbare Blutvergiftungen hervorrufen – thut mir *leid*. Aber erstens mußten Sie wohl auf dergleichen gefaßt sein, und zweitens, es ist wirklich egal. Ich habe mir die beiden kleinen Lumpereien angesehen; sie sind so dumm, nichtssagend, untergeordnet, gewissenlos, unwirksam, daß Sie wie jedermann gelassen darüber zur Tagesordnung übergehen können, – was Sie natürlich auch längst gethan haben. Solche Dinge können dem Betroffenen einen Augenblick nervösen Unbehagens bereiten; alle Nichtbeteiligten haben kaum Zeit sich zu wundern, so haben Sie es schon wieder vergessen. Mit leerem Schimpf kann man nicht töten, nicht einmal schaden. Was bildet der alte Gassenjunge sich eigentlich ein, daß er glaubt, mit ein paar faulen Witzen Lebenswerke zerstören oder erschüttern zu können? Wenn er Sie einen »geprügelten Schlemihl« nennt und mich für das kümmerlichste Literaturwürmchen ausgibt, – was soll es, was nützt es, was schadet es? Niemand glaubt es ihm, niemand glaubt auch nur, daß er es glaubt [...].«

DüD I, 400.

Dem Freiburger Germanisten Philipp Witkop dagegen berichtete Thomas Mann am 12. März 1913 nur von den positiven Rezensionen seiner Novelle:

»Über meine Novelle höre ich andauernd von allen Ecken und Enden Beifälliges, ja Bewunderndes. Noch nie war die unmittelbare Teilnahme so lebhaft – und so sind zu meiner Freude die Stimmen dabei, auf die es ankommt. Es scheint, daß mir hier einmal etwas vollkommen geglückt ist, – ein glücklicher Zufall, wie sich versteht. Es stimmt einmal Alles, es schießt zusammen, und der Kristall ist rein.«

DüD I,401.

An Hedwig Fischer, die Frau seines Verlegers, von der Thomas Mann fürchtete, daß sie am zweiten Teil der Novelle moralisch Anstoß nehmen werde, schrieb er am 14. Oktober 1912:

»Hoffentlich enttäuscht die zweite Hälfte Sie nicht. Es geht nicht gut aus, die Würde des ›Helden und Dichters‹ wird gründlich zerrüttet. Es ist eine richtige Tragödie [...] und jenen ›Abstieg ins Flachland des Optimismus‹, der mir gelegentlich der *Königlichen Hoheit* so sehr zum Vorwurf gemacht wurde, wird man hier streng vermieden finden. Ich werde mich hüten, je wieder ein Lustspiel zu schreiben, an dessen Ende ›sie sich kriegen‹. – Nun, daß sie sich in diesem Fall kriegen würden, war ja von vornherein unwahrscheinlich.

Zit. nach: Peter de Mendelssohn: Der Zauberer. Das Leben des deutschen Schriftstellers Thomas Mann. Erster Teil 1875–1918. Frankfurt a. M.: S. Fischer, 1975. S. 907.

In einem Brief vom 7. November 1912 an seinen Verleger Samuel Fischer hob Thomas Mann hervor, daß es sich bei der Novelle »um das Ernsteste« handle, das er seit dem zweiten Band der *Buddenbrooks* geschrieben habe. Dabei ist unter dem Ausdruck »das Ernsteste« der Anteil des Autobiographischen zu verstehen. Im Hinblick auf Kunst und Künstlertum geht es im *Tod in Venedig* um Thomas Manns eigene Sache.

Am 10. September 1915 gestand Thomas Mann dem österreichischen Philologen und Kunsthistoriker Paul Amann, daß er »heute kaum noch ein kompetenter Ausleger« der Novelle sei:

»Aber so viel weiß ich, daß ich fast durchweg aufs Plumpste mißverstanden worden bin. Am peinlichsten war, daß man mir die ›hieratische Atmosphäre‹ als einen persönlichen Anspruch auslegte, – während sie nichts als mimicry war. (Auch das Bildungs-Griechentum nahm man als Selbstzweck; und doch war es nur Hilfsmittel und geistige Zuflucht des Erlebenden. Der Charakter des Ganzen ist ja eher protestantisch als antik.) Was mir vorschwebte, war das Problem der Künstlerwürde, etwas wie die Tragödie des Meistertums, und hervorgegangen ist die Novelle aus dem ursprünglichen Plan, Goethe's letzte Liebe zu erzählen: die Leidenschaft des 70jährigen zu jenem kleinen Mädchen in Marienbad (nichtwahr?), das er durchaus heiraten wollte, was aber sie und seine Angehörigen nicht wollten, – eine schauerliche, groteske, erschütternde Geschichte, die ich vielleicht trotz dem ›Tod in Venedig‹ noch einmal erzähle ... Aber wie einfältig die meisten Leute über das ›Bekenntnis‹ denken! Wenn ich vom Künstler handle oder gar vom Meister, so meine ich nicht ›mich‹, so behaupte ich nicht, ein Meister oder auch nur ein Künstler zu sein, sondern nur, daß ich von Künstler- und Meistertum Einiges *weiß*. Nietzsche sagt irgendwo: ›Um von Kunst etwas zu verstehen, mache man einige Kunstwerke.‹ Und er nennt die lebenden Künstler wärmeleitende Medien, deren Thun dazu diene, ›das Bewußtsein der großen Meister zu gewinnen‹. Wenn ich mich genau prüfe, so war dies und nichts anderes immer der Zweck meines ›Schaffens‹: das Bewußtsein der Meister zu gewinnen. Es war ein Spiel, wie ich als Knabe ›Prinz‹ spielte, um das prinzliche Bewußtsein zu gewinnen. Indem ich künstlerisch arbeitete, gewann ich Wissenszugänge zur Existenz des Künstlers, ja des großen Künstlers, und kann davon etwas sagen. Der Weg zur Einsicht in die *fürstliche* Existenz war kein anderer. Im Ganzen: Ich spreche viel weniger von mir, als von dem, was meine eigene Existenz mich *erraten* läßt ...«

DüD I,406 f.

Ähnlich äußerte er sich in einem Brief vom 6. Juni 1919 an den Schriftsteller Josef Ponten:

»Unter uns gesagt ist der Stil meiner Novelle etwas *parodistisch*. Es handelt sich da um eine Art von Mimikry, die ich liebe und unwillkürlich übe. Ich versuchte einmal eine Definition des Stiles zu geben, indem ich sagte, er sei eine geheimnisvolle Anpassung des Persönlichen an das Sachliche.«

Br I, 162.

Mit dem Vorwurf der Unmoral oder Obszönität mußte sich Thomas Mann immer wieder auseinandersetzen, auch gegenüber seinen Freunden und Anhängern. So antwortete er am 24. März 1913 ausführlich auf einen Brief der Schriftstellerin Ida Boy-Ed, Thomas Manns »Statthalterin« in seiner Vaterstadt Lübeck, die ihm bei seinen schriftstellerischen Anfängen eine wichtige Beraterin gewesen war. Bei dieser ausführlichen Antwort, die zugleich ein Zeugnis der Zeitstimmung darstellt, ist zu beachten, daß Ida Boy-Ed konservativ, deutschnational eingestellt war und drei Söhne besaß, die Offiziere waren:

»Was Ihre Stellung zum *Tod in Venedig* betrifft, so haben Sie Recht von Ihrem Standpunkt aus, unbestreitbar Recht. Eine Nation, in der eine solche Novelle nicht nur geschrieben, sondern gewissermaßen akklamiert werden kann, hat vielleicht einen Krieg nötig.

Obgleich, obgleich. Aber es giebt da so viele Obgleichs, daß sie sich in einem Brief nicht alle ausbreiten lassen. Schließlich läuft alles auf die alte Frage und Verlegenheit hinaus: Kultur oder Tüchtigkeit? Was will man? Denn beides auf einmal zu wollen, ist wahrscheinlich eine Unmöglichkeit. Da kommt es dann aber auf das Stoffliche in der Kunst gar nicht mehr an. Die Kunst selbst ist suspekt – und das ist ja die Lehre meiner Geschichte.

Nicht, weil sie von kranker Liebe handelt, könnte diese Novelle rauher Volkstüchtigkeit gefährlich werden, sondern weil sie zu gut geschrieben ist. Es ist wirklich nicht Eitelkeit,

daß ich das sage, sondern schlechtes Gewissen. Und trotzdem: wenn Schönheit selten mit Moralität Hand in Hand
geht, – dieses Werk ist nicht unmoralisch. Es ist gerade sein
Auszeichnendes, daß es vom ersten bis zum letzten Wort
stramm moralisch ist – und zwar in dem Grade, daß ein bos-
hafter Kritiker von ›puritanisch-neuprotestantischer‹ Tendenz gesprochen hat. Ich bin nicht ohne Hoffnung, daß
Ihnen, verehrte gnädige Frau, bei gelegentlich wiederholter
Beschäftigung mit dem kleinen Buch dieser Zug, diese innere
Haltung noch deutlicher wird.«

Zit. nach: Peter de Mendelssohn: Der Zauberer.
Das Leben des deutschen Schriftstellers Thomas
Mann. Erster Teil 1875–1918. Frankfurt a. M.: S.
Fischer, 1975. S. 915.

In seinen während des Ersten Weltkrieges niedergeschriebe-
nen *Gedanken im Kriege* betonte Thomas Mann, dem Zeit-
geist entsprechend, das Soldatische des Künstlertums, wie er
es im *Tod in Venedig* herausgestellt hatte:

»Mir wenigstens schien von jeher, daß es der schlechteste
Künstler nicht sei, der sich im Bilde des Soldaten wiederer-
kenne. Jenes siegende kriegerische Prinzip von heute: Orga-
nisation – es ist ja das erste Prinzip, das Wesen der Kunst. Das
Ineinanderwirken von Begeisterung und Ordnung; Systema-
tik; das strategische Grundlagen Schaffen, weiter Bauen und
vorwärts Dringen mit ›rückwärtigen Verbindungen‹; Solidi-
tät, Exaktheit, Umsicht; Tapferkeit, Standhaftigkeit im Ertragen von Strapazen und Niederlagen, im Kampf mit dem
zähen Widerstand der Materie; Verachtung dessen, was im
bürgerlichen Leben ›Sicherheit‹ heißt (›Sicherheit‹ ist Lieb-
lingsbegriff und lauteste Forderung des Bürgers), die Gewöh-
nung an ein gefährdetes, gespanntes, achtsames Leben; Scho-
nungslosigkeit gegen sich selbst, moralischer Radikalismus,
Hingebung bis aufs Äußerste, Blutzeugenschaft, voller Einsatz aller Grundkräfte des Leibes und der Seele, ohne welchen es lächerlich scheint, irgendetwas zu unternehmen; als
ein Ausdruck der Zucht und Ehre endlich Sinn für das

Schmucke, das Glänzende: Dies alles ist in der Tat zugleich militärisch und künstlerisch. Mit großem Recht hat man die Kunst einen Krieg genannt, einen aufreibenden Kampf: schöner noch steht ihr das deutscheste Wort, das Wort ›Dienst‹ zu Gesicht, und zwar ist der Dienst des Künstlers dem des Soldaten viel näher verwandt, als dem des Priesters. Die literarisch gern kultivierte Antithese von Künstler und Bürger ist als romantisches Erbe gekennzeichnet worden, – nicht ganz verständnisvoll, wie mir scheint. Denn nicht dies ist der Gegensatz, den wir meinen: Bürger und Zigeuner, sondern der vielmehr: Zivilist und Soldat.«

DüD I,404 f.

In den *Betrachtungen eines Unpolitischen* von 1918 nahm Thomas Mann noch einmal Stellung zum Problem der Künstlerethik:

»Es war eine romantische Jünglingstäuschung und Jünglingsallüre, wenn ich mir ehemals einbildete, ich opferte mein Leben der ›Kunst‹ und meine Bürgerlichkeit sei eine nihilistische Maske; wenn ich, freilich mit aufrichtiger Ironie nach beiden Seiten hin, der Kunst, dem ›Werk‹ vor dem Leben den Vorrang gab und erklärte, man dürfe nicht leben, man müsse sterben, ›um ganz ein Schaffender zu sein‹. In Wahrheit ist die ›Kunst‹ nur ein Mittel, mein Leben ethisch zu erfüllen. Mein ›Werk‹ – sit venia verbo – ist nicht Produkt, Sinn und Zweck einer asketisch-orgiastischen Verneinung des Lebens, sondern eine ethische Äußerungsform meines Lebens selbst: dafür spricht schon mein autobiographischer Hang, der ethischen Ursprungs ist, aber freilich den lebhaftesten ästhetischen Willen zur Sachlichkeit, zur Distanzierung und Objektivierung nicht ausschließt, einen Willen also, der wieder nur Wille zur Handwerkstreue ist und unter anderem jenen stilistischen Dilettantismus erzeugt, welcher den Gegenstand reden läßt und zum Beispiel im Falle des ›Tod in Venedig‹ zu dem erstaunlichen öffentlichen Mißverständnis führte, als sei die ›hieratische Atmosphäre‹, der ›Meisterstil‹ dieser Erzählung ein persönlicher Anspruch, etwas, womit ich *mich* zu umgeben und auszudrücken nun lächerlicherweise ambitionierte, – während es sich um Anpassung, ja Parodie handelte ...«

GW XII,104 f.

In den *Betrachtungen eines Unpolitischen* äußert er sich auch zum Dekadenz-Problem, das gleichfalls zum *Tod in Venedig* gehört:

»Ich gehöre geistig jenem über ganz Europa verbreiteten Geschlecht von Schriftstellern an, die, aus der décadence kommend, zu Chronisten und Analytikern der décadence bestellt, gleichzeitig den emanzipatorischen Willen zur Absage an sie, – sagen wir pessimistisch: die Velleität dieser Absage im Herzen tragen und mit der Überwindung von Dekadenz und Nihilismus wenigstens *experimentieren*. Einsichtige werden Spuren dieser Richtung, dieses Wollens und Versuchens in meinen Arbeiten überall finden; und wenn ein geistreicher Korrespondent mich nachträglich aufmerksam machte, daß Maurice Barrès eine Novelle geschrieben habe, die fast genau den Titel meiner letztveröffentlichten trage – sie heißt: ›La mort de Venise‹ –, so tat er es nicht ohne Anspielung auf eine entfernte Zusammengehörigkeit.«

GW XII,201.

Zum Weg des Künstlers über die sinnliche Schönheit zum Geiste bemerkte Thomas Mann in den *Unterhaltungen eines Unpolitischen*:

»Ein Künstlerleben ist kein würdiges Leben, der Weg der Schönheit kein Würdenweg. Schönheit nämlich ist zwar geistig, aber auch sinnlich (›göttlich und sichtbar zugleich‹, sagt Plato), und so ist sie der Weg des Künstlers zum Geiste. Ob aber jemand Weisheit und wahre Manneswürde gewinnen könne, für den der Weg zum Geistigen durch die Sinne führt, machte ich fraglich in einer Erzählung, worin ich einen ›würdig gewordenen‹ Künstler begreifen ließ, daß seinesgleichen notwendig liederlich und Abenteurer des Gefühles bleibe;

daß die Meisterhaltung seines Stiles Lüge und Narrentum, sein Ehrenstand eine Posse, das Vertrauen der Menge zu ihm höchst lächerlich gewesen und Volks- und Jugenderziehung durch die Kunst ein gewagtes zu verbietendes Unternehmen sei.

Indem ich es ihn melancholisch-ironisch begreifen ließ, blieb ich mir selber treu, was der Punkt ist, auf den es mir ankommt.«

GW XII,573.

Auf die Tradition der Klassizität im *Tod in Venedig* angesprochen, antwortete Thomas Mann in einem Gespräch (um 1918):

»Es ist mir heute durchaus bewußt, daß ich mit dem *Tod in Venedig* ein Buch schaffen wollte, das durchaus in der Linie der deutschen Epik läge. Ich gestehe Ihnen, daß ich, um mich ganz in den Stil einzuleben, in dem ich zu schreiben mir vornahm, täglich einige Seiten Goethe gelesen habe, aus den *Wahlverwandtschaften*, immer dieselben Seiten, um hinter das Geheimnis dieses souveränen Stiles zu kommen. Freilich weiß ich erst jetzt, wie groß, wie unerreichbar der epische Ausdruck des Goethischen Stiles ist. Aber vielleicht hat doch dieses Studium, das ich trieb, wie ein junger Maler im Vatikan den Raffael zu studieren pflegt, dem *Tod in Venedig* jene Eigenart gegeben, die Sie ›Klassizität‹ nennen.«

Die neue Rundschau 36 (1925) S. 621.

Im Briefwechsel mit der amerikanischen Journalistin und Frau des Herausgebers der *Washington Post* Agnes E. Meyer stellte Thomas Mann am 30. Mai 1938 im Rückblick fest, daß er im *Tod in Venedig* die präfaschistischen Tendenzen seiner Zeit darstellend aufgenommen habe:

»Die Äußerung über den ›Tod in Venedig‹ war leichter hingesprochen als begründet und erklärt. Was ich sagen wollte war: Der Held, Aschenbach, ist ein Künstler-Geist, den aus dem Psychologismus und Relativismus der Jahrhundert-

Wende nach einer neuen Schönheit, einer Vereinfachung der Seele, einer neuen Entschlossenheit, nach der Absage an den Abgrund und nach einer neuen menschlichen Würde jenseits der Analyse und selbst der Erkenntnis verlangt. Das waren Tendenzen der Zeit, die in der Luft lagen, lange bevor es das Wort ›Faszismus‹ gab, und die in der politischen Erscheinung, die man so nennt, kaum wiederzuerkennen sind. Doch haben sie geistig gewissermaßen damit zu tun und haben zu seiner moralischen Vorbereitung gedient. Ich hatte sie so gut wie irgend einer in mir, habe sie darstellend hier und da in mein Werk aufgenommen, zum Beispiel auch in der Fiorenza-Formel von der ›wiedergeborenen Unbefangenheit‹, und was ich bei unserem Gespräch andeuten wollte, war eben nur, wie verständlich es sei, daß ich geistige Dinge, die ich vor zwanzig, dreißig Jahren in mir selber getragen, in ihrer verdorbenen Wirklichkeits-Ausprägung verachten und verabscheuen müsse. Das ist alles. Vielleicht könnte ich mich bei mündlicher Wiederaufnahme des Themas besser verständlich machen.«

DüD I,437.

In seinem Aufsatz *Bruder Hitler* von 1939 wiederholte Thomas Mann diese These von der Vorwegnahme des Faschismus im *Tod in Venedig*:

»Ich war sehr jung, als ich in ›Fiorenza‹ die Herrschaft von Schönheit und Bildung über den Haufen werfen ließ von dem sozial-religiösen Fanatismus des Mönches, der ›das Wunder der wiedergeborenen Unbefangenheit‹ verkündete. Der ›Tod in Venedig‹ weiß manches von Absage an den Psychologismus der Zeit, von einer neuen Entschlossenheit und Vereinfachung der Seele, mit der ich es freilich ein tragisches Ende nehmen ließ. Ich war nicht ohne Kontakt mit den Hängen und Ambitionen der Zeit, mit dem, was kommen wollte und sollte, mit Strebungen, die zwanzig Jahre später zum Geschrei der Gasse wurden.«

GW XII,850.

In seiner amerikanischen Autobiographie *On Myself*, einem
Vortrag in zwei Teilen, gehalten im Mai 1940 vor Studenten
der Universität Princeton, suchte Thomas Mann die Novelle
historisch einzuordnen, indem er ihr eine wichtige Stellung
sowohl in der europäischen Geschichte als auch in seiner
Autobiographie zuwies:

»›Der Tod in Venedig‹ also nimmt eine eigentümlich mar-
kante Doppelstellung ein in meinem persönlichen Leben als
Schriftsteller und zugleich in der Epoche, der dieses Leben
angehört. Die Erzählung erschien 1913 [richtig: 1912], knapp
vor Ausbruch des ersten Weltkrieges also, mit dem ein
Abschnitt des europäischen Lebens sich endigte und neue
Schicksalswelten sich für den Fortlebenden auftaten; und
diesem für mein Gefühl nicht zufälligen Standort an einer
Zeitenwende entspricht genau die Rolle, die sie in meinem
internen Leben spielt, insofern als sie darin ein Letztes und
Äußerstes, einen Abschluß bedeutet: sie war die moralisch
und formal zugespitzteste und gesammeltste Gestaltung des
Décadence- und Künstlerproblems, in dessen Zeichen seit
›Buddenbrooks‹ meine Produktion gestanden hatte, und das
mit dem ›Tod in Venedig‹ tatsächlich ausgeformt war, – in
voller Entsprechung zu der Ausgeformtheit und Abgeschlos-
senheit der individualistischen Gesamt-Problematik des in
die Katastrophe mündenden bürgerlichen Zeitalters. Auf
dem persönlichen Wege, der zum ›Tod in Venedig‹ geführt
hatte, gab es kein Weiter, kein Darüber Hinaus, und ich verstand es vollkommen, wenn Freunde meiner Arbeit damals
ihre Sorge zu erkennen gaben darüber, wie ich es nun überhaupt noch weiter treiben wollte – nur, daß ich dieser Sorge
dasselbe Phlegma, dieselbe Mischung aus Fatalismus und
vitalem Vertrauen entgegenbrachte, die meiner unbewiesenen
Jugend eigen gewesen war. Wirklich ist es eine Frage der
Vitalität, ob man einen kritischen Punkt, einen Punkt relativer
und bedingter Vollendung, wie ich sie erreicht hatte, überwindet oder nicht; ob man imstande ist, das *fest* Gewordene, ganz
schon Form Gewordene wieder aufzulockern, seine Produk-

tivität in Fluß zu halten, neue Gehalte einströmen zu lassen, die geistigen Grundlagen seines Lebens zu verbreitern und weiter und höher zu bauen – oder ob in neuer Zeit-Umgebung nichts als Wiederholung oder Verstummen unser Teil ist. Die Entscheidung hierüber wird nicht aus dem Willen getroffen; sie ist ein Geschehen; und wenn wir uns ihrer zunächst gar nicht bewußt werden, so liegt das daran, daß Wachstum niemals ein entschiedenes Verlassen des Alten und Abgelebten ist, welches vom Neuen und Weiteren noch gar nichts gewußt hätte, sondern daß das Alte zuletzt schon Elemente des Neuen enthielt, das Neue aber Elemente des Alten wieder aufnimmt und fortführt. Dies ist das Verhältnis des ›Tod in Venedig‹ zum ›Zauberberg‹. In Aschenbachs Geschichte klingt manches an, was nicht mehr zur alten bürgerlichen Welt gehört, sondern schon mit neuer nachbürgerlicher Lebenshaltung zu tun hat, obgleich es ironisch-pessimistisch ad absurdum geführt wird.«

GW XIII,150–152.

In einem Briefkonzept vom 21. Januar 1944 zitierte Thomas Mann mit Zustimmung einen Satz von Georg Lukács, »unmöglich könne man [Thomas Manns] Fredericianismus von damals, [seine] Apologie der preußischen Haltung richtig beurteilen, wenn man sie nicht zusammensähe mit der vor dem Krieg erschienenen Erzählung *Der Tod in Venedig*, worin dem preußischen Ethos ein Untergang von ironischer Tragik bereitet werde« (Br II,353). Im Herbst 1945, während der Arbeit am *Doktor Faustus*, kommentierte Thomas Mann ein weiteres Zitat von Georg Lukács, in dem der ungarische Literaturwissenschaftler und Philosoph Thomas Mann mit seinem Bruder Heinrich zusammengestellt hatte, um zu erklären: »Denn Heinrich Manns *Untertan* und Thomas Manns *Tod in Venedig* kann man bereits als große Vorläufer jener Tendenz betrachten, die die Gefahr einer barbarischen Unterwelt innerhalb der modernen deutschen Zivilisation, als ihr notwendiges Komplementärprodukt signalisiert haben.« Thomas Mann führte dazu in der *Entstehung des Doktor Faustus* (1949) weiterhin aus:

»Damit ist sogar auf die Beziehungen zwischen der venezianischen Novelle und dem ›Faustus‹ schon im voraus hingewiesen. Und es ist darum so gut, weil der Begriff des ›Signalisierens‹ in aller Literatur und Literaturerkenntnis von erster Wichtigkeit ist. Der Dichter (und auch der Philosoph) als Melde-Instrument, Seismograph, Medium der Empfindlichkeit, ohne klares Wissen von dieser seiner organischen Funktion und darum verkehrter Urteile nebenher durchaus fähig, – es scheint mir die einzig richtige Perspektive.«

GW XI,240.

Zum Problem der Unmoral der Novelle nahm Thomas Mann noch einmal in einem Brief vom 17. Juni 1954 Stellung, in dem er die Bezeichnung »pervers« zurückwies:

»›Pervers‹? Die Verfallenheit Aschenbachs an den Knaben Tadzio ist mit diesem recht pfuscherischen Wort nicht abzutun, denn sie ist nicht ordinäres Begehren, sondern Berauschtheit durch das Schöne, der zerstörende Einbruch des ›fremden Gottes‹ in ein formvoll gefaßtes, auf Vorbildlichkeit und Repräsentation gestelltes, ›würdig‹ gewordenes Leben. Mit dieser Würde hat es aber, der Geschichte zufolge, eine fragwürdige, gebrechliche Bewandtnis. Die Schönheit, heißt es da zerknirscht, ist der Weg des Künstlers zum Geiste. ›Glaubst du nun aber, mein Lieber, daß derjenige jemals Weisheit und wahre Manneswürde gewinnen könne, für den der Weg zum Geistigen durch die Sinne führt?‹ Und nun geht es weiter mit Selbstanklagen und Selbstentblößungen der Kunst und des Künstlers, dessen Meisterhaltung eine Posse sei, der kein Vertrauen verdiene und zum Erzieher ganz und garnicht tauge, weil er ewig liederlich und ein Abenteurer des Gefühles bleibe. An all diesem skeptischen und leidenden Pessimismus ist viel Wahres, vielleicht Übertrieben-Wahres und darum nur Halbwahres. Aber ›verantwortungslos‹ ist der ›Tod in Venedig‹ nicht. Er ist sogar bis zur Askese verantwortungsbewußt. Aber wenn die Würde der Kunst und des Künstlers darin preisgegeben ist, so mögen Sie erwägen, ob es nicht diese gewissenhafte Preisgabe ist, durch die der Künstler seine Würde zurückgewinnt.

Im Übrigen ist ›Der Tod in Venedig‹ eine Dichtung, ein Kunstwerk, dessen Wert durch solche ›Fragen‹ wie: ›Können Sie es begründen und verantworten, daß Sie die Empfindung des absolut Schönen überhaupt in Frage stellen, indem Sie diese Empfindung als Grenze zum Häßlichen darstellen?‹ garnicht berührt wird. Es steht und fällt nicht mit ihrer Beantwortung, und das kategorische Bestehen auf ihrer Beantwortung ist trockene, amusische Pedanterie. Wenn Ihnen die Lektüre nichts anderes erregt hat, als solche ›Fragen‹, die Sie nicht der Mann sind unbeantwortet durchgehen zu lassen, so war es keine Lektüre für Sie.«

DüD I, 448 f.

V. Dokumente zur Wirkungsgeschichte

1. Zeitgenössische Kritik

Zu den ersten Rezensenten der Novelle *Der Tod in Venedig* gehörte HEINRICH MANN, der, anknüpfend an Zolas Romane und das Ende des französischen Kaiserreichs, besonderes Augenmerk auf das Wechselverhältnis der seelischen Verfassung Gustav von Aschenbachs und des Verfalls von Venedig richtete:

»Was ist früher, Wirklichkeit oder Gedicht? Wenden die Dinge sich so, wie der Sinn der literarischen Kunst es verlangt? Als Zola seine große Gesellschaftsgeschichte des zweiten Kaiserreiches nur erst entworfen hatte, das Land die Jagdbeute von Abenteurern, die Orgien der Gier, die Feerieen der Spekulation, ein nie wieder erhörter, hemmungsloser Höhenrausch der bourgeoisen Kultur samt ihrem Hinabrasen durch jenen Schlamm von Gold, Geschlecht, Schande und Blut bis zum Zusammenbruch, bis zum geistgewollten, von der Logik eines Buches gewollten Zusammenbruch des Regimes: – da brach es wirklich zusammen. Wer hätte es geahnt. Noch gestern herrschte es über Paris und die Welt. So würde das Schicksal dessen, der Gustav Aschenbach heißt, sich nicht haben vollenden können, wäre nicht eine ganze Stadt ihm gefügig gewesen. Es handelt sich nicht um Einwirkung des Milieus. Es liegt vielmehr so, daß Abenteuer einer Seele auf dem Wege sind, und daß irgendwo das Abenteuer einer Außenwelt ausbricht, wie gerufen von jenem Einzelschicksal, und sich ihm verschränkt. Die Stadt Venedig, von der unheimlichen Krankheit befallen, und ein seltener Mensch an der letzten, gefährlichsten Wendung seines Erlebens, sie rufen einander. Solange er sicher ging, ein großer Arbeiter war, strenggeistig und Bildner der Erkenntnis, was konnte die Courtisane unter den Städten ihm mehr sein, als das gleichgültige Vergnügen seiner Ruhepausen. Auf seinem

rauhen Bergsitz schrieb ein Mann zwischen vierzig und fünfzig, vereinsamt in der Zucht des Geistes und den Verbind-
lichkeiten des Ruhmes, an den Werken seiner Reife, dem
›Friedrich von Preußen‹, der Gustav Aschenbach zum Dichter der Nation machte, dem ›Elenden‹, durch den er dem
neuen Geschlecht einen Weg wies, jenseits von schwächender
Erkenntnis zur neuen Unbefangenheit und sittlichen Tat-
kraft. Die Bücher gingen hinaus, eroberten, wirkten; und was
zurückkam in das Zimmer des auf sich selbst Gestellten,
waren die täglichen Beweise menschlichen Vertrauens, die
Werbungen um ein Wort der Führung, alle Zeugnisse ernster
öffentlicher Geltung und endlich auch die Auszeichnungen
der Staatsgewalt, da ja sie das letzte sind, worauf die Geister
dieses Landes rechnen dürfen. Gustav von Aschenbach ist
amtlich geadelt worden, nachdem er, dem Zigeunertum und
der amoralischen Neugier der Erkenntnis entwachsen, adelig
geworden war durch die Würde des Geistes … Welcher
dunkle Irrweg ist denkbar von hier zum Abgrund, zur inneren Schande, der man nicht mehr widerstrebt, zum Untergang in Selbstvergessenheit? Nur der, auf dem die Schönheit
vorangeht! Aber sie geht immer, auf guten und schlimmen
Wegen, dem Künstler voran. Einzig durch sie gelangt der
Sinnliche zum Geist und seinem Adel. Und in einer Stunde
der Ermattung, des versagenden Selbstschutzes und vielleicht
der Lebensangst des Alternden, kann sie ihn ins Schranken-
lose reißen, kann den Kultus der Form zum Rausch und zur
Begierde entfachen und die gedankenschwere Empfindung
zum wilden Gefühlsfrevel. Schönheit verwöhnt ihren Anbe-
ter durch überhohes Lebensgefühl; eben darum ist er ›dem
Tode schon anheimgegeben‹. Dem Tod in Venedig. Der Tag
wird kommen, da ein Meister, ein Hort edler Form, Vorbild
der Jugend und Sprecher der Nation, vernichtet dasitzt am
Rande eines begrasten Brunnens, inmitten jenes verfallenen
Platzes zu Venedig, und von dem lauen Karbolhauch der erkrankten Stadt umspült, mit geschminkten Lippen verkom-
mene, schöne Worte richtet an den Knaben, den er begehrt.
Dieser hier hat verspielt, was ihm das wünschenswerteste

schien: ein fruchtbares Alter, das Künstlertum der letzten
Lebensstufe, der Weisheit, der Vollendung. Er wird nicht
mehr schreiben; er wird nicht die Warte des Greisentums
ersteigen, auf der ein Werk und ein Leben erst wahrhaft
umfassend – und auf der es kalt wird. Seine Jahre werden
verkürzt, die Stunden seines Ausgangs zerrüttet und bezaubert sein von regellosem Gefühlsdrang. Und so werden sie
menschlich sein, werden ihn durch Liebe, eine wortlose,
unerfüllbare Liebe aus seiner hohen Einsamkeit noch einmal
unverhofft erlösen, und seine letzten Herzensschläge werden
ihm die Brust schwellen, als seien es seine jüngsten. Sollte er
bereuen? Er fragt es sich nicht einmal. Um ihn her die Stadt ist
krank, und wie die Courtisane, die sie ist, verheimlicht sie es
aus Geldgier. Sie ist die Schönheit, die verlockt und mordet.
Aus weiter Ferne, durch Traumgesichte und rätselhafte Sendboten in unbestimmten Masken des Todes hat sie einen Menschen hergezogen, der reif war, an ihrer Brust zu sterben. Die
süße und verdächtige Schwüle ihrer Luft, die seligen Farben
ihrer Fäule, ihre wollüstige Verderbnis: dies ist Gleichnis und
brüderliches Schicksal. Eine Seele mischt ihr Erlebnis, ihr
buntes letztes, in das einer Außenwelt, und durch das Zusam-
menspiel von beider Lust und Ängsten entstehen Vorgänge
von großer Tiefe und Bedeutsamkeit, verhaltenen Atems,
doch erfüllt mit Stimmen, den Stimmen der Sturmvögel, der
Pest, der süßen Menschengestalt, und den Stimmen der
Hoheit und des Falles. Sie hallen durch eine Stadt und eine
Seele: hallen und verhallen in den Tod, den Tod in Venedig.«

März 7 (1913) Bd. 1. S. 478 f. – © Aufbau-Verlag,
Berlin und Weimar.

Schon am 23. Februar 1913 hatte sich die bekannte Frauen-
rechtlerin HEDWIG DOHM (1833–1919), die Großmutter
Katia Manns, im Berliner *Tag* ebenfalls positiv über die
Novelle des Ehemanns ihrer Enkelin geäußert:

»Die Novelle öffnet uns die Werkstatt eines Geistes: Konfes-
sionen eines Künstlers, der sein eigenes Schaffen inbrünstig

belauscht. Eine psychologische Studie, die ein einzelner – abseits von Staat, Gesellschaft, Familie – an sich selber macht. Scheinbar passiv, aber von glühender Aktivität, immer erlebend, suchend, findend im einsamen Verkehr mit sich selber ist Gustav Aschenbach, der Held der Novelle, ein Dichterfürst. Die Sprache gibt jedem Satz, jedem Ausdruck eine klassische Gebärde. Eine auf Denkensgrund erblühte Rhetorik von vornehmster Exklusivität. Wo ist der Dichter von Apollos Gnaden, dem nicht die Worte des Autors über künstlerisches Schaffen aus der Seele gesprochen wären. [...] Blickt der Autor, oder Gustav Aschenbach hinaus in die Umwelt, so sind seine Darbietungen von plastischer Klarheit, tagfarbenhell. Was in den Bereich seiner Augen und Ohren gelangt, gibt er mit der ihm eigenen Meisterschaft der Beobachtung wieder. Die Zeichnung des als Jüngling ausstaffierten Greises, noch mehr die des witzig und clownesk grimassierenden Straßensängers in seiner frech grotesken Grazie sind unüberbietbare Meisterleistungen. Wendet der Dichter aber seinen Blick nach innen, so wird er verborgen, tief, entrückt, zuweilen sternenfern. Nicht ›auf Taubenfüßen‹ kommen seine Gedanken, in schweren klangdunklen Rhythmen, gleichsam im Ornat schreiten sie festlich zu der Seele Tabernakel, bald in bohrender Schmerzlichkeit, bald in suchend grüblerischer Versonnenheit; nicht immer leicht zu entziffern. [...] Der Dichter stirbt in Venedig. Sein – des Autors – Werk lebt, lebt intensiv in seiner sprachlichen Gekröntheit, in der tiefen Innerlichkeit eines enthusiastischen Gläubigen, dem die Kunst – die ewig mit Schönheit und Liebe vermählte – Religion ist.«

Zit. nach: Peter de Mendelssohn: Der Zauberer. Das Leben des deutschen Schriftstellers Thomas Mann. Erster Teil 1875–1918. Frankfurt a. M.: S. Fischer, 1975. S. 924 f.

Der Theaterkritiker ALFRED KERR (1867–1948), der 1912 bereits die Berliner Aufführung von Thomas Manns Renaissance-Drama *Fiorenza* vernichtend kritisiert hatte, nahm diese Rezensionen zum Anlaß einer bitteren Satire auf

Thomas Mann, den er beschuldigte, Familienmitglieder zur
wohlwollenden Besprechung seiner eigenen Werke einzusetzen. In Form eines Tagebuchs erschien Kerrs Rezension 1913
in der von ihm selbst herausgegebenen Zeitschrift *Pan*:

»Mittwoch. Warum soll eine gescheite, wertvolle alte Dame
[Hedwig Dohm] von dieser geistigen Rüstigkeit nicht Schwä-
cheren beispringen? Um ihretwillen tut es einem fast weh,
wenn man andrer Gesinnung ist.
Großmama – ich finde hier einen verhüllten Kitschling.
Einen, der statt eines Ichs Haltung zeigt.
Sein Fürstenbüchel [*Königliche Hoheit*] war verdünnter Sim-
plizissimus. Mit verschlagenem Respekt; mit noch etwas
unbewußtem Aberglauben – in dem fast lyrischen Wechsel-
bälgchen einer Erzählung, bitterlich-zwitterlich. Compro-
missa solemnis. (Halb ist alles, was die betrübte Gattung
zuwege bringt. Kränklich-zuchtvoll.)
Großmama! denken Sie, wie tief der Unterschied zwischen
Dichterkraft ... und Stille mit Geschmack ist. Wem sag' ich
es?
Ein fast sudermännischer Kitsch in dem Renaissance-Un-
glück (Der Mönch und die Metze [*Fiorenza*]) – noch mehr in
dem Fürstengeschichtel (›Kleine Schwester, kleine Braut‹
[*Königliche Hoheit*]).
Jetzt macht er die Kitschfigur eines ... Sendboten; eines
merkwürdigen ... äh, Wanderers, – er zeichnet München
real, um diesen Wanderer als Gegensatz phantastisch, weißte,
wirken zu lassen. Er versäumt in der Ausarbeitung nichts.
[...]
Ein älterer Mann, Aschenbach, liebt einen Knaben, Tadziu
[sic] genannt. Der Schriftsteller deutet entgegenkommend an:
die Weisheit liebe die Anmut; die späten Jahre lieben die
Jugendzeit.
Das Gefühl des Mannes für den Knaben bleibt umrißlos, das
Gebiet frei von Entdeckungen.
[...]
Bei Mann ist mehr literarische Fleissarbeit. Für die Herstel-

lung liest er Sachen aus dem klassichen Altertum nach und
versucht (trüb und fein) mit seinem Buchauszug die Handlung zu plombieren. Wie er in dem Renaissancekitsch Boc-
caccio aufsagen ließ. Der Begriff ›griechische Minne‹ steht
ihm bevor, also arbeitet er etwas von Eos und Kleitos aus
(zart und trüb). ›Platane‹ . . . . ›Acheloos‹ . . . , unter Artigkei-
ten und geistig werbenden Scherzen belehrte Sokrates den
Phaidros über Sehnsucht und Tugend‹. [. . .] Und wenn einmal der Junge, Tadzio, lächelt, sagt ohne Säumnis der arbeit-
same Verfasser: ›Es war das Lächeln des Narziß, der sich über
das spiegelnde Wasser neigt . . .‹ Nun freilich. Das war es.
Oder: ›Hyakinthos war es, den er zu sehen glaubte . . .‹
Jedenfalls ist hier Päderastie annehmbar für den gebildeten
Mittelstand gemacht.«

Pan 3 (1913) S. 637–640.

Auch bei den Expressionisten fand Thomas Manns Novelle
wenig Anklang. So veröffentlichte FRANZ PFEMFERT (1879 bis
1954) unter dem Pseudonym »Götz« die folgende Besprechung in den Spalten der *Aktion*:

»Anlässlich Thomas Manns ›Tod in Venedig‹

[. . .]

2. Verrat
›Der Tod in Venedig‹, Novelle von Thomas Mann.
Auch nur ein Bürger ›ein Moralist der Leistung‹ – ein Nordischer –, der sich einmal Grösse abrang, verrät den Betrug
seines Ressentiment. Ein Patrizier verliert die achtunggebie-
tende Haltung, die kluge Zucht, die die Notwendigkeit eines
Meisterstils war.
Nur ein Intellektueller, dessen Geist seinen dingfernen Nach-
trieb (in der geschwächten Lebenskraft) liebt, verrät seine
tragische Ungenügsamkeit. Ein Spieler kostet in Selbstflucht
und Selbstentbürdung Wunder, Rausch, Fieber, Tod. Leidenschaft wird Laster, vergiftet durch das Denken, die
Moral, die physische Schwäche, die den Mut zur Krankheit
behohnlächelt und die Lust banalisiert. Ein Intellekt trieb

›Raubbau der Erkenntnis‹ und unterliegt der Rache geknechteter Affekte, die sich aus Wunschträumen in ›Confessions‹ befreien wollen. Gustav Aschenbach, dessen Sein in Th. Manns ›kleinem Herr Friedemann‹ (›Enttäuschung‹ und ›die Hungernden‹) angedeutet liegt, dessen Artistentum an Flaubert, Wilde, Bang streift, dieser geschminkte Lüstling, verwandt einem Herzog d'Esseintes, lächelt verrenkt wie die kranke Verführerin Venedig am Pranger und bettelt um Liebesbezeugung. Das ›sieche Gewissen‹ eines Müden trägt (antisozial entsittlicht) Mitschuld an den geheimen Fiebern dieser fäuligen, farbigen Stadt.

> ›Noch ist die Welt voll Rollen, die wir spielen,
> solang wir sorgen, ob wir auch gefielen,
> spielt auch der Tod, obwohl er nicht gefällt.‹
>
> Rilke

3. Zeitproblem

Der Intellekt unterwirft sich den Objekten, ohne sie durch seinen Willen zu verwandeln; er muss die Renaissanceauffassung der Freiheit überwinden, hier ist die Grenze. Der Mythos mangelt, die Ueber-Ordnung, Synthese im gefühlsbetonten Offenbarungsschauen eines irrationalen Willens. Die Schönheit verführt den un-seligen Nurkünstler ins Leere. ›Ist nicht das Nichts eine Form des Vollkommenen?‹ fragt Mann, der die ›Schönheit als den Weg des Fühlenden zum Geiste‹ mit der Richtung zum Abgrund weiss. Das Kunstwerk als Abenteuer: Unsicherheit als Prinzip ist Ausschweifung im Narrendienste leerer Form.

Die Sehnsucht Jenseitsgläubiger hat Abschluss und Ziel, wenn auch – – –

Das Unendlichkeitsverlangen auf das Endliche, Irdische übertragen ist der endlose Weg, ›der Weg der Seele zu sich selbst‹ (Simmel).«

Die Aktion 3 (28. Mai 1913) Sp. 559 f.

Nicht ganz so negativ urteilte ALBERT EHRENSTEIN (1886 bis 1950) in der expressionistischen Zeitschrift *Der Sturm*:

»Thomas Mann, der Erbauer der ›Buddenbrooks‹, der Dichter des Tonio Kröger und der zarten Novelletten ›der kleine Herr Friedemann‹ ließ (bei S. Fischer) ein neues Werk, die Erzählung ›Der Tod in Venedig‹ sichtbar werden. Wie in dem dauerhaftesten Prosabuch unserer Zeit, in Rudyard Kiplings wahrhaft unsterblichem ›Dschungelbuch‹ Geier, Fledermaus und Stachelschwein jedes Wiegen und jeden Rüsselschwung Hathis, des Elefanten, beobachten, also belauern seit Jahren Literaten und Besprecher aller Kategorien aufmerksam jegliche Wesensäußerung der Brüder Mann, unserer interessantesten und repräsentativsten Prosaiker. Wieder wird man aus einem (diesmal schmalen) Bande Fortschritt und Rückgang, weitere Entwicklungsfähigkeit oder absterbende Erstarrnis ableiten wollen. Und nur der Einsichtige wird ahnen, daß diese ethisch-epische Angelegenheit, diese gleich dem ›Tonio Kröger‹ weniger eine Novelle als vielmehr ein platonischer Monolog zu heißende Prosaarbeit vom Künstler gar nicht so gemeint war. Nicht als ob Thomas Mann es hier ablehnte, über sich Auskunft zu erteilen, über seine Arbeitsweise und über den Anklang und die Wertung, die seine Bücher bei ihm und uns finden. Aber als entscheidend war dieses Zwischenwerk wohl nie gedacht, wenn es auch, wie jeder Versuch eines seiner Kunst mit Leib und Seele ausgelieferten Dichters notwendigerweise irgendwie psychographischen Charakter tragen muß.

War Thomas Mann von Anbeginn einer fast akademischen Zurückhaltung ergeben, einer strengen Selbstzucht, die wundersam genug, tiefste Erkenntnisse und Bekenntnisse nicht ausschloß, so mußte seine Gewohnheit, zwiespältige Dinge durch Haltung zu erledigen, von einem heiklen Thema anfangs irritiert werden. Das Problem der Auflösung eines geradezu preußischen Willens im Lande der Lust und der Hesperiden ist jedoch bei ihm nicht neu, es ist nur wiedergekehrt wie ein Leitmotiv, umgekrempelt, amplifiziert und erweitert nach mancherlei Richtungen hin.

Bei Thomas Mann tut man gut daran, auf die Namen seiner Personen zu achten, sie zu deuten, sich ihrer als Wegweiser zu bedienen. Das Ich, das Zentrum, der Raisonneur der

Mannschen Abhandlung heißt Georg [sic] Aschenbach: wir
haben es also sozusagen mit einer Asche, graue Körper mit-
führenden Flüssigkeit zu tun, die sich eine Bewegung ab-
zwingt. Kurzum mit einem Willensmenschen, der asketisch
seinen Zielen lebt, bis er sich einmal vom Leben nehmen
lassen muß, ermattet, zusammenbrechend, todesreif.

Daß den mehr als fünfzigjährigen Helden eine unirdische
Liebe zu einem zart-schönen Knaben befällt, eine Leidenschaft, göttlich wie jede andere, teuflisch, weil ihr der see-
lisch soignierte Schriftsteller Georg von Aschenbach keine
real-ästhetisch denkbare Erfüllungsmöglichkeit abgewinnen
kann, ist symbolisch deutsam, biologisch erklärlich. Doch
selbst dieser ›Stoff‹ scheint bei Thomas Mann fast schon
Nebensache: er ward in ein stellenweise langweiliges, motivisch durchsetztes Wunder der Komposition verwandelt.
Vorzeichen und Vorbedeutung in München und auf der vene-
digwärts planlos gerichteten Fahrt, das keusche, krasse und
verheerende Gewühl der Gefühle, das dumpfe, unvorsichtig-
wehrlose Sichsterbenlassen des Verzehrten, und vor allem
die irgendwie zwischen Homer, Plato, Goethe, Stifter und
Auburtin befestigten Herrlichkeiten der antikisierenden
Sprache bleiben in dem Leser, unvergeßlich eingegraben.
Eine vielleicht kleinliche Marotte: Vorliebe für Repräsentation (nicht nur der Hotels), verzeiht man solchem Meister
gern. Und doch, und doch! Manche von Thomas Manns ver-
streut erschienenen, leider noch nicht zu einem Band versam-
melten Skizzen ist frischer, stärker. Mag er eine Periode, in
der ihn wieder mehr die Verfalls- und Untergangserscheinun-
gen behelligen, ruhig zu Ende genießen! Es sei aber gehofft,
daß nicht bloß sein lebhafterer Bruder Heinrich Mann end-
gültige ›Rückkehr vom Hades‹ gehalten hat, sondern auch
Thomas Mann nur vorübergehend schwermütig-steifen ›Tod
in Venedig‹ feierte!«

Der Sturm 4 (1913) Nr. 164/165. S. 44. – Mit freundlicher
Genehmigung des Klaus Boer Verlags, München.

Aber auch in gutbürgerlichen Zeitschriften gab es kritische
Besprechungen, die sich nicht nur auf die Novelle beschränk-

ten, sondern den Autor miteinbezogen. So behauptete CARL
BUSSE (1872–1918) in *Velhagen + Klasings Monatsheften*,
daß sich Thomas Mann seit seinem großen Erfolg mit den
Buddenbrooks »eigentlich in einem konstanten Zustand der
Selbstverteidigung« befände:

»Er verteidigt sich nicht nur gegen das, was man wider ihn
gesagt, h a t, sondern noch mehr gegen alles, was man wider
ihn sagen k ö n n t e. Nicht von außen kommt der Feind der
seine Ruhe stört, sondern der sitzt in ihm selber. Sich selbst
will er in erster Linie überzeugen, sein eignes heimliches Mißtrauen überwinden und wegdisputieren. Deshalb sucht er mit
einem großen Aufwand von Geist forgesetzt nach Gründen,
die sein Selbstbewußtsein stützen, die ihn und die Art seines
Schaffens bestätigen können. Er hat nach den ›Buddenbrooks‹ kein Werk vor die Öffentlichkeit gebracht, das nicht
diese verdächtigen Selbstverteidigungen enthielte. Satz- oder
gar seitenweise stehen sie in den ›Tristan‹-Novellen so gut wie
in ›Fiorenza‹, in der ›Königlichen Hoheit‹ ebenso wie jetzt im
›Tod in Venedig‹. Ob man die mühselige Langsamkeit seiner
Produktion zum Ausgangspunkt der Betrachtung nimmt; ob
man es bedenklich findet, daß alle Werke der letzten zwölf
Jahre mit ärmlicher Ausschließlichkeit um das gleiche enge
Künstlerproblem kreisen; ob man von irgendeiner andern
Seite her die natürliche Grundschwäche dieses Dichters klar-
legt – immer hat er schon im voraus darauf eine Antwort
gegeben, hat mit Erklärungen und Gegengründen vorgebaut,
hat an allen gefährdeten Punkten seiner Stellung künstliche
Befestigungen angelegt und seine Schwäche zur Stärke zu
entwickeln versucht.
Seine jüngste Novelle, ›Der Tod in Venedig‹ (Berlin
1913, S. Fischer), ist darin noch lehrreicher als die vorherge-
henden Arbeiten. [...] Die Thomas Mann und Gustav
Aschenbach, die Flaubert und alle ihresgleichen opfern ihr
Leben nicht etwa, wie sie uns erzählen, auf dem Altar der
Kunst. Sondern sie ergreifen die Kunst mit dieser leiden-
schaftlichen Ausschließlichkeit nur, weil sie aus körperlicher

Schwäche, aus Hemmungen innerer und äußerer Art, aus
Lebensscheu an das Leben selbst nicht naiv herankommen
und sich im Schein des Lebens, in der Kunst, wenigstens
einen teilweisen Ersatz dafür verschaffen. Das klingt weniger
märtyrerhaft, dürfte aber richtiger sein. Man sieht jedenfalls
auch hier, wie sehr es im Wesen Manns liegt, aus seiner Not
eine Tugend zu machen.

[...]

Es wären nun noch einige Worte über die Novelle als Kunstwerk zu sagen. Ohne Zweifel wird man das Thema peinlich
finden, aber man muß bekennen, daß es mit vorbildlicher
Zartheit behandelt wird. Im bürgerlich-moralischen Sinne
bleibt der Held völlig ›korrekt‹; er nähert sich dem schönen
Knaben überhaupt nicht, er spricht nie ein Wort mit ihm – das
Ganze ist nur eine erotische Gefühlsausschweifung, und sie
quält um so weniger, als man das dumpfe Empfinden hat, es
wäre gerade vor diesem Helden eine notwendige Rache der
Natur. Jedenfalls: soweit die Kunst an sich ein solches Thema
überhaupt von dem peinlichen Erdenrest, der ihm anhaftet,
befreien kann, ist es hier geschehn. Dagegen finde ich die
Proportionen der Novelle nicht ganz glücklich. Thomas
Mann braucht ein volles Drittel des Buches, ehe mit der Ein-
führung des schönen Knaben die eigentliche novellistische
Handlung beginnt. Das ist bei dieser enggeschlossenen
Kunstform meiner Ansicht nach ein Mangel. Die ersten Kapi-
tel erforderten eine stärkere Konzentration; sie haben etwas
Schwerfälliges und Gewundenes. Aber dann steigt die
Novelle prachtvoll an, um einen nicht mehr loszulassen.
Immer schöner und eindringlicher wird die Darstellung; so
fern man dem Helden sein mag, erlebt man doch die wachsende Leidenschaftsumstrickung mit; man fühlt, um die
Worte der alten Ästhetik zu gebrauchen, Furcht und Mitleid
mit ihm; man liest Seiten, die allerdings den Anspruch erheben können, zur besten deutschen Prosa der Gegenwart zu
gehören, und man wird mit meisterhaftem Bedacht auf das
Ende vorbereitet. Auch der Rahmen der Novelle ist sehr
glücklich gewählt – ich habe sie in der Stadt gelesen, die ihr

den etwas gesuchten Titel gegeben hat, und mir schien, sie könnte gar keinen besseren Schauplatz haben als dieses Venedig, das, halb Märchen, halb Fremdenfalle, so seltsam unwahrscheinlich und üppig lockend aus den Wassern steigt. Alles in allem halte ich den ›Tod in Venedig‹ für die beste künstlerische Leistung, die Thomas Mann nach den ›Buddenbrooks‹ herausbrachte.«

Velhagen & Klasings Monatshefte 27 (1912/13)
Bd. 3. S. 309–311.

In den *Preußischen Jahrbüchern* rezensierte RICHARD ZIMMERMANN die Novelle:

»Innenleben eines Schriftstellers, der als Stilkünstler und als sittlich Wirkender in allgemeiner Achtung steht, wird hier entschleiert und als Kunstwerk in Satzkristallen dargeboten. Man wird die Novelle wohl allgemein als Selbstschilderung und Selbstbekenntnisse des Schriftstellers auffassen, wobei natürlich das Gerüst der eigentlichen Handlung zu entfernen ist. Das Verhältnis dieses Sprachkünstlers zum Leben und zur Umwelt ist in bewundernswerter Seelenkündung entwickkelt. Es gibt sich rein tatsächlich, Regungen überlegener Ironie, sich steigernden oder sonnenden Selbstgefühls sind mit strenger Zucht unterdrückt, nur eine etwas feierliche Behandlung seiner selbst ist nicht vermieden. Betrachten wir die Novelle nun rein als Dichtung, was der Verfasser von seinen Lesern zu verlangen berechtigt ist, so trägt sein Gebilde allerdings jene blassen Zeichen der Inzucht an sich, die nicht ausbleiben, wenn der Gegenstand des Kunstwerks ausschließlich wieder die Künstlerseele selbst ist. [...] Aschenbachs Mutter war eine Ausländerin. Von ihr hat er die künstlerischen Kräfte seiner Seele. Die Folgen dieser seiner Herkunft sind nicht sowohl ausgesprochen als den Tatsachen zu entnehmen: er lebt in Deutschland, die deutsche Sprache ist seine Sprache, sie ist der Stoff, in dem er künstlerisch arbeitet; aber Wurzeln im deutschen Wesen hat er, insofern er Künstler ist, nicht. Gesunde Kraft, Gefühl, Lebensblut, das

einem Dichter eben nur aus stammhafter Zugehörigkeit und
aus natürlicher Liebe zu seinem Volke zuteil wird, fließt nicht
in ihm; seine Seele ist Formenfreude, im Innenleben zum
Rausche gesteigert; doch die Schönheit zuleitenden Nerven-
fasern quälen ihn auch, indem sie seltsame Zerrbilder teils aus
der Wirklichkeit, teils aus nicht abzuwehrender Phantasie in
peinigende Gegenwart bringen.«

Preußische Jahrbücher. Bd. 156 (April–Juni 1914)
S. 356 f.

Insgesamt überwogen die positiven Besprechungen aber bei
weitem. Unter den rund vierzig Rezensionen, die ermittelt
worden sind, waren nur vier oder fünf negative. JULIUS BAB
(1880–1955), Theaterkritiker und Dramaturg der Berliner
Volksbühne, verteidigte Thomas Mann gegen Alfred Kerrs
Kritiken in seinem Schaubühne-Artikel Dem Dichter Thomas Mann:
»An dieser Erzählung ist alles gleich bewundernswert: die
epische Meisterschaft, mit der hundert Zufälle zu Chiffren
einer Notwendigkeit gemacht sind – die scheinbar achtlose
Hand, mit der alles nach tiefem, klarem Plan geleitet ist. Die
Sprachmeisterschaft, womit der korrekte, harte, schwierig
trockene Stil des ersten Teils, der uns fast verdrießen wollte,
plötzlich von rückwärts das Licht einer vollendeten musikalischen Finesse erhält; denn als nun mit der beginnenden Auflösung dieses stählernen Pflichtbewußtseins ein Strom arka-
disch freier, heidnisch üppiger, lieblich läutender Rhythmen
und Bilder hervorbricht, da müssen wir die ganz sachliche
Hingabe des Dichters in jener so zweckmäßigen stilistischen
Selbstkasteiung des Anfangs anstaunen. Am höchsten aber
steht die menschliche Meisterschaft des Werks: diese unbe-
schreibliche Reinheit und Geistigkeit der Linienführung, die
Kraft und der Adel, womit hier eine Erscheinung der sogenannten Perversion bei vollkommenster Gegenständlichkeit
der Darstellung lediglich als vollkommenes Sinnbild einer
seelischen Tragödie fühlbar wird. Nur die allerhoffnungs-

losesten Geister werden hier etwas von einem pikanten Stoff verspüren können. Und wenn die sogenannten Führer der sogenannten homosexuellen Bewegung weniger hoffnungslose Geister wären, so könnten sie an diesem Kunstwerk viel über die letzte tragische Bedeutung ihres Themas innerhalb der Geisteswelt erfahren. In jeder Spannung nämlich zwischen den beiden Geschlechtern ist noch ein Wille zur Tat, ist der Zeugungswille der Natur, der uns dem Fruchtbaren und Wirksamen verbindet: in dem Entzücken am eigenen Geschlecht löst sich die Seele von der letzten Pflicht, kreist der Schönheitsgenuß um sich selbst, löst uns der Rausch von jedem aktiven Willen. Dies ist der rein aesthetische, der vollkommen willenlose Zustand und die Griechen wußten ihn als die Inspiration der reinen Anschauung zu würdigen. Der Mann, dessen Leben nicht auf anschauende Verzückung, sondern auf die Erweckung des Willens, die Ehre der Arbeit, den Stolz der sich selbst beschränkenden Tat gestellt war, und der doch als Künstler allen Verlockungen der müßigen Schönheit offen stand: ihm mußte diese, in üppiger Passivität aufwuchernde Knabenliebe der Tod sein – der Tod in Venedig.«

Die Schaubühne 9 (1913) S. 170.

Die »Führer der sogenannten homosexuellen Bewegung« reagierten jedoch negativ auf Thomas Manns Novelle. Im *Jahrbuch für sexuelle Zwischenstufen* beklagte sich der expressionistische Schriftsteller KURT HILLER (1885–1972) unter dem Titel *Wo bleibt der homoerotische Roman?* über den Mangel an solchen literarischen Werken und wies dabei Thomas Manns Novelle zurück:

»Man wende hier nicht den *Tod in Venedig* ein; Thomas Mann, seine Technik in Ehren, gibt in diesem Stück ein Beispiel moralischer Enge, wie ich sie von dem Autor der *Buddenbrooks*, der *Fiorenza* und des Essays ›Der Literat‹ niemals erwartet hätte. Die ungewohnte Liebe zu einem Knaben, die in einem Alternden seltsam aufspringt, wird da als Verfalls-

symptom diagnostiziert und wird geschildert fast wie die
Cholera.«

Jahrbuch für sexuelle Zwischenstufen 14 (1914)
S. 338. – Mit freundlicher Genehmigung von Horst
H. W. Müller, Hamburg.

Die weitere Rezeptionsgeschichte wurde jedoch von zwei
umfangreichen Würdigungen des Schriftstellers Bruno Frank
(1887–1945) und des Essayisten und Kritikers Josef Hofmiller (1872–1933) bestimmt. Sie führten den sogenannten
»Aschenbach-Ton« (Vaget) in die Thomas-Mann-Literatur
ein, der die Rezeption seit 1913 beherrschte. BRUNO FRANK
nannte die Novelle »ein vollkommenes Wunder«. Den in der
Rezensionsliteratur sonst üblichen Vergleich Thomas Manns
mit Flaubert, ersetzte er durch den Vergleich mit Balzac:
seinem »Rausch der Einfälle« korrespondiere Thomas Manns
»Rausch des Wortes«:

»Dergleichen ist mit der Anerkennung einer schönen und
treffenden Schreibart nicht abgetan. Hier flutet etwas Grenzenloses, darin sich ein Schwacher versinken ließe, hier
rauscht und klingt eine Romantik des Wortes, der aus keinem
andern Grunde Halt geboten wird, als aus dem Bewußtsein
von der ›adeligen Pflicht‹ zum umfassenden Werke. Ja, wollte
man in der Dichtung ›Der Tod in Venedig‹, darin dieser
schöpferische Kampf zwischen Inspiration und Erzählerwil-
len glorreich sich spiegelt, zugleich seine allegorische Darstellung erblicken, so wäre das freilich einseitig, aber falsch wäre
es nicht. Denn was wir ›Inspiration‹, was wir intuitive Kraft
nennen, das steigt aus demselben sinnlichen Chaos herauf,
dessen Überwallen menschliche Vernichtung bedeuten kann
– ein Überwallen, das darum den Künstler stets mehr als
Andere bedroht. Dies ist Aschenbachs Problem. Die Welt der
Schönheit, der Eingebung, des Rausches bricht ein in eine
ethische, eine epische, eine Gesetzeswelt, und der Traum
Aschenbachs vom ›fremden Gott‹ bedeutet nur die Stelle, wo
dieser Charakter des Werks am traditionellsten (aber wie tra-
ditionsfern noch!) sich offenbart. Wollte man etwa, einer kri-

tischen Übung folgend, den Begriff der Ironie auch diesmal mit Thomas Manns Namen sich verknüpfen lassen, so würde es sich um eine Ironie von sehr eigener Art handeln: das Werk nämlich, dessen Gegenstand und letzte Sehnsucht der Form zersprengende ›fremde Gott‹, die Auflösung, die Erlösung vom Gesetz ist, kehrt sich gegen sich selbst; denn niemals war sein Dichter dem Chaos so überlegen, als da er es bekennerhaft auftat und düster verherrlichte.«

Bruno Frank: Thomas Mann. Eine Betrachtung nach dem »Tod in Venedig«. In: Die neue Rundschau 24 (1913) S. 659. – Mit freundlicher Genehmigung von Greta Frischauer, Los Angeles.

»Cholera etwa und Knabenliebe zu den beiden Grundpfeilern einer Erzählung zu machen, darf als ein Wagnis gelten; daß es glücken konnte und so glücken, geht auf ein eigentümliches Zusammenbestehen von Freisein und Gebundenheit zurück. Es ist kühn, es ist höchst selbständig, die Wege der asiatischen Cholera, an der Aschenbach leiblich verderben wird, an seine Reise, an die Wege des versagenden Geistes zu binden. Es ist kühn, gleich zu Anfang, als auf seinem abendlichen Spaziergang in München ihn Reiselust packt – Reiselust, Freiheitslust, Todeslust – als den Inbegriff der verführenden Ferne eine tropische Sumpflandschaft vor seine Seele zu führen, ähnlich den Strichen, die der Choleratod zur Heimat hat. Und kühn, erfinderisch stark, dürfen auch die verzerrten, gleichwohl im Realen zulässigen Figuren heißen, die ihn auf seiner Fahrt antreten, und die, in Vermenschlichung, die Züge eines häßlichen Todesgottes tragen. All dies aber und zumal jenes großartige Unterfangen, sodann in der schönen, gesunkenen Stadt das Anschwellen der unter seinem schuldigen Wissen verheimlichten Krankheit gleichen Schritt halten zu lassen mit der Entsittlichung, dem Verfall, der sinnlichen Zerlösung von Aschenbachs Innerem, ja beides fast zu identifizieren – all dies schlicht herausgesagt, hat zur Bedingung, daß vor einigen Jahren in Venedig die Cholera auch tatsächlich aufgetreten ist. Der Gehorsam dem Wirklichen gegen-

über, der sich hier durch ein überaus taugliches Symbol
belohnt findet, ist charakteristisch, und vielleicht gründet
sich auf den Einblick in ein dichterisches Schaffen, das Freiheit und Demut organisch verbindet, die Meinung derer, die
von Thomas Mann einen deutschen historischen Roman
erhoffen. Einen, bei dem die Treue ein mythisches Schalten
nicht ausschlösse, ein Werk etwa, wie es uns, zu unserm
Neid, in de Costers ›Uilenspiegel‹ von einem andern Volk
gezeigt worden ist.«

Ebd. S. 664.

Im Jahre 1913 ließ sich noch der »moralische Preis« disku-
tieren, um den sich die Natur im »Mann von fünfzig Jahren« einen Ausweg »ins Weglose« schaffte. Bruno Frank
nannte Aschenbachs Liebe »ein Begehren ohne wahre Hoffnung«:

»Nicht, daß es ihm nur unmöglich wäre, das Begehrte zu
fassen, zu halten. Was er liebt, ist kaum mehr als eine schöne
Luftballung, ist ein Phantom, das sich nicht anreden läßt, ein
geträumter Führer ins Nichts. Selbstzerstörerisches Ästhe-
tentum zu verkörpern, gab es vielleicht nirgends eine stärkere
Möglichkeit als diese Gestaltung einer Liebe zum eigenen
Geschlecht, die, des zeugenden Sinnes ledig, ganz ein Brand
ist, der lodernd sich selber aufzehrt. Daß auch kein anderes
Sinnenerlebnis geeigneter sein konnte, einem sozial Befriede-
ten, einem Hochgestiegenen den Boden unter den Füßen
fortzunehmen, keines, den Menschen der anerzogenen und
erziehenden Würde, den Volksbildner, den Jugendbildner
derart um Glauben und Würde zu betrügen, darf in dieser
Meisterung eines Meisterschicksals für gleichfalls wesentlich
gelten. Und wie schön, wie geheimnisvoll dicht geht hier das
sinnbildliche Geschehen und die stilistische Haltung ineinan-
der. Mit den starken Sätzen stehen griechische Phalangen auf,
in denen Liebe das Blut aller so verband, daß es eine Liebestat
war, es im Kampf zu verspritzen. Nicht nur in der tobenden
und schäumenden Raserei des Dionysostraumes fließt dieses
Blut; aus ihm ist noch die Landschaft aufgeblüht, die als ein

letztes schönes Luftbild des Friedens vor dem Versinkenden
hingleitet. ›Es war‹, heißt es da, ›die alte Platane, unfern den
Mauern Athens, – war jener heilig-schattige, vom Duft der
Keuschbaumblüten erfüllte Ort, den Weihbilder und fromme
Gaben schmückten zu Ehren der Nymphen und des Acheloos. Ganz klar fiel der Bach zu Füßen des breitgeästeten
Baumes über glatte Kiesel; die Grillen geigten.‹ Wahrhaftig,
hätte jenes Sinnbild, hätte Aschenbachs tragische Neigung
nur das Bedürfnis nach Einem solchen Satz zur Quelle, es
wäre zehnmal genug. Doch überall ist sie bedingt und bedin-
gend, und der Ausdruck vom ›nunc stans‹, der gebraucht
worden ist, um das Inspiratorische zu benennen, kommt
unversehens zurück.«

Ebd. S. 665.

Die rezeptionsgeschichtliche Bedeutung der Analyse von
JOSEF HOFMILLER, die 1913 in den *Süddeutschen Monatshef-*
ten erschien, läßt sich daraus ersehen, daß sie 1955 und 1966
wieder abgedruckt wurde. Bereits damals hatte Hofmiller die
leitmotivische Verwendung der Todesboten erkannt, auf die
Einschiebung von Hexameterversen in die Prosa der Novelle
aufmerksam gemacht und bemerkt, daß Thomas Mann
Gustav von Aschenbach »seine eigenen Bücher geschrieben
haben läßt«. Über die homoerotische Komponente, die Wahl
des Knaben Tadzio als »Objekt des Abenteuers«, führte er
aus:

»Es durfte überhaupt keine Frau, kein Mädchen sein; jeder
Schatten geschlechtlicher Sinnlichkeit hätte dies träumerisch-
sehnsüchtige Zögern vor der Pforte des Todes ins Empfind-
same verzerrt; es wäre bestenfalls eine schwache und elegante
Flirtgeschichte in der Art Bourgets geworden. Es mußte sein
wie eine letzte Liebeserklärung an das schöne Leben selbst,
das in der Gestalt eines schönen, fremdländischen Knaben
verkörpert schien.«

Josef Hofmiller: Thomas Manns neue Erzählung.
In: Süddeutsche Monatshefte 10 (1912/13) Bd. 2.
S. 223.

Hofmiller erkannte auch die verdeckten Goethe-Bezüge:
»am Horizont schwebt – eine Möglichkeit, die einen Augenblick lang vom Dichter vielleicht erwogen wurde – der Schatten Mariannen von Willemers vorüber« (ebd.), jener letzten
großen Liebe Goethes, die ihn zum *West-östlichen Divan*
inspirierte (vgl. S. 118).
Thomas Manns Novelle stellt, so Hofmiller weiter, eine
»These« zum modernen Künstlertum auf:

»Der Künstler bleibt im Grunde Phantast und Zigeuner, ist
seinem innersten Wesen nach ein ausschweifender, unbe-
rechenbarer Abenteurer!
Diese Meinung, vertreten von einem der ersten Dichter unserer Zeit, hat etwas Niederdrückendes. Kaum ist je die
Maxime *L'art pour l'art* mit solcher Strenge bis in ihre absur-
desten Folgerungen verfolgt worden, bis sie nicht mehr ent-
rinnen konnte, bis der richtende Dichter über dem gerichteten das Halali blies. Hat selbst Ibsen irgendwo mit vernich-
tenderer Rücksichtslosigkeit über den Dichter, über sich
selbst ›Gerichtstag gehalten‹, als es Thomas Mann in diesem
Werke tut? Über sich selbst, jawohl. Ich habe von jeher die
klugen Leute heimlich ausgelacht, die Mann für einen Aus-
bund von Objektivität halten. Kaum einer der Dichter unserer Tage, höchstens Hauptmann, spricht so offen von sich
selbst.«

Ebd. S. 229.

Andererseits hebt Hofmiller auch die Differenz von Autor
und Hauptfigur hervor:

»[...] Mann ist durchaus nicht Aschenbach, sonst hätte er ihn
niemals geschrieben. Nur der Dilettant ist, was er schreibt,
und schreibt, was er ist. Die Gestalten des Künstlers sind über
ihm, Gebilde seiner Sehnsucht, zu denen er aufschaut: wer
Zarathustra ist, schreibt keinen Zarathustra. Oder sie sind
unter ihm, Geschöpfe seiner Unrast, die er von sich verbannt:
wer bloß Werther ist, schreibt keinen Werther; und um Faust
zu schreiben, muß man erst recht mehr sein, als Faust.

Aschenbach ist ein Künstler; lebt nur für sein Künstlertum, stirbt an seinem Künstlertum, durch das Damoklesschwert, das, wie Mann uns zu verstehen gibt, über jedem Künstler hängt. Aber Mann selbst weiß, daß es nicht gut ist, wenn der Künstler sein Künstlertum so einseitig als Beruf empfindet. ›Die Literatur‹, läßt er seinen Tonio Kröger sagen, ›ist überhaupt kein Beruf, sondern ein Fluch.‹ Birgt vielleicht das Berufskünstlertum auch seine Berufsgefahren, seine Berufskrankheiten? Heißt es nicht seinen Beruf übermäßig wichtig nehmen, wenn man nur für ihn lebt? Das alte *Primum vivere, deinde philosophari*, ist vielleicht ein Gemeinplatz; aber nichts sieht einem Gemeinplatz manchmal ähnlicher als eine Weisheit. Künstler sein, ist entweder eine Gnade, oder ein Zwang. Die meisten Heutigen aber sind Künstler aus Wahl: sie hätten ebensogut etwas anderes werden können.«

Ebd. S. 230.

Hofmiller wandte sich gegen den modernen »Typus des einsam schaffenden, einsam sich verzehrenden Dichters«, unter Berufung auf Shakespeare, Goethe, Aischylos und Sophokles gegen die von Thomas Mann thematisierte »Antithese vom Bürger und vom Künstler« (ebd., S. 232).

In einer der ersten Thomas-Mann-Monographien ordnete WILHELM ALBERTS den *Tod in Venedig* dem »plötzlichen Aufleben der Antike« in der modernen Literatur zu. Unter Anspielung auf einen Titel von Gerhart Hauptmann bemerkt Alberts:

»Auch für Thomas Mann scheint ein griechischer Frühling gekommen, aus der Welt des Griechentums auch ihm ein neuer Glaube an die Schönheit erwachsen zu sein, es scheint ihn der Wunsch zu beseelen, an ihr zur klassischen Vollendung heranzureifen. Ein Eindringen antiken Geistes in die moderne Welt, ein Verschmelzen mit ihr verrät sowohl Gegenstand wie Schilderungsweise dieser Novelle, verrät vor allem das Verhältnis, das sich dort am Strande des

blauen Meeres zwischen dem alternden Dichter Gustav von
Aschenbach und dem ›göttlich‹ schönen Knaben Tadzio entwickelt.«

Wilhelm Alberts: Thomas Mann und sein Beruf.
Leipzig: Xenien-Verlag, 1913. S. 173 f.

Das »Problem der Knabenliebe« stellte Alberts in Zusammenhang mit Thomas Manns Skepsis gegenüber dem Künst-
lerberuf:

»Aus der Liebe steigt eine verzehrende, verderbliche, aller
Vernunft und Sittlichkeit Hohn sprechende Leidenschaft
empor.
[...] Von neuem erhebt sich die Skepsis gegen den eigenen
Beruf. Es bleibt etwas tief Zweideutiges, Anrüchiges,
Zweifelhaftes in der Natur des Künstlers. So hoch er sich
erhoben, so schwer er um Strenge und Würde, um sittlichen
Ernst gekämpft, so sicher er diese Tugenden in sich begründet
glaubt, er kann sie nicht rein in sich bewahren. Gerade die
Schönheit, der er sich mit ganzer Seele ergeben hatte, läßt
seine Würde zuschanden werden und ihn von seiner Höhe
herabsinken.
Allerdings ist zu betonen, daß Gustav von Aschenbach diesen
völligen Bruch mit seinem Wesen keineswegs durch die
Tat vollzieht, davor scheint eine tiefinnerliche Scheu und
Scham, ja eine gewisse spröde, edle Zurückhaltung seines
Wesens ihn von vornherein zu schützen. Aber in seinen
Gedanken und Träumen erlebt er den Sturz bis zum Äußer-
sten; hier wird der apollinische Künstler in den wildesten
dionysischen Rausch mit all seinen Wonnen und Schrecken,
mit der zügellosesten Entfesselung aller elementaren Instinkte hineingezogen; hier erlebte er ›Unzucht und Raserei des Unterganges‹. – Aber eben das entspricht ja den tief-
sten Anschauungen Manns – wie sie uns bekannt geworden
sind. Der Künstler ist ein Abenteurer nicht der Tat, sondern
der Gedanken, des Gefühls, hier neigt er unwiderstehlich zu
den bedenklichsten Ausschreitungen. Das betont mit aller

Schärfe gegen Ende der Novelle eine Stelle, die dem Sokrates im Gespräche mit Phädros in den Mund gelegt wird: ›Siehst du nun wohl, daß wir Dichter nicht weise noch würdig sein können? Daß wir notwendig in die Irre gehen, notwendig liederlich und Abenteurer des Gefühls bleiben? Die Meisterhaltung unseres Stiles ist Lüge und Narrentum, unser Ruhm und Ehrenstand eine Posse, das Vertrauen der Menge zu uns höchst lächerlich, Volks- und Jugenderziehung durch die Kunst ein gewagtes, zu verbietendes Unternehmen; denn wie sollte wohl der zum Erzieher taugen, dem eine unverbesserliche und natürliche Richtung zum Abgrunde eingeboren ist?‹«

Ebd. S. 174–176.

Nach Meinung von Alberts eroberte sich Thomas Mann mit der Novelle »als Schaffender [. . .] einen neuen Glauben«, als Theoretiker jedoch, »in bezug auf den Wert der Kunst und des Künstlertums«, verharrte »seine Skepsis fast völlig auf dem gleichen Punkte« (ebd., S. 176).
Alberts unterlag bei dieser Feststellung offensichtlich dem Fehlschluß, daß der imaginäre Dialog des Protagonisten am Ende der Novelle wortwörtlich die künstlerischen Theorien des Autors enthalte.

Einen Sonderfall der zeitgenössischen Kritik stellt die Besprechung von HERMANN BROCH (1886–1951) im *Brenner* von 1913 dar, die aus einer ästhetischen Erörterung über Idealismus und Realismus im Sinne Kants besteht und die Novelle dem Idealismus zurechnete.

»Ich glaube [. . .] in der Novelle eine ganz außerordentliche Anspannung des künstlerischen Wollens erblicken zu können und darin auch die Ursache ihrer hohen Vollkommenheit; ein tour de force scheint den toten Punkt seines Wirkens bezwungen zu haben und über die Gewaltsamkeiten hinaus veredelt sich dieses kleine Werk Thomas Manns, gleich manchen spätbarocken Architekturen, zu Wirkungen, in

denen das Gewaltige, Gefügte aller echten Kunst zu ahnen
ist.«

Hermann Broch: Philistrosität, Realismus, Idealismus der Kunst. In: Brenner 3 (1912/13) S. 400. Wie-
derabgedr. in: H. B.: Kommentierte Werkausgabe.
Hrsg. von Peter Michael Lützeler. Bd. 9/1. Frankfurt a. M.: Suhrkamp, 1975. – © Suhrkamp Verlag
Frankfurt am Main.

Broch sah in der Novelle das Gleichgewicht von Kunst und
Natur verwirklicht:

»Das Gleichgewicht der Handlung verbindet sich hier [. . .]
nahezu restlos dem Gleichgewicht der Stimmung, des Gefühles, des Stiles. Alle Linien schließen sich, das Ganze zur Einheit rundend und doch einer Spitze zuströmend; der physika-
lische Vergleich mit dem Gleichgewicht der Potentialflächen
drängt sich auf: das Kunstwerk ein geschlossenes, im Gleichgewicht schwebendes Gebilde; auf ihm bedingen sich alle
Faktoren gegenseitig, Kräfteverhältnisse, Form, Ausstrah-
lungspunkte und Intensität, Dynamik, Temperatur – keiner
ist unabhängig, alle dem Gleichgewicht des Systems unterworfen.
Die Grundannahme ist in dem Charakter Aschenbachs gegeben; die Erzählung zeigt, wie sich aus dieser Prämisse das
Schicksal erfüllt, erfüllen mußte; und dieser lückenlosen
Übersetzung rein geistiger Voraussetzungen in Notwendig-
keiten scheinbarer Zufälle des körperhaften Lebens verdankt
das Kunstwerk zum großen Teil das eminent Starke, Gefügte,
durch das es ausgezeichnet ist.
Der künstliche Zusammenhalt des Charakters Aschenbachs,
seine künstliche und bewußte, gewollte Festigkeit (Erbe der
Väter), mußte durch die unausgesetzte Anspannung einen
Sprung bekommen: der hatte sich langsam vorbereitet und
plötzlich ist er da, erweitert sich blitzschnell, unaufhaltsam,
und durch den Riß blickt ein schwarzes Nichts, der Abgrund,
der Tod.«

Ebd. S. 410 f.

Auch das Ausland nahm frühzeitig Notiz von der Novelle, die zum internationalen Ruhm des Autors beitrug. In der *Nouvelle Revue Française* vom 1. August 1914 nannte FELIX BERTAUX, der Freund von Heinrich und Thomas Mann, und spätere Übersetzer des *Tod in Venedig*, den Verfasser einen an Flaubert und Goethe gebildeten Stilisten, der mit der Venedig-Novelle der deutschen Literatur seinen Stempel aufgedrückt habe. In England besprach D. H. LAWRENCE (1885–1930) die Novelle in der *Blue Review* vom Juli 1913. Er stellte Thomas Mann als den »vielleicht berühmtesten deutschen Romanschriftsteller« neben Heinrich Mann und Jakob Wassermann vor und rechnete ihn der Flaubert-Schule zu, die er wegen ihrer Lebensfeindlichkeit mit größter Distanz betrachtete. Im *Tod in Venedig* sah Lawrence »eine Art von Holbeinschen Totentanz«. Er hielt die Novelle für ungesund (»unwholesome«), aber nicht morbid. Obwohl Thomas Manns Stil Rhythmus habe, lasse sein Werk nichts vom Rhythmus des Lebens verspüren. Im Gegensatz zu Thomas Mann betrachtete sich der Rezensent als jung. Deshalb sein Fazit: im *Tod in Venedig* »Germany does not feel very young to me«.

2. Wirkungsgeschichte

Die Wirkung der Novelle auf die Gegenwartsliteratur läßt sich aus der Montage von Motiv und Zitat in verschiedenen Werken ersehen. So stellt z. B. WOLFGANG KOEPPENS Roman *Der Tod in Rom* (1954) bereits im Titel eine ernste Parodie der Novelle dar. Der letzte Satz aus dem *Tod in Venedig* ist ihm als Motto vorangestellt und wird im letzten Satz des Romans parodistisch variiert: »Die Zeitungen meldeten noch am Abend Judejahns Tod, der durch die Umstände eine Weltnachricht geworden war, die aber niemand erschütterte.« Wie Yaak Karsunke kommentiert, besteht die »Provokation dieser Variante« in der Person, deren Tod hier gemeldet wird. Es handelt sich um den ehemaligen SS-Gene-

ral Gottlieb Judejahn, einen gesuchten Kriegsverbrecher, der
nach dem Zweiten Weltkrieg als Militärexperte im Dienste
arabischer Staaten untergetaucht ist und von Italien aus seine
Rückkehr in die Bundesrepublik vorbereitet. Kurz vor seinem Tode hat Judejahn noch einen Mord an einer deutsch-
jüdischen Emigrantin begangen. Thomas Manns alternder
Künstler ist hier durch »einen unbelehrbaren ›Herrenmen-
schen‹, [...] durch einen Menschenschlächter, durch einen
Faschisten« ersetzt (Karsunke, 1976, S. 62). Weitere parodistische Parallelen lassen sich aufweisen. So stellt z. B. Judejahns Vorfahrt in einer schwarzen Limousine – »lackglän-
zend, schwarz, [...] ein funkelnder Sarg« – vor dem Pan-
theon eine Variation von Aschenbachs Gondelfahrt nach dem
Lido dar. Koeppens Roman rechnet mit dem nationalsoziali-
stischen »Mythos des 20. Jahrhunderts« ebenso ab wie mit
der Mythenverwendung in der Literatur. *Der Tod in Rom* ist
Huldigung und Kritik an Thomas Mann zugleich.

Bei dem jüngeren Lyriker JÜRGEN THEOBALDY (geboren
1944) geht es um eine realistische Provokation der durch den
Tod in Venedig vertretenen bürgerlichen Bildungswelt. Angespielt wird in seinem Gedicht *Die Erdbeeren in Venedig* auf
den amerikanischen Romancier William S. Burroughs (geb.
1914).

> Als es den jungen kaum bekannten Romancier
> zum erstenmal nach Venedig verschlagen hatte
> folgte er einem dieser italienischen Gassenjungen
> in eine dieser feuchten Gassen Venedigs
> und ließ sich für 3000 Lire unter dem Torbogen
> aus der Renaissance einen abkauen
>
> Liebe macht hungrig und der junge Romancier
> verschlang noch auf dem Rückweg ins Hotel
> die restlichen Erdbeeren die er unterwegs
> für seinen Liebhaber gekauft hatte
>
> Unruhig wegen der ungewaschenen Erdbeeren
> schob er in seinem Zimmer eine Scheibe

von Gustav Mahler ins Grammophon
und zog sich auf die Ottomane zurück
Das flaue Gefühl in seinem Magen blieb auch
nachdem er drei Fernet Branca gekippt hatte

Also setzte er sich auf und schrieb
anderthalb Seiten finsterer Prosa
deren Radikalität Schmutz und überreizte
Gefühlsspannung binnen kurzem
die Bewunderung vieler erregen sollte

Jürgen Theobaldy: Blaue Flecken. Gedichte. Mit
Zeichnungen von Berndt Höppner. Reinbek bei
Hamburg: Rowohlt, 1974. S. 50. – Mit freundlicher
Genehmigung von Jürgen Theobaldy, Bern.

Bei der letzten Strophe handelt es sich um ein abgewandeltes
Zitat aus dem vierten Kapitel des *Tod in Venedig*: »jene
anderthalb Seiten erlesener Prosa [. . .], deren Lauterkeit,
Adel und schwingende Gefühlsspannung binnen kurzem die
Bewunderung vieler erregen sollte«. Der Lyriker der siebzi-
ger Jahre kann es sich leisten, sein Publikum realistisch zu
schockieren, doch wird der Schock durch die Bildungsparo-
die sicher abgefangen.

WOLFGANG KOEPPEN hat seine Bewunderung für Thomas
Mann als den »großen Klassiker der letzten Zeit« (*Thomas
Mann*, hrsg. von Heinz Ludwig Arnold, München 1976,
S. 184) in einem Aufsatz über den *Tod in Venedig* in der
Frankfurter Allgemeinen Zeitung vom 7. Februar 1980 zu-
sammengefaßt:

»›Der Tod in Venedig‹ war eine Höllenfahrt. Thomas Mann
liebte solche Reisen. Er wiederholte sie. Schließlich blieb es
beim Fegefeuer. Der Dichter kam heil wieder heraus, feierte
Auferstehung, geläutert, gestärkt, auf einer höheren Sprosse
des Ruhms. Das Buch erschien 1913 [sic]. Der Autor war sich
des Wagnisses bewußt. Er hatte ausweichen, er hatte sich
verkleiden wollen, hineinschlüpfen in die Liebe des alten
Goethe zur minderjährigen Ulrike von Levetzow. In seinen

Aufzeichnungen sah Thomas Mann darin ›eine böse, schöne, groteske, erschütternde Geschichte‹, eine Erniedrigung. Widerlich und als Werk verlockend war ihm, wie der Alte der Jungen nachlief, sich preisgab, ein großes Leben ihr in den blühenden Schoß warf. Mann hatte schon an Othello gedacht. Er suchte einen Helden. ›Einen Helden der Schwäche‹, heißt es in Thomas Manns Selbstbespiegelung ›On Myself‹. Venedig erschien am Horizont.

Schicksal, Zufall, die sicheren Wege des Schreibenden, Thomas Mann kam nach Venedig, erlebte den Tod, tragisch, überschwenglich, ironisch, amüsiert und heimlich lachend, Eros und Todesbote ein schöner Knabe, vierzehnjährig, fremdländisch-polnisch, vertraut humanistisch griechisch, des Platon Idee, des Sokrates Liebling. Die Provokation der Familienglückgesellschaft des deutschen Kaiserreichs, die Provokation, deren Kühnheit erst nach den Tagebuchbekenntnissen über homoerotische Neigungen des Dichters ganz zu ermessen ist, verging unbegriffen. Der Romanheld der Schwäche, Gustav von Aschenbach, war tot. Sein Urheber lebte in guten Verhältnissen in München und Tölz.

[...] ›Der Tod in Venedig‹ ist einfach ein schönes Buch. Vielleicht keine schönsten Seiten, doch des Dichters schönstes Werk. Keine Patina, die hatte es bei seinem Erscheinen, eine Schutzschicht aus der Kultur, ich meine, keine Alterung. Die Schutzschicht ist dünn geworden, das verjüngt.

Ich nehme an, daß Thomas Mann diesen Knaben Tadzio, dessen Existenz erwiesen ist, geliebt und begehrt hat. In Liebe fallen, ist ein schönes, ein unheimliches Wort. Da dies einem Schriftsteller geschah, hat er es überlebt und den ›Tod in Venedig‹ geschrieben, wie Goethe den ›Werther‹. Literaten haben ihre unglücklichen Lieben, aber sie sterben nicht an ihnen, die nähren sie. Thomas Mann führte mit Gattin und Kindern ein bürgerliches, ein fast großbürgerliches Leben, das ganz klar sein Leben war, bis die Geschichte ihn in die Welt jagte. Aber sein Leiden an Tadzio war echt und schwer, die Leidenschaft steht in dem Buch, ihre besondere, so oft verfemte Art brach aus langer Unterdrückung, vermählte sich mit der Stadt, drang tief in sie ein, die so gern jedermanns Geliebte ist.

Kein Platon, kein Streben nach der Welt der Idee, kein Phaidros mehr. Realität! Geschenk des Dichters an den einsamen Leser in der stillen Nacht Venedigs. Der Leser folgt diesmal willig. Auch er wird sich bestätigt finden. ›Es war still, Gras wuchs zwischen dem Pflaster, Abfälle lagen umher. Unter den verwitterten, unregelmäßig hohen Häusern in der Runde erschien eines palastartig, mit Spitzbogenfenstern, hinter denen die Leere wohnte, und kleinen Löwenbalkonen.‹ Welch ein Bild! Der Tod ist nah. Der Beobachter, der Liebhaber des Schönen, sitzt am Strand. Der Knabe, ins weite Meer gewatet, löst sich auf ›vorm Nebelhaft-Grenzenlosen‹ [. . .]. Lust? Eros war von Thomas Mann, vom Anfang des Buches an, zum Psychagogos bestimmt, zum Liebesgott, der die Fackel des Lebens löscht. In Thomas Mann lebte eine eingefleischte Moral von Schuld und Sühne. Er mochte sich nie zu den Unordentlichen setzen. Tonio Kröger wollte wie alle sein. Ein Widerspruch zur Existenz des Künstlers; Thomas Mann hat ihn erlitten. Der antike Tod, ein Museumsstück aus dem Gymnasium, holte die Helden in die Schattenwelt. Verachtete er den Helden der Schwäche, verstieß er ihn, überstellte er ihn seinen unlösbaren Problemen? Durchhalten? Im Sichunterwerfen unter die Konvention, durchhalten im Widerstand gegen sie? Der Dichter mochte sich lange mit dem Erfolg seines Dichtens begnügen. Der schöne Knabe wurde aufgenommen in die Biographie. Die eklen Schaudertypen alter, verlebter, mißbrauchter, armer Homosexueller traten zurück vor gebilligten Gestalten aus dem Lexikon. Die Leidenschaft, der Liebesdrang ist als Glück nur den Göttern gewährt. Für August von Platen gab es den Tod. Für Theodor Storm den Schlaf mit dem erotischen Traum. Für Mann-Aschenbach das Spiel mit dem Verhängnis, das der Kluge gewann.

Albrecht Soergel urteilte in seiner nach dem Ersten Weltkrieg sehr beliebten und bürgerlich besonnenen Literaturgeschichte ›Dichtung und Dichter der Zeit‹ über den ›Tod in

Venedig‹: ›das gebotene Bild vom Künstler ist von einer läh-
menden Egozentrik‹. Johannes Klein in seiner ›Geschichte
der deutschen Novelle‹ nennt das Buch ›von Schwermut
überschattet‹, erkennt aber diese als Quelle dichterischer
Kraft. Ich meine, Thomas Mann hat mit dem ›Tod in Venedig‹ seine Schattenlinie überschritten, die Gewißheit von seinem Sein und des immerwährenden Sterbens an seinem Sein.«

Wolfgang Koeppen: Die elenden Skribenten. Aufsätze. Hrsg. von Marcel Reich-Ranicki. Frankfurt
a. M.: Suhrkamp, 1981. S. 111–118. – © Suhrkamp
Verlag Frankfurt am Main 1981.

Zur Wirkungsgeschichte gehören schließlich BENJAMIN
BRITTENS Oper *Death in Venice* mit dem Libretto von Myfanwy Piper aus dem Jahr 1973 sowie die Verfilmung der
Novelle durch LUCHINO VISCONTI aus dem Jahr 1970, bei der
Aschenbach vom Schriftsteller zum Komponisten verwandelt und mit dem Vorbild Gustav Mahler nahezu identifiziert
wurde.

3. Deutungsgeschichte

Den Beginn der Deutungsgeschichte des *Tod in Venedig* mar-
kiert ein Aufsatz von ARTHUR ELOESSER (1870–1938) über
die Entstehungsgeschichte der Novelle in der *Neuen Rundschau* von 1925. Eloessers Ausführungen beruhten offensichtlich auf Auskünften Thomas Manns. Goethes Mariena-
bader Erlebnis wird als Anregung für die Konzeption genannt,
Gustav Mahlers »tragische Maske« als Vorbild für die Perso-
nenbeschreibung Aschenbachs und eine Zeitungsnotiz über
Cholera in Venedig (s. Arbeitsnotiz 30) als maßgeblich für die
Raum- und Rahmengestaltung der Novelle. Die Konzep-
tionsverschiebung von Goethe zu einer Schriftstellerfigur mit
autobiographischen Zügen begründet Eloesser damit, daß
der Autor größerer Gestaltungsfreiheit bedurfte, als sie ihm
mit einer Goethe-Figur gegeben war, die in der Literaturgeschichte bereits fest umrissen war (S. 611–616). Im übrigen

fiel Eloessers Aufsatz gegenüber Josef Hofmillers Interpretation von 1913, die bereits die griechischen und mythologischen Motive sowie die Hexameteranklänge im Prosatext auf-
gewiesen hatte, zurück.

Hofmillers Analyse bewahrte ihre Gültigkeit bis in die fünfziger Jahre, als sie im 9. Jahrgang des *Merkur* (1955) wieder-
veröffentlicht wurde; 1966 wurde sie noch einmal in einer
repräsentativen Anthologie von Novelleninterpretationen
abgedruckt. Durch den Nationalsozialismus wurde die Deutungsgeschichte der Novelle, jedenfalls in Deutschland,
unterbrochen. Zwischen 1933 und 1945 sind mit Ausnahme
der Aufsätze von GEORG LUKÁCS (1885–1971) kaum nen-
nenswerte Deutungen zu verzeichnen. Mit seinem großen
Essay über *Thomas Mann: Auf der Suche nach dem Bürger* in
der Zeitschrift *Internationale Literatur* (1945) begründete der
ungarische Literaturkritiker und Philosoph die sozialge-
schichtliche Deutung der Novelle, die ihm als »unerbittliches
Selbstgericht« der Ethik des Bürgertums galt:

»Denn in Gustav Aschenbach ist zur Vollendung gediehen,
was bei Tonio Kröger nur Sehnsucht und Tendenz war. Er
hat ein formvollendetes Leben und ein gewichtiges Werk auf
der Grundlage der ›Haltungs‹-Moral aufgebaut. Streng und
stolz erheben sich beide über den ordinären Alltag, über dessen kleinliches Philistertum, über seinen ebenso kleinlichen
Bohème-Anarchismus. Jedoch nur ein kleiner Konflikt ist
vonnöten, ein Traum inmitten dieses Konflikts, für dessen
Entscheidung noch kaum etwas Wahrnehmbares geschah –
und die ›Haltung‹ bricht rettungslos und widerstandslos
zusammen, als ob sie nicht das Produkt eines ehrlichen, asketisch schwer durchfochtenen Lebens gewesen wäre. [. . .]
Man glaube ja nicht, daß es sich bei alledem um eine Neben-
frage oder auch nur um eine Peripheriefrage der bürgerlichen
Kultur im Deutschland der Zeit vor dem ersten Weltkrieg
handelt. Die Frage geht aufs Zentrum: die ›Haltungs‹-Moral
ist aufs engste mit den seelisch-geistigen Lebensbedingungen
der besten Kulturträger, der ehrlichsten Intellektuellen des

wilhelminischen, des imperialistisch verpreußten Deutschland verbunden. [...] Und daß die ›Haltungs‹-Moral mit innerer Notwendigkeit zum Preußentum führt, das zeigt sich am klarsten in der Entwicklung Thomas Manns selbst: wenn der Schriftstellerheld in ›Tod in Venedig‹ durch ein Epos über Friedrich den Großen berühmt wird, so nimmt er – sicher nicht zufällig – die Arbeit des Verfassers im ersten Weltkrieg vorweg.

Georg Lukács: Werke. Bd. 7. Neuwied/Berlin: Luchterhand, 1964. S. 515 f. – Mit freundlicher Genehmigung von Luchterhand Literaturverlag GmbH, Frankfurt am Main.

Bereits 1943, in seinem Aufsatz *Über Preußentum*, hatte LUKÁCS den *Tod in Venedig* als Entlarvung der preußischen Haltungsideologie interpretiert:

»Thomas Manns Schriften aus der Zeit des ersten imperialistischen Krieges drücken seine Verehrung Preußens energisch aus. Wenn jedoch bei ihrer Betrachtung die große Vorkriegsnovelle ›Tod in Venedig‹ fehlt, dann erscheint die Haltung Thomas Manns zum preußischen Problem nicht im vollen Licht. Der Held dieser Novelle, der Schriftsteller Aschenbach, hat ein Epos über Friedrich den Großen geschrieben. Sein schriftstellerisches Wesen hat auch sehr viel mit Preußentum zu tun. Er überwindet die Anarchie des modernen Künstlertums durch eine am Preußentum geschulte ›Haltung‹, wodurch der preußische Geist bereits als ein ästhetisch-moralisches Prinzip, als ein ästhetisch-moralisches Gegengewicht gegen modern-dekadente oder bürgerlich-sentimentale Bestrebungen, als ihr Gegenpol erscheint.

Die von Thomas Mann außerordentlich fein geführte Handlung zeigt aber die bloße Scheinbarkeit des überwindenden Prinzips, zeigt, daß es sich auch hier um eine Polarität handelt. Die ›Haltung‹ ist etwas rein Formelles und bietet für die Lebensführung, wenn sich nur einigermaßen ernste Abgründe auftun, nicht den geringsten Halt. Als der Held der Novelle vor einem inneren Konflikt steht, genügt ein Traum, seine ganze ›Haltung‹, seine ganze mühsam zusammenkonstruierte Lebensführung schmählich zusammenbrechen, die mühsam gebändigte seelische Unterwelt der Instinkte vollständige Herrschaft über ihn gewinnen zu lassen. Thomas Mann gestaltet hier mit tiefem psychologischem Einblick die gefährliche seelische Hohlheit der preußischen ›Haltung‹: gerade dadurch, daß jeder moralische Wertakzent auf die ›Haltung‹ fällt und die Subjektivität des Instinktlebens bloß als zu bändigendes Material behandelt wird, ist in ruhigen Zeiten die scheinbare Macht des formal geregelten Lebens eine grenzenlose; ihre wirkliche Durchdringung der Gesamtpsyche ist aber so geringfügig, daß sie beim ersten Ansturm vollständig versagt. Die ›Haltung‹ ist nicht stahlhart, wie sie zu sein vorgibt, sie ist nur starr und bricht darum sofort, plötzlich zusammen. Erst aus dieser Psychologie heraus wird Thomas Manns Friedrich der Große innerlich verständlich in seiner Mischung von zynisch-grausamer Realpolitik und dekadenter Kränklichkeit.«

Georg Lukács: Schicksalswende: Beiträge zu einer deutschen Ideologie. Berlin: Aufbau-Verlag, 1948. S. 85 f. – © artisjus, Budapest.

So konnte LUKÁCS in seinem Aufsatz über *Deutsche Literatur im Zeitalter des Imperialismus* von 1945 den *Tod in Venedig* zusammen mit Heinrich Manns *Der Untertan* als »große Vorläufer jener Tendenz betrachten, die die Gefahr einer barbarischen Unterwelt innerhalb der modernen deutschen Zivilisation als ihr notwendiges Komplementärprodukt signalisiert haben« (S. 223):

»Thomas Manns männlicher Stil will vor der Notwendigkeit der Selbstauflösung nicht ohne weiteres kapitulieren, aber ebensowenig will sich sein lebhaftes Gefühl für die brüderliche Gleichheit aller Menschen vor dem kalten und harten Aristokratismus des l'art pour l'art, vor der Moral des Elfenbeinturmes beugen. Aus diesem – von seinen damaligen gesellschaftlich-weltanschaulichen Voraussetzungen aus – unlösbaren Problem rettet sich Thomas Mann zeitweilig

durch eine Bejahung der preußischen Strenge der Pflichter-
füllung, der preußischen ›Haltung‹. Es ist ein Notausgang aus
einem falschen Dilemma, wohin die allgemeinen, vom Dichter damals weltanschaulich noch nicht durchschauten Tendenzen seiner Epoche führten.
Aber der Dichter Thomas Mann ist, unbewußt, vielleicht
sogar ungewollt, ein tieferer und richtigerer Gesellschaftskri-
tiker als der Denker. Er schafft nicht allzulange vor Kriegs-
ausbruch eine Gipfelgestalt seiner erträumten preußischen
›Haltung‹: den Helden der Novelle ›Der Tod in Venedig‹.
Thomas Mann tritt hier das Erbe der Gesellschaftskritik
Theodor Fontanes an, er erweitert sie jedoch zur Kritik der
inneren Verpreußung der ganzen deutschen Intelligenz. Und
er stellt dar, daß diese ›Haltung‹ zwar hart und starr den
Menschen von der gesellschaftlichen Umwelt abschließt, ihm
den Schein und die Selbsttäuschung seines inneren moralischen Gefestigtseins gibt, daß aber die kleinste Erschütterung
ausreicht, um die bloß abgedrängte und künstlich niederge-
haltene, aber nicht erkannte und moralisch überwundene seelische Unterwelt, das barbarische und bestialische Chaos frei
zu machen: die schmutzigen Wellen dieses Chaos schlagen
über seinem Haupt zusammen und brechen mühelos die
Scheinbarriere der ›Haltung‹.
Was bei George und Rilke ab und zu, halb unbewußt, heraus-
bricht, was Wedekind mit schauderndem Entzücken verherrlicht, was Heinrich Mann in offener Polemik anprangert,
siegt hier über den letzten Versuch des größten Schriftstellers
der Periode, es mit inneren, seelischen, von der Gesellschaft
losgelösten, undemokratischen, nur innerlich moralischen
Mitteln zu bewältigen. Die ›Sekurität‹ des Wilhelminismus
erweist sich als eine dünne Erdschicht, unter der der unge-
bändigte Vulkan der Barbarei, das moralische Chaos, jeder-
zeit zum Ausbruch bereit, brodelt.«

Georg Lukács: Skizze einer Geschichte der neueren
deutschen Literatur. Neuwied: Luchterhand, 1963.
S. 190 f. – Mit freundlicher Genehmigung von Luchterhand Literaturverlag GmbH, Frankfurt am Main.

In der Nachfolge von Lukács hat INGE DIERSEN auf die »Korrespondenz mit gesellschaftlichen Auflösungserscheinungen« und auf »gleichzeitige beunruhigende politische Entwicklungen« (S. 119) hingewiesen:

»In Aschenbachs Traum verdichtet sich seine Absage an Vernunft, Kultur, Humanität, die von Anfang an in seinem Verlangen, zur ›Urweltwildnis‹, zu den ›Tigern‹ aufzubrechen, mitgeschwungen hatte. Die Barbarei hält Einzug, nicht die Barbarei einer frühmenschlichen Entwicklungsstufe – deren Ausdruck Elemente des Dionysoskultes wirklich sind –, sondern neuzeitliche Barbarei, weltanschaulich-moralische Entsprechung zur Entwicklung der kapitalistischen Verhältnisse. Trotzdem ist Thomas Mann ideologiegeschichtlich nicht im Unrecht, wenn er ein mythisches Muster aus der Frühzeit der Menschheit einsetzt, um gegenwärtige Prozesse zu signalisieren. In jenen Richtungen der bürgerlichen Philosophie vor dem ersten Weltkrieg, die zur Vor- und Frühgeschichte der faschistischen Ideologie gehören, spielt die Kritik an Humanismus und Vernunft, spielt die Hinwendung zum Irrationalen eine große Rolle. Die Seele wurde gegen den Geist, der Instinkt gegen die Vernunft, das Urtümliche gegen das Vorgeschrittene ausgespielt. Archaische Stufen der Menschheitsentwicklung wurden verherrlicht, um die Belanglosigkeit und Unerwünschtheit des Fortschritts zu beweisen.«

> Inge Diersen: Thomas Mann: Episches Werk, Weltanschauung, Leben. Berlin/Weimar: Aufbau-Verlag, 1975. S. 114.

Auf Parallelen zwischen Heinrich Manns *Professor Unrat* und dem *Tod in Venedig* machte WALTER H. SOKEL aufmerksam:

»Wie ›Professor Unrat‹ enthält also auch der ›Tod in Venedig‹ jene aus unserer Sicht so prophetisch anmutende Handlungsstruktur, und zwar aus völlig analogen Gründen. Beide Werke zeigen die Konsequenzen einer Einstellung, die auf Erhaltung und Verherrlichung des Bestehenden ausgerichtet,

infolge der dadurch nötigen Repression zum Gegenteil von
Erhaltung, zu Selbstwiderlegung und Auflösung führt. In
ganz unterschiedlichen Höhenlagen von Erzählkunst und
geistiger Verfeinerung der Protagonisten zeigen beide Brüder
diesen Prozeß am Beispiel zweier so ganz verschiedener und
doch wieder ganz ähnliche Vertreter wilhelminischer Repräsentanz, nicht gar so lange bevor diese selbst, zu einem großen Teil wenigstens, in der historischen Wirklichkeit der
Vorlage der Dichtung nachfolgen sollte.«

> Walter H. Sokel: Demaskierung und Untergang
> wilhelminischer Repräsentanz. Zum Parallelismus
> der Inhaltsstruktur von »Professor Unrat« und
> »Tod in Venedig«. In: Herkommen und Erneue-
> rung. Essays für Oskar Seidlin. Hrsg. von Gerald
> Gillespie und Edgar Lohner. Tübingen: Niemeyer,
> 1976. S. 411.

Auch in der Analyse der mythologischen Motive war Josef
Hofmiller mit seinem Aufsatz von 1913 der Deutungsgeschichte voraus. Stellvertretend für die zahlreichen Deutungen, die seit 1950 auf diesem Gebiet erfolgten, steht der Aufsatz von WALTER JENS über Hermes, den Gott der Diebe, und
seinen Dichter:

»Hier, an der Grenze von Europa und Asien, fand er [Tho-
mas Mann] jene ›tödliche Vollkommenheit‹ (Ernst Bertram),
jene plastische Perfektion und makellose Selbstgenügsam-
keit, die er, als eine ebenso gefährliche wie verführerische
Möglichkeit, zeit seines Lebens in immer neuen Variationen
zu umkreisen suchte. Schon der ›Tod in Venedig‹, Ausgangspunkt jeder Betrachtung, die sich mit Thomas Manns Verhältnis zur antiken Welt beschäftigt, erhellt die Problematik
des Schön-Vollkommenen in exemplarischer Weise: Griechisches erscheint hier zum ersten Mal als Inbegriff jener reinen
Verklärung, deren Meister der Tod ist. In seinem Zeichen
macht Gustav Aschenbach sich auf, die Schönheit zu suchen.
Als er, seiner überdrüssig und der Verpflichtungen leid, eines
Maiabends über den Friedhof geht, begegnet er einem Mann,

der einen Spazierstock schräg gegen den Boden stemmt und die Krücke, bei gekreuzten Füßen, gegen die Hüfte lehnt ... ein Mann, dessen Lippen zurückgezogen sind, so daß die Zähne weiß und lang hervortreten: kein Zweifel, daß hier auf die antike Gestalt des Todes, wie sie Lessing und Schiller beschworen, verwiesen wird. Der Wanderer mit gekreuzten Füßen und dem in die Hüfte gestemmten abwärts gesenkten Stab entspricht der berühmten Lessingschen Schilderung ›Wie die Alten den Tod gebildet‹ bis ins Detail hinein. Aber es ist nicht nur Thanatos, der milde Bruder des Schlafs, dem der Verwunderte vor der Aussegnungshalle begegnet: es ist auch Hermes in der Gestalt des Totengeleiters, der durch das Wanderhafte der Erscheinung – vor allem seinen breiten Hut, den petasos – den Zögernden folgen heißt und ihn zu jener Reise ermutigt, von der er nicht mehr zurückkehren soll.«

Walter Jens: Der Gott der Diebe und sein Dichter. Thomas Mann und die Welt der Antike. In: W. J.: Statt einer Literaturgeschichte. 7., erw. Aufl. Pfullingen: Neske, 1978. S. 166.

Zu Aschenbachs Ende, zu seinem Enthusiasmus, in dem er in »einem Rausch von Ekstase und Trunkenheit [...] den Leib des Knaben als ›Standbild und Spiegel‹ geistiger Schönheit« schaut, bemerkt WALTER JENS:

»Die vollkommene Form – im Sinne einer höchstmöglichen Angleichung von Urbild und Kopie – birgt, nach der Auffassung des Dichters, die gleiche Möglichkeit wie die Krankheit in sich: auf der einen Seite vermag sie zu befreien und den Blick des Besessenen zu beglücken, auf der anderen Seite stürzt sie ihn in Verderben und Untergang. Liebe und Tod – ein Vorausblick auf den Ischtar-Tammuz- und Isis-Osiris-Mythos der ›Joseph‹-Tetralogie sei auch hier gestattet – wohnen nahe beieinander, und nicht umsonst wird Gustav Aschenbach gerade im Zeichen des Todes zum Plastiker von Worten, an deren erotische Herkunft er glaubt. Halb vor sich hindämmernd, erkennt er nachbetend die Lehre des Platon, daß der Weg der Schönheit ein Weg des Eros sei; aber der

Aufstieg zum Geistigen und der Blick aus der Höhlenwelt
bleiben ihm versagt; denn als er den Phaidros anspricht, ist er,
der sich einst so selbstgewiß an Kritobulos wandte, schon
längst kein Sokratiker mehr. Die Katabasis ins Reich der
Schönheit bleibt unwiederholbar; Aschenbach, der sich dem
erotischen Hermes als Seelengeleiter anvertraute und über der
Anbetung der Form, im Sinne seines Schöpfers, das Leben,
über ästhetischer Trunkenheit und homoerotischer Liebe
Maß und Sitte vergaß, muß mit dem Tode dafür büßen.«

Ebd. S. 93.

Eine der ersten psychoanalytischen Untersuchungen stamm-
te von DAVID ERNST OPPENHEIM. In seinem Buch *Dichtung
und Menschenkenntnis* (1926) ordnete er Gustav Aschenbach
nach der Theorie Alfred Adlers dem nervösen Charakter-
typus zu:

»Denn auch Adler betrachtet ein in der frühesten Jugend ent-
standenes Gefühl der Schwäche als die treibende Macht im
Seelenleben des Nervösen. Ebenso kennt er die nie fehlende
Gegenkraft, das Streben nach Größe, Erhöhung, Männlich-
keit.
Als Folgen des Kampfes der beiden feindlichen Tendenzen
gelten ihm einerseits Überleistungen aller Art, vor allem
geniale Kunstwerke, andererseits ein geistiges Zwittertum,
ein unruhiges Hin und Her zwischen einem Oben und
Unten, mit einem Wort ein bohrender Zweifel an sich selbst.
Endlich weiß er auch, daß all diese Seelennot keineswegs mit
den Jahren schwindet, vielmehr leicht genug bis zur völligen
Vernichtung der geistigen Gesundheit anwächst, sobald die
Altersschwäche dem Gefühl der angeborenen Minderwertig-
keit neue Nahrung bietet.«

David Ernst Oppenheim: Dichtung und Menschenkenntnis. München: Bergmann, 1926. S. 157.

Bereits 1914 hatte HANNS SACHS in der Zeitschrift *Imago* die
vier leitmotivischen Hermesfiguren als Aschenbachs Todes-

projektionen gedeutet und das Traumhafte der Handlungs-
entfaltung hervorgehoben, womit das Unbewußte, insbesondere die unbewußte Homosexualität, in Aschenbach zur
Herrschaft gelange (S. 454–461).

Auf dem Gebiet der psychoanalytischen Deutung zeigt sich
die durch den Nationalsozialismus verursachte Unterbrechung von 1933 bis 1945 besonders deutlich, da hier sowohl
der Gegenstand der Forschung, d. h. Thomas Mann und
seine Novelle, als auch die Methode exiliert worden waren.
Diese Unterbrechung hatte eine nachhaltige Wirkung, so daß
erst Ende der sechziger Jahre wieder psychoanalytische
Untersuchungen des *Tod in Venedig* in Deutschland erschie-
nen. In den Vereinigten Staaten, wo die Psychoanalyse ein
Asyl gefunden hatte, blieb die Kontinuität dieses methodi-
schen Ansatzes dagegen gewahrt. Richtungweisend war in
dieser Hinsicht ein Aufsatz von HEINZ KOHUT, der 1957 in
der Zeitschrift *Psychoanalytic Quarterly* erschien. Kohut
interpretierte dort die vier leitmotivischen Hermesfiguren als
»Manifestationen innerseelischer Kräfte«. Nach Kohut proji-
ziert Aschenbach seinen Vaterkonflikt auf diese vier Figuren.
Der dionysische Traum stellte den »Zusammenbruch der
Sublimierungen« dar. Die »Zu- und Abnahme seiner künstlerischen Potenz [scheint] mit der Vorherrschaft der sublimier-
ten beziehungsweise entsublimierten homosexuellen Strebungen einherzugehen« (deutsche Übersetzung in: *Psycho-
Pathographien I: Schriftsteller und Psychoanalyse*, hrsg. von
Alexander Mitscherlich, Frankfurt a. M. 1972, S. 142–167,
hier S. 158, 160, 162). Spätere psychoanalytische Deutungen
des *Tod in Venedig* haben Kohuts Ansatz weitergeführt und
seine Ergebnisse ergänzt und differenziert (s. dazu Vaget,
S. 198 f.).

Auch die Vielzahl der Stil- und Formanalysen begann erst in
den fünfziger Jahren zu erscheinen. Dazu gehörten Untersuchungen zur Ironie und Parodie im *Tod in Venedig*. REIN-
HARD BAUMGART hat die Ironie als »Medium des Aschen-
bachschen Untergangs« (S. 120) definiert:

»Eine Fülle von Zweideutigkeiten, die alle aufgehen in dieser wesenhaften Identität von Schönheits- und Todessehnsucht, entfaltet der Ironiker aus diesem einen Scheinwiderspruch zu einem Symbolsystem, unter dessen wechselnden Zeichen sich, zwielichtig zwischen Paradoxie und Gesetzmäßigkeit, der Aschenbachsche Verfall vollzieht: die pathetische Ichbewußtheit des Dichters steht so gegen seine ›Begierde nach Befreiung, Entbürdung und Vergessen‹; sein formbewußtes Gestalten gegen seine Sympathie mit dem Meer, den ›verführerischen Hang zum Ungegliederten, Maßlosen, Ewigen, zum Nichts‹; die Begeisterung seines Eros gegen die tödliche Unfruchtbarkeit dieser Knabenliebe; die geistige Helle seiner antiken Kunstprosa gegen den dionysischen Wunschtraum, der die ›Kultur seines Lebens verheert, vernichtet‹; Tadzios offenbare Schönheit gegen seine verborgene Morbidität; Venedigs lockende Augenreize gegen den Geruch der Fäulnis und der verheimlichten Seuche [. . .].«

Reinhard Baumgart: Das Ironische und die Ironie
in den Werken Thomas Manns. München/Wien:
Hanser, 1964. S. 121.

Dagegen betrachtete HERMANN STRESAU 1963 den *Tod in Venedig* als Parodie:

»[. . .] weil in einer Kunstform durchgeführt, die nicht mehr ›gilt‹, die nicht mehr ganz ›geglaubt wird‹, nicht mehr selbstverständlich ist. Der Begriff des Parodischen [. . .] hängt, wie man hier vielleicht am deutlichsten sieht, mit der formalen Existenz eng zusammen: eine formale Existenz wie die [. . .] des Gustav Aschenbach [. . .] beruht auf der Leistung der bis zum Heldenhaften reichenden Lebensbezwingung, die aber im eigentlichen nicht ›wahr‹ ist, weil sie, paradoxerweise, auf Kosten dessen geleistet wird, was man in ganz allgemeinem Sinne ›Leben‹ nennen kann, beziehungsweise dessen, was Tonio Kröger als Quelle aller menschlichen Wärme und Güte, allen Humors erkannte, der Liebe. Was nun hier im *Tod in Venedig* erzählt wird, ist nur im Parodischen glaubhaft und ›wahr‹: Gustav Aschenbach, der Leistungs-Moralist, findet *seinen* Durchbruch zum Leben, an dem er zugrunde gehen muß. Es ist die Tragödie des Alternden: diese Reise nach Dalmatien, dann nach Venedig, die vorausdeutende Gestalt des herrischen Fremden auf der Treppe des Münchener Friedhofs, des Gondoliere, des fahrenden Sängers; die vorausdeutende Gestalt des alten aufgeschminkten Stutzers auf dem Schiff, vorausdeutend, weil Aschenbach selbst wenige Wochen später so tief gesunken sein wird, daß er sein ältliches Aussehen kosmetisch verjüngen läßt, dem schönen Epheben zuliebe, dem Aschenbach hemmungslos verfallen ist, dem lieblichen Seelenführer zum Tode zuliebe. Der Tod, der Venedig unsicher macht, verschwiegen wird, aber schon spürbar in der Luft liegt, die Cholera-Epidemie, der Tod und seine Herrschaft ist zugleich die Herrschaft der Widervernunft, der Wollust, der dionysischen Trunkenheit, der sich der zuchtvolle, im Grunde seiner formalen Existenz äußerst bedrohte Künstler Aschenbach rettungs- und hoffnungslos hingibt. Zuweilen wird die Sprache, deren Syntax hier kein Verweilen kennt, bis zum deutlich vernehmbaren hexametrischen Maß rhythmisiert, der Hexameter bildet überhaupt den heimlichen Rhythmus dieser rastlos vorwärts eilenden Prosa, der Hexameter, traditionsgemäß das Versmaß des Homerisch-Epischen, hier parodisch verwendet zur Entwicklung einer tragischen Katastrophe. Diese Parodie wird vollkommen vom Ernste beherrscht, es fehlt jede Ironie, und man wird der Tatsache inne, daß damit jeder Humor fehlt. Die Schönheit, die hinreißende, wenngleich kalte Schönheit der Novelle steht in seltsamem Spannungsgegensatz zu den Miasmen des Todes, die dem Ganzen ja den unheilvollen Charakter geben, zu dem atmosphärischen Untergangsduft der Pest und Verwesung. Nicht zuvor und nicht danach ist dem Dichter ein so formvollendetes Werk gelungen. Aber auch hier ist es, als stehe am Ende das Wort: ›Folge mir nicht nach!‹ – nun aufs unmißverständlichste ausgesprochen. Denn der furchtbare Untergang entspricht genau der moralischen Höhe des

Helden, seiner übersteigerten Leistung, dem Formalismus seines bisherigen Daseins, aus dem stürzend er den Dämonen anheimfällt. Diese Tragödie war ein Äußerstes, nicht mehr ganz Glaubhaftes, sie war vorderhand nicht zu wiederholen [. . .].«

Hermann Stresau: Thomas Mann und sein Werk.
Frankfurt a. M.: S. Fischer, 1963. S. 103–105.

ERICH HELLER, der Thomas Mann 1958 als den »ironischen Deutschen« herausgestellt hatte, arbeitete in seiner Interpretation der Novelle das Bild des Schriftstellers Thomas Mann als eines Moralisten heraus:

»Wohl mag man fragen, ob das paradoxe Unterfangen, der Kunst durch die Kunst den Prozeß zu machen, verdient, ernst genommen zu werden. Spricht Keats nicht von der Harmlosigkeit der Kontemplation, auf welche alle Kunst hinausläuft? Nichts dergleichen aber läßt sich vom *Tod in Venedig* sagen. Denn wie vertraut man auch sei mit dem logisch oft so absurden Gebaren der Kunst, mit der oft zur perversen Selbstgefälligkeit ausartenden Gabe der Künstler, ernst zu spielen, den Ernst zu spielen, und also zuletzt ernster zu sein im Spiel als im Ernst, so ist der *Tod in Venedig* doch das Werk eines Moralisten, der sich mit seinem Künstlertum moralisch abmüht. Der Ring von sittlichen Zweifeln, mit welchem er seine Existenz umgeben hat, wird mit dieser Novelle geschlossen. In den *Buddenbrooks* erhebt sich die Kunst aus dem Leben als dessen Zerstörer. Der Künstler Tonio Kröger, schon ›jenseits‹ des Lebens, glaubt, daß er sein Dasein nur durch die Liebe zur kunstlosen Welt rechtfertigen kann. Die Liebe zur kunstlosen Welt wird in *Fiorenza* psychologisch sondiert und sittlich verdächtigt. Und Gustav Aschenbach, scheinbar über allen Verdacht erhaben in seinem zuchtvollen Dienst an der Kunst, stirbt an der Rache der beleidigten Mächte des Lebens. Der Kreis ist so fest gezogen, daß er kaum zu durchbrechen ist. Wie ernst aber ist er gemeint? Nun, abgesehen vom Essay über Friedrich den Großen erschien kein Buch von Thomas Mann zwischen 1911 – dem Jahr von *Tod in Venedig* – und 1918; und das Buch, das im Jahre 1918 erschien – *Betrachtungen eines Unpolitischen* –, war kein Werk der Kunst. Es war die sittlich erschütterte und leidenschaftlich bewegte Konfession und Apologie des Künstlers in einer Welt, welche – darin Aschenbach nicht unähnlich – von der Höhe ihrer disziplinierten Tugenden und zivilisierten Leistungen abgestürzt war in Chaos und Krieg.

Erich Heller: Thomas Mann. Der ironische Deutsche. Frankfurt a. M.: Suhrkamp, 1970. S. 125. – © Suhrkamp Verlag Frankfurt am Main 1970.

Seit Mitte der fünfziger Jahre gehört der *Tod in Venedig* zum Standardrepertoire der Gattungsinterpretationen von Johannes Klein (1954) bis zu Josef Kunz (1977). BENNO VON WIESE rechnete den *Tod in Venedig* »zu dem Besten, was Thomas Mann geschrieben hat« und sah in der Novelle »das Gesetz dieser Gattung« erfüllt:

»Denn die Erzählung erreicht auch noch in der Darstellung der entgrenzenden, zerstörenden Mächte Eros und Tod die höchste künstlerische Geschlossenheit. Es ist die *eine* unerhörte Begebenheit von der Pest in Venedig und dem Eros des alternden Künstlers – beides ist ›Urweltwildnis‹, ›Dschungel‹ –, die hier erzählt und symbolisch verdichtet wird. In der Mitte der Erzählung liegt die Wende, als mit dem Ausbruch der Pest auch der Eros zum schönen Knaben seine schlimme Bedeutung offenbart. So wächst die von der Seuche getroffene phantastische Stadt mit der unseligen, phantastischen Liebesleidenschaft eines bisher untadeligen Schriftstellers zu einer unlösbaren Einheit zusammen. Die ganze Erzählung wird noch einmal instrumentiert durch die Symbole des Totentanzreigens, der das Geschehen gleichsam auf eine andere Ebene verlagert und von hier aus deutet. Das gelingt Thomas Mann durch das paradoxe Verfahren, diese Gestalten aus dem episch Vorgangshaften und Welthaften fast ganz herauszunehmen und gerade in ihrer Isolierung bedeutungsvoll

zu machen, nur durch sich selbst und ihren erst allmählich
sich enthüllenden Zeichencharakter.«

Benno von Wiese: Thomas Mann. Der Tod in Ve-
nedig. In: B. v. W.: Die deutsche Novelle von
Goethe bis Kafka. Interpretationen. Düsseldorf:
Bagel, 1959. S. 323. – Mit freundlicher Genehmi-
gung von Cornelsen Verlag Schwann-Girardet
GmbH & Co. KG, Düsseldorf.

Geistesgeschichtlich erfaßt HELMUT JENDREIECK den Ästhetizismus im *Tod in Venedig* als kulturgeschichtliches Verfalls-
phänomen und deutet die Novelle als Thematisierung der
Dekadenz-Problematik im Sinne der Wagner-Kritik Nietzsches:

»Entwurf und Gestaltung des ›Tod in Venedig‹ erfolgten
1911/12 aus dem Geiste Nietzsches und in den Spuren von
Nietzsches Wagner-Kritik. Im ›Fall Wagner‹ nennt Nietzsche Wagner einen ›typischen décadent‹: ›Wie verwandt muß
Wagner der gesamten europäischen *décadence* sein, daß er
von ihr nicht als *décadent* empfunden wird! Er gehört zu ihr:
er ist ihr Protagonist, ihr größter Name ...‹ Wagners Kunst
wertet er als Phänomen einer Krankheit, die Krankheit selbst
diagnostiziert er als Modernität: ›Gerade, weil nichts moderner ist als diese Gesamterkrankung, diese Spätzeit und Über-
reiztheit der nervösen Maschinerie, ist Wagner der *moderne
Künstler par excellence*, der Cagliostro der Modernität.‹
Wenn Thomas Mann 1947 in seiner essayistischen Nietzsche-
Kritik Nietzsches ›Verherrlichung des Barbarischen‹ als
Folge der ›Ausschweifung seiner ästhetischen Trunkenheit‹
erklärt, dann wendet er Nietzsches Kritik an Wagner auf
Nietzsche selber zurück: Beide, Wagner wie Nietzsche, sind
als Ästheten Exponenten der bürgerlichen Décadence. Aus
der Sicht der späten, durch historische Erfahrungen vertieften
Interpretation des Faschismus hat Aschenbach die Bedeutung
einer Widerspiegelung der bürgerlichen Kultur in der Phase
ihrer Auflösung, in der sie selbst zur Verfallskultur wird und
den Verfall kultiviert. Die kritische Tendenz der Erscheinung

Aschenbachs ist auf den Ästhetizismus wagnerscher Prägung, mit der Erfahrung der Spätzeit auch auf den Nietzsches, gerichtet. Auch wenn Thomas Mann sich zu seiner
stimmungsmäßigen Verwandtschaft mit der Décadence
bekannt hat, so ist er sich doch zugleich der antihumanen
Gefahr dieser Verfallsstimmung bewußt und zur kritischen
Distanzierung fähig gewesen. Aus dem ›Tod in Venedig‹
spricht die Überzeugung, daß der Ästhetizismus zum Tode
führt und im Untergang endet. Die in Aschenbach exempla-
risch verkörperte Kultur des Rausches und der Auflösung ist
die symbolisch-fiktionale Konkretion einer überindividu-
ellen Tendenz von allgemeingesellschaftlich-kulturhistori-
schem Belang. Der Aufstand der romantischen Mächte des
Rausches gegen die Herrschaft des aufgeklärten Geistes ent-
fesselt die dämonisch unberechenbaren Kräfte chaotischer
Irrationalität und pervertiert die romantische Entgrenzungs-
sehnsucht zu einem ungebändigten Expansionsbedürfnis im
Individuellen wie im Politisch-Nationalen. Der Faschismus
hat aus der Gesamtperspektive des Mannschen Werkes die
historische Verifikation der im ›Tod in Venedig‹ gestalteten
Kritik am Ästhetizismus geliefert.«

Helmut Jendreieck: Thomas Mann. Der demokratische Roman. Düsseldorf: Bagel, 1977. S. 264 f. –
Mit freundlicher Genehmigung von Cornelsen Verlag Schwann-Girardet GmbH & Co. KG, Düsseldorf.

Zuletzt ist HERMANN KURZKE noch einmal auf die Form ein-
gegangen, indem er, Thomas Manns Bezeichnung seiner
Novelle als »Tragödie« zugrunde legend, das Werk mit dem
traditionellen Aufbau der klassischen Tragödie verglich:

»*Der Tod in Venedig* hat fünf Kapitel. Behandelt man sie als
Akte, so stellt das erste Kapitel den zweiten Akt dar: der
Konflikt wird ausgelöst, indem der Fremde am Nordfriedhof
in Aschenbach plötzliche Reiselust entstehen läßt und so das
Thema der Lockung durch das Dionysische intoniert. Das
zweite Kapitel ist der erste Akt: die Exposition wird hier

nachgeholt, das bisherige Leben Aschenbachs und die Voraussetzungen seiner Anfälligkeit für die erwähnte Lockung werden geschildert. Das dritte Kapitel (der dritte Akt) hat als Höhepunkt den Kampf zwischen Bleiben und Abreise: die mythischen Mächte (Tadzio) siegen, die versuchte Abreise scheitert. Am Ende des Kapitels steht das Motiv der geöffneten Hand und das Ausbreiten der Arme, ›eine bereitwillig willkommen heißende, gelassen aufnehmende Gebärde‹ (= Peripetie). Aschenbach ist jetzt zum Untergang bereit. Das vierte Kapitel (der vierte Akt, die fallende Handlung) enthält die Entwicklung der Liebe zu Tadzio, der Aschenbach immer freieren Lauf läßt. Es beginnt mit noch relativ distanzierter ästhetischer Betrachtung des Geliebten und mit dem Versuch, in seiner Gegenwart zu arbeiten und endet mit dem überwältigten Bekenntnis ›Ich liebe dich!‹. Das fünfte Kapitel (der fünfte Akt) beginnt mit der Cholera in Venedig, beschreibt die zunehmende Auflösung der bürgerlichen Ordnung und der Persönlichkeit Aschenbachs und endet mit seinem Tod und dem Sieg der dionysischen Mächte.
Die Formgesetze der Tragödie sind also in einigen Punkten erfüllt. Der Inhalt jedoch ist nicht Paul Ernst, sondern Nietzsche (besonders dessen *Geburt der Tragödie*) verpflichtet. Wenn der Erzähler die traditionsreiche Form, den hohen Ton und die klassizistischen Wertungen beibehält, dann nicht als Sprachrohr Thomas Manns, sondern fast im Sinne einer Parodie, denn vom Inhalt der Erzählung wird seine Haltung dementiert. Er nennt Aschenbach zwar am Ende einen Betörten und Berauschten, aber die Sicherheit, auf der seine Form und seine Vernünftigkeit gebaut sein müßten, wird ja am Beispiel seines Helden gründlich unterminiert. Auch der hohe Ton der Tragödie ist unter der Optik Nietzsches hohl, Mimikry, Schauspielerei, Scharlatanerie.«

Hermann Kurzke: Thomas Mann. Epoche – Werk –
Wirkung. München: Beck, 1985. S. 121 f.

VI. Literaturhinweise

1. Abkürzungen

Br   Thomas Mann: Briefe. Hrsg. von Erika Mann. 3 Bde.
         Frankfurt a. M.: S. Fischer, 1961–65.
BrH   Thomas Mann – Heinrich Mann: Briefwechsel 1900–1949.
         Hrsg. von Hans Wysling. Frankfurt a. M.: S. Fischer,
         1968.
DüD   Dichter über ihre Dichtungen. Bd. 14: Thomas Mann.
         Hrsg. von Hans Wysling unter Mitwirkung von Marianne
         Fischer. 3 Tle. Zürich / München / Frankfurt a. M.: Hei-
         meran / S. Fischer, 1975–81. [Tl. 1: 1889–1917.]
DWb.   Deutsches Wörterbuch. Begr. von Jacob und Wilhelm
         Grimm. Leipzig: Hirzel, 1854 ff.
GW   Thomas Mann: Gesammelte Werke in dreizehn Bänden.
         Frankfurt a. M.: S. Fischer, 1974.
Notizen Thomas Mann: Notizen zu Felix Krull, Friedrich, König-
         liche Hoheit, Versuch über das Theater, Maja, Geist und
         Kunst, Ein Elender, Betrachtungen eines Unpolitischen,
         Doktor Faustus und anderen Werken. Hrsg. von Hans
         Wysling. Heidelberg: Winter, 1973. (Beihefte zum Eu-
         phorion. 5.)
Reed   T. J. Reed: Thomas Mann. Der Tod in Venedig. Text,
         Materialien, Kommentar mit den bisher unveröffentlich-
         ten Arbeitsnotizen Thomas Manns. München: Hanser,
         1983.
Vaget   Hans Rudolf Vaget: Thomas Mann-Kommentar zu sämt-
         lichen Erzählungen. München: Winkler, 1984.

2. Ausgaben der Werke, Tagebücher und Briefe

Thomas Mann: Briefe. Hrsg. von Erika Mann. 3 Bde. Frankfurt
    a. M.: S. Fischer, 1961–65. – Taschenbuchausg.: Ebd. 1979.
Thomas Mann – Heinrich Mann: Briefwechsel 1900–1949. Hrsg. von
    Hans Wysling. Frankfurt a. M.: S. Fischer, 1968. – Taschenbuch-
    ausg.: Ebd. 1975. Erw. Neuausg.: Ebd. 1985.
Thomas Mann: Gesammelte Werke in dreizehn Bänden. Frankfurt
    a. M.: S. Fischer, 1974.
Thomas Mann: Tagebücher. 1918–1921. 1933–1943. 5 Bde. Hrsg.

von Peter de Mendelssohn. Frankfurt a. M.: S. Fischer, 1977 bis 1982. 1944–48. 2 Bde. Hrsg. von Inge Jens. Ebd. 1986–89.

Thomas Mann: Gesammelte Werke in Einzelbänden. Hrsg. von Peter de Mendelssohn. 20 Bde. Frankfurt a. M.: S. Fischer, 1980–86.

Reed, T. J.: Thomas Mann. Der Tod in Venedig. Text, Materialien, Kommentar mit den bisher unveröffentlichten Arbeitsnotizen Thomas Manns. München: Hanser, 1983.

Thomas Mann: Aufsätze, Reden, Essays. Hrsg. von Harry Matter. Bd. 1 ff. Berlin/Weimar: Aufbau-Verlag, 1983 ff.

3. Dokumentationen und Kommentare

Scherrer, Paul / Wysling, Hans: Quellenkritische Studien zum Werk Thomas Manns. Bern/München: Francke, 1967. (Thomas-Mann-Studien. 1.)

Thomas Mann im Urteil seiner Zeit. Dokumente 1891–1955. Hrsg. von Klaus Schröter. Hamburg: Wegner, 1969.

Thomas Mann: Notizen zu Felix Krull, Friedrich, Königliche Hoheit, Versuch über das Theater, Maja, Geist und Kunst, Ein Elender, Betrachtungen eines Unpolitischen, Doktor Faustus und anderen Werken. Hrsg. von Hans Wysling. Heidelberg: Winter, 1973. (Beihefte zum Euphorion. 5.)

Bild und Text bei Thomas Mann. Hrsg. von Hans Wysling und Yvonne Schmidlin. Bern/München: Francke, 1975.

Dichter über ihre Dichtungen. Bd. 14: Thomas Mann. Hrsg. von Hans Wysling unter Mitwirkung von Marianne Fischer. 3 Tle. Zürich / München / Frankfurt a. M.: Heimeran / S. Fischer, 1975–81.

Die Briefe Thomas Manns. Regesten und Register. Hrsg. von Hans Bürgin und Hans Otto Mayer. 3 Bde. Frankfurt a. M.: S. Fischer, 1976–82.

Vaget, Hans Rudolf: Thomas Mann-Kommentar zu sämtlichen Erzählungen. München: Winkler, 1984.

Kurzke, Hermann: Thomas Mann. Epoche – Werk – Wirkung. München: Beck, 1985.

Thomas-Mann-Handbuch. Mensch und Zeit – Werk – Rezeption. Hrsg. von Helmut Koopmann. Stuttgart: Kröner, 1990.

4. Bibliographien und Forschungsberichte

Das Werk Thomas Manns. Eine Bibliographie. Hrsg. von Hans Bürgin. Frankfurt a. M.: S. Fischer, 1959.

Lehnert, Herbert: Thomas-Mann-Forschung. Ein Bericht. Stuttgart: Metzler, 1969.

Matter, Harry: Die Literatur über Thomas Mann. Eine Bibliographie 1896–1969. 2 Bde. Berlin/Weimar: Aufbau-Verlag, 1972.

Jonas, Klaus W.: Die Thomas-Mann-Literatur. 2 Bde. Berlin: Schmidt, 1972–80.

Kurzke, Hermann: Auswahlbibliographie zu Thomas Mann. In: Thomas Mann. Hrsg. von Heinz Ludwig Arnold. München: edition text + kritik, 1976. (Text + Kritik. Sonderbd. S. 238–262. 2. Aufl. Ebd. 1982.

– Thomas Mann Forschung 1969–1976. Ein kritischer Bericht. Frankfurt a. M.: S. Fischer, 1977.

Hansen, Volkmar: Thomas Mann. Stuttgart: Metzler, 1984. (Sammlung Metzler. 211.)

Stationen der Thomas-Mann-Forschung. Aufsätze seit 1970. Hrsg. von Hermann Kurzke. Würzburg: Königshausen & Neumann, 1985.

5. Zur Biographie

Schröter, Klaus: Thomas Mann in Selbstzeugnissen und Bilddokumenten. Reinbek bei Hamburg: Rowohlt, 1964. (rowohlts monographien. 93.).

Hilscher, Eberhard: Thomas Mann. Sein Leben und Werk. Berlin: Verlag Volk und Wissen, 1968. 2., verb. Aufl. ebd. 1983.

Bürgin, Hans / Mayer, Hans-Otto: Thomas Mann. Eine Chronik seines Lebens. Frankfurt a. M.: S. Fischer, 1965. – Taschenbuchausg.: Ebd. 1974.

Mann, Katia: Meine ungeschriebenen Memoiren. Hrsg. von Elisabeth Plessen und Michael Mann. Frankfurt a. M.: S. Fischer, 1974.

de Mendelssohn, Peter: Der Zauberer. Das Leben des deutschen Schriftstellers Thomas Mann. Erster Teil 1875–1918. Frankfurt a. M.: S. Fischer, 1975.

6. Thomas Manns Quellenwerke für den »Tod in Venedig«

Brockhaus' kleines Konversationslexikon. 5. Aufl. 2 Bde. Leipzig 1911.

Burckhardt, Jacob: Griechische Kulturgeschichte. 4 Bde. Stuttgart 1898.

Lublinski, Samuel: Die Bilanz der Moderne. Berlin: Cronbach, 1904.

Lukács, Georg von: Die Seele und die Formen. Berlin: Fleischel, 1911.

Nösselt, Friedrich: Lehrbuch der griechischen und römischen Mythologie für höhere Töchterschulen und die Gebildeten des weiblichen Geschlechts. 4., verb. Aufl. Leipzig: Fleischer, 1853.

Platons Gastmahl. Ins Deutsche übertragen von Rudolf Kassner. Leipzig: Diederichs, 1903.

Platons Phaidros. Ins Deutsche übertragen von Rudolf Kassner. Jena/ Leipzig: Diederichs, 1904.

Plutarch: Vermischte Schriften. Mit Anmerkungen. Nach der Übersetzung von Kaltwasser vollständig herausgegeben. Bd. 2. München/Leipzig: Müller, 1911.

Rohde, Erwin: Psyche. Seelencult und Unsterblichkeitsglaube der Griechen. 2 Bde. 4. Aufl. Tübingen: Mohr, 1907.

7. Forschungsliteratur

Broch, Hermann: Philistrosität, Realismus, Idealismus der Kunst. In: Der Brenner 3 (1. Februar 1913) S. 399–415.

Frank, Bruno: Thomas Mann. Eine Betrachtung nach dem »Tod in Venedig«. In: Die Neue Rundschau 24 (1913) S. 656–669.

Hofmiller, Josef: Thomas Manns »Tod in Venedig«. In: Süddeutsche Monatshefte 10 (1913) S. 218–231. Wiederabdr. in: Merkur 9 (1955) S. 505–520 und in: Deutsche Erzählungen von Wieland bis Kafka. Interpretationen 4. Hrsg. von Jost Schillemeit. Frankfurt a. M.: S. Fischer, 1966. S. 303–318.

Eloesser, Arthur: Zur Entstehungsgeschichte des »Tod in Venedig«. In: Die Neue Rundschau 36 (1925) S. 611–616.

Zarek, Otto: Neben dem Werk. In: Die Neue Rundschau 36 (1925) S. 616–624.

Oppenheim, D. E.: Thomas Mann: »Der Tod in Venedig«. In: D. E. O.: Dichtung und Menschenkenntnis: Psychologische Streifzüge durch alte und neue Literatur. München: Bergmann, 1926. S. 142 bis 171, 246–262.

Thalmann, Marianne: Thomas Mann, Der Tod in Venedig. In: Germanisch-Romanische Monatsschrift 15 (1927) S. 374–378.

The Stature of Thomas Mann. Hrsg. von Charles Neider. New York: James Laughlin, 1947.

Lukács, Georg: Auf der Suche nach dem Bürger. In: G. L.: Thomas Mann. Berlin: Aufbau-Verlag, 1949. S. 9–48.

Mautner, Franz H.: Die griechischen Anklänge in Thomas Manns »Tod in Venedig«. In: Monatshefte für deutschen Unterricht, deutsche Sprache und Literatur 44 (1952) S. 20–26.

Petriconi, Hellmuth: »La Mort de Venise« und »Der Tod in Venedig«. In: Romanisches Jahrbuch 6 (1953/54) S. 133–151. Wiederabdr. in: H. P.: Das Reich des Untergangs. Bemerkungen über ein mythologisches Thema. Hamburg: Hoffmann & Campe, 1958. S. 67–95.

Pabst, Walter. Satan und die alten Götter in Venedig: Entwicklung einer literarischen Konstante. In: Euphorion 49 (1955) S. 335 bis 359.

Thomas, Hinton R. »Die Wahlverwandtschaften« and Thomas Mann's »Tod in Venedig«: A Comparative Study. In: Publications of the English Goethe Society 24 (1955) S. 101–130.

Ulshöfer, Robert: Wirklichkeitsauffassung in der modernen Prosadichtung. Dargestellt an Thomas Manns »Tod in Venedig«, Kafkas »Verwandlung« und Borcherts »Kurzgeschichten«, verglichen mit Goethes »Hermann und Dorothea«. In: Der Deutschunterricht 7 (1955) H. 1. S. 13–40.

Szondi, Peter: Versuch über Thomas Mann. In: Die Neue Rundschau 67 (1956) S. 557–563.

Wiese, Benno von: Thomas Mann: »Der Tod in Venedig«. In: B. v. W.: Die deutsche Novelle von Goethe bis Kafka. Interpretationen. Bd. 1. Düsseldorf: Bagel, 1956. S. 304–324.

Lockemann, Fritz: Die Ordnungsmacht der Illusion: Thomas Mann. In: F. L.: Gestalt und Wandlungen der deutschen Novelle. Geschichte einer literarischen Gattung im 19. und 20. Jahrhundert. München: Hueber, 1957. S. 329–341.

Lukács, Georg: Thomas Manns Novellen. In: G. L.: Thomas Mann. Berlin: Aufbau-Verlag 1957. S. 148–153.

Jens, Walter: Der Gott der Diebe und sein Dichter. Thomas Mann und die Welt der Antike. In: W. J.: Statt einer Literaturgeschichte. Pfullingen: Neske, 1958. S. 87–107.

Mautner, Franz H.: Thomas Mann über »Tod in Venedig«. In: Monatshefte für deutschen Unterricht, deutsche Sprache und Literatur 50 (1958) S. 256 f.

Vordtriede, Werner: Richard Wagners »Tod in Venedig«. In: Euphorion 52 (1958) S. 378–396.

Heller, Erich: Thomas Mann. Der ironische Deutsche. Frankfurt a. M.: Suhrkamp, 1959. S. 102–125. [Englische Erstausg. u. d. T.: The Ironic German: A Study of Thomas Mann. London: Secker & Warburg, 1958.]

Michael, Wolfgang F.: Stoff und Idee im »Tod in Venedig«. In: Deutsche Vierteljahrsschrift für Literaturwissenschaft und Geistesgeschichte 33 (1959) S. 13–19.

Seyppel, Joachim: Adel des Geistes: Thomas Mann und August von Platen. Ebd. S. 565–573.

Stephan, Doris: Thomas Manns »Tod in Venedig« und Brochs »Vergil«. In: Schweizer Monatshefte 40 (1960) H. 1. S. 76–83.

Martini, Fritz: Thomas Mann: »Der Tod in Venedig«. In: F. M.: Das Wagnis der Sprache: Interpretationen deutscher Prosa von Nietzsche bis Benn. Stuttgart: Klett, 1961. S. 176–224.

Schmidt, R.: Das Ringen um die Überwindung der Dekadenz in einigen Novellen von Thomas Mann. In: Wissenschaftliche Zeitschrift der Ernst-Moritz-Arndt-Universität Greifswald. Gesellschafts- und sprachwissenschaftliche Reihe 11 (1962) H. 1–2. S. 141–153.

Stavenhagen, Lee: Der Name Tadzio in »Der Tod in Venedig«. In: The German Quarterly 35 (1962) S. 20–23.

Seidlin, Oskar: Stiluntersuchungen an einem Thomas Mann-Satz. In: O. S.: Von Goethe zu Thomas Mann: Zwölf Versuche. Göttingen: Vandenhoeck & Ruprecht, 1963. S. 148–161.

Stresau, Hermann: Thomas Mann und sein Werk. Frankfurt a. M.: S. Fischer, 1963. S. 100–105.

Amory, Frederic: The Classical Style of »Der Tod in Venedig«. In: Modern Language Review 59 (1964) S. 399–409.

Baumgart, Reinhard: Das Ironische und die Ironie in den Werken Thomas Manns. München: Hanser, 1964. S. 116–123.

Lehnert, Herbert: Thomas Mann's Early Interest in Myth and Erwin Rohde's »Psyche«. In: Publications of the Modern Language Association 79 (1964) S. 297–304.

– Thomas Mann's Interpretations of »Der Tod in Venedig« and their Reliability. In: Rice University Studies 50 (1964) S. 41–60.

McClain, William H.: Wagnerian Overtones in »Der Tod in Venedig«. In: Modern Language Notes 79 (1964) S. 481–495.

Hoffmeister, Werner: Studien zur Erlebten Rede bei Thomas Mann und Robert Musil. London / den Haag / Paris: Mouton, 1965. S. 76–78.

Lehnert, Herbert: Thomas Mann: Fiktion, Mythos, Religion. Stuttgart: Kohlhammer, 1965.

– Notes on Mann's »Der Tod in Venedig« and »The Odyssey«. In: Publications of the Modern Language Association 80 (1965) S. 306 f.

Traschen, Isadore: The Uses of Myth in »Death in Venice«. In: Modern Fiction Studies 11 (1965) H. 2. S. 165–179.

Welter, Marianne: Späte Liebe – Vergleichende Betrachtungen über »Der Tod in Venedig« und »Die Betrogene«. In: Spektrum 11 (1965) H. 5. S. 210–215.

Wysling, Hans: Aschenbachs Werke: Archivalische Untersuchungen an einem Thomas Mann-Satz. In: Euphorion 59 (1965) S. 272–314.

Kirchberger, Lida: »Death in Venice« and the Eighteenth Century. In: Monatshefte für deutschen Unterricht, deutsche Sprache und Literatur 58 (1966) S. 321–334.

Moeller, Hans-Bernhard: Thomas Manns venezianische Götterkunde, Plastik und Zeitlosigkeit. In: Deutsche Vierteljahrsschrift für Literaturwissenschaft und Geistesgeschichte 40 (1966) S. 184 bis 205.

Reed, T. J.: »Geist und Kunst«: Thomas Mann's Abandoned Essay on Literature. In: Oxford German Studies 1 (1966) S. 53–101.

Krotkoff, Hertha: Zur Symbolik in Thomas Manns »Tod in Venedig«. In: Modern Language Notes 82 (1967) S. 445–453.

Lehnert, Herbert: Another Note on ›motus animi continuus‹ and the Clenched Fist-Image in »Der Tod in Venedig«. In: The German Quarterly 40 (1967) S. 452 f.

Pike, Burton: Thomas Mann and the Problematic Self. In: Publications of the English Goethe Society 37 (1967) S. 120–141.

Rasch, Wolfdietrich: Aspekte der deutschen Literatur um 1900. In: W. R.: Zur deutschen Literatur seit der Jahrhundertwende. Gesammelte Aufsätze. Stuttgart: Metzler, 1967. S. 1–48.

Egir, Peter: The Function of Dreams and Visions in »A Portrait« and »Death in Venice«. In: James Joyce Quarterly 5 (1968) H. 2. S. 86–101.

Nicklas, Hans W.: Thomas Manns Novelle Der Tod in Venedig. Analyse des Motivzusammenhangs und der Erzählstruktur. Marburg: Elwert, 1968.

Lehnert, Herbert: »Tristan«, »Tonio Kröger« und »Der Tod in Venedig«. Ein Strukturvergleich. In: Orbis litterarum 24 (1969) S. 271 bis 304.

Wysling, Hans: Mythos und Psychologie bei Thomas Mann. Zürich: Polygraphischer Verlag, 1969.

Baron, Frank: Sensuality and Morality in Thomas Mann's »Tod in Venedig«. In: The Germanic Review 45 (1970) S. 115–125.

Braverman, Albert S. / Nachman, Larry David: The Dialectic of Decadence: An Analysis of Thomas Mann's »Death in Venice«. In: The Germanic Review 45 (1970) S. 289–298.

Noble, Cecil Arthur M.: Krankheit, Verbrechen und künstlerisches Schaffen bei Thomas Mann. Bern: Lang, 1970. S. 119–135.

Baeumer, Max: Zur Psychologie des Dionysischen in der Literaturwissenschaft. In: Psychologie in der Literaturwissenschaft. Viertes Amherster Kolloquium zur modernen deutschen Literatur, 1970. Hrsg. von Wolfgang Paulsen. Heidelberg: Stiehm, 1971. S. 79 bis 111.

Berger, Willy R.: Thomas Mann und die antike Literatur. In: Thomas Mann und die Tradition. Hrsg. von Peter Pütz. Frankfurt a. M.: Athenäum-Verlag, 1971. S. 52–100.

Geiser, Christoph: Naturalismus und Symbolismus im Frühwerk Thomas Manns. Bern/München: Francke, 1971. S. 66–73.

Good, Graham: The Death of Language in »Death in Venice«. In: Mosaic 5 (1971/72) S. 43–52.

Schmidt, Christian: Bedeutung und Funktion der Gestalten der europäisch östlichen Welt im dichterischen Werk Thomas Manns. Untersuchungen zur deutschen Literatur und zur Wirkungsgeschichte der russischen Literatur in Deutschland. München: Sagner, 1971.

Bance, A. F.: »Der Tod in Venedig« and the Triadic Structure. In: Forum of Modern Language Studies 8 (1972) S. 148–161.

Dierks, Manfred: Studien zu Mythos und Psychologie bei Thomas Mann. An seinem Nachlaß orientierte Untersuchungen zum »Tod in Venedig«, zum »Zauberberg« und zur »Joseph«-Tetralogie. Bern/München: Francke, 1972. (Thomas-Mann-Studien. 2.) S. 13 bis 59, 207–210.

Heller, Erich: Autobiographie und Literatur: über Thomas Manns »Tod in Venedig«. In: Essays on European Literature in Honor of Liselotte Dieckmann. Hrsg. von Peter Uwe Hohendahl, Herbert Lindenberger und Egon Schwarz. St. Louis: Washington University Press, 1972. S. 83–100.

Kohut, Heinz: Thomas Manns »Tod in Venedig«. Zerfall einer künstlerischen Sublimierung. In: Psychopathographien I: Literatur und Psychoanalyse. Hrsg. von Alexander Mitscherlich. Frankfurt a. M., 1972. S. 142–167. [Zuerst 1957.]

Vaget, Hans Rudolf: Thomas Mann und die Neuklassik: »Der Tod in Venedig« und Samuel Lublinskis Literaturauffassung. In: Jahrbuch der Deutschen Schillergesellschaft 17 (1973) S. 432–454.

Reed, T. J.: Thomas Mann. The Uses of Tradition. Oxford: Oxford University Press, 1974. S. 144–178.

– »Der Zauberberg«: Zeitenwandel und Bedeutungswandel 1912–1924. In: Heinz Saueressig (Hrsg.): Besichtigung des Zauberbergs. Biberach a. d. Riss: Verlag Wege und Gestalten, 1974. S. 81–139.

Schmidt, Ernst A.: »Platonismus« und »Heidentum« in Thomas Manns »Tod in Venedig«. In: Antike und Abendland 20 (1974) S. 151–178.

– Künstler und Knabenliebe. Eine vergleichende Skizze zu Thomas Manns »Tod in Venedig« und zu Vergils zweiter Ekloge. In: Euphorion 68 (1974) S. 437–446.

Diersen, Inge: Thomas Mann. Episches Werk, Weltanschauung, Leben. Berlin/Weimar: Aufbau-Verlag, 1975. S. 100–120.

Farelly, David James: Apollo and Dionysus Interpreted in Thomas Mann's »Der Tod in Venedig«. In: New German Studies 3 (1975) S. 1–15.

Gandelman, Claude: Abstraction et empathie. Présence d'un thème esthétique dans l'œuvre de Thomas Mann. In: Etudes Germaniques 30 (1975) S. 179–192.

Hoffmann, Fernand: Thomas Mann als Philosoph der Krankheit. Versuch einer systematischen Darstellung seiner Wertphilosophie des Bionegativen. Luxemburg: Institut Grand-Ducal, 1975.

Koopmann, Helmut: Hanno Buddenbrook, Tonio Kröger und Tadzio: Anfang und Begründung des Mythos im Werk Thomas Manns. In Gedenkschrift für Thomas Mann. 1875–1975. Hrsg. von Rolf Wiecker. Kopenhagen: Verlag Text und Kontext, 1975. S. 53–65. Wiederabdr. in: Thomas Mann. Erzählungen und Novellen. Hrsg. von Rudolf Wolff. Bonn: Bouvier, 1984. S. 86–99.

Leppmann, Wolfgang: Time and Place in »Death in Venice«. In: The German Quarterly 48 (1975) S. 66–75.

Neumeister, Erdmann: Thomas Manns frühe Erzählungen. Der Jugendstil als Kunstform im frühen Werk. 2., erw. Aufl. Bonn: Bouvier, 1975.

Pütz, Peter: Kunst und Künstlerexistenz bei Nietzsche und Thomas Mann. Zum Problem des ästhetischen Perspektivismus in der Moderne. 2., durchges. Aufl. Bonn: Bouvier, 1975.

Ternes, Hans: Das Groteske in den Werken Thomas Manns. Stuttgart: Heinz, 1975.

Tyroff, Siegmar: Namen bei Thomas Mann in den Erzählungen und den Romanen Buddenbrooks, Königliche Hoheit, Der Zauberberg. Bern: Lang, 1975.

Uhlig, Ludwig: Der Todesgenius in der deutschen Literatur von Winckelmann bis Thomas Mann. Tübingen: Niemeyer, 1975. S. 104–110.

Vaget, Hans Rudolf: »Goethe oder Wagner«: Studien zu Thomas Manns Goethe-Rezeption 1905–1912. In: H. R. V. / Dagmar Barnouw: Thomas Mann. Studien zu Fragen der Rezeption. Bern / Frankfurt a. M.: Lang, 1975. S. 1–82.

Wich, Joachim: Thomas Manns frühe Erzählungen und der Jugendstil. Ein Forschungsbericht. In: Literaturwissenschaftliches Jahrbuch N. F. 16 (1975) S. 257–275.

Baumgart, Reinhard: Betrogene Betrüger. Zu Thomas Manns letzter Erzählung und ihrer Vorgeschichte. In: Thomas Mann. Hrsg. von Heinz Ludwig Arnold. München: edition text + kritik, 1976. (text + kritik. Sonderbd.) S. 99–107.

Karsunke, Yaak: ». . . von der albernen Sucht, besonders zu sein.« »Der Tod in Venedig« – wiedergelesen. Ebd. S. 61–69.

Kesting, Hanjo: Krankheit zum Tode. Musik und Ideologie. Ebd. S. 27–44.

Luft, Hermann: Der Konflikt zwischen Geist und Sinnlichkeit in Thomas Manns »Tod in Venedig«. Bern / Frankfurt a. M.: Lang, 1976.

Wanner, Hans: Individualität, Identität und Rolle: Das frühe Werk Heinrich Manns und Thomas Manns Erzählungen »Gladius Dei« und »Der Tod in Venedig«. München: tuduv Verlag, 1976.

Wysling, Hans. Thomas Mann heute. Sieben Vorträge. Bern/München: Francke, 1976.

Hermes, Eberhard: Thomas Mann: »Der Tod in Venedig« (1912) – Anregungen zur Interpretation. In: Der Deutschunterricht 29 (1977) H. 4. S. 59–86.

Jendreieck, Helmut: Thomas Mann. Der demokratische Roman. Düsseldorf: Bagel, 1977. S. 220–265.

Kunz, Josef: Die deutsche Novelle im 20. Jahrhundert. Berlin: Schmidt, 1977. S. 144–168.

Winkler, Michael: Tadzio–Anastasios: A Note on »Der Tod in Venedig«. In: Modern Language Notes 92 (1977) S. 607–609.

Heller, Peter: »Der Tod in Venedig« und Thomas Manns Grund-Motiv. In: Thomas Mann: Ein Kolloquium. Hrsg. von Hans H. Schulte und Gerald Chapple. Bonn: Bouvier, 1978. S. 35–83.

Leibrich, Louis: Politique, culture et métaphysique chez Thomas Mann. In: Etudes Germaniques 33 (1978) S. 42–52.

Northcote-Bade, James: »Der Tod in Venedig« and »Felix Krull«: The Effect of the Interruption in the Composition of Thomas

Mann's »Felix Krull« Caused by »Der Tod in Venedig«. In: Deutsche Vierteljahrsschrift für Literaturwissenschaft und Geistesgeschichte 52 (1978) S. 271–278.

Stewart, Walter K.: »Der Tod in Venedig«: The Path to Insight. In: The Germanic Review 53 (1978) S. 50–55.

Marson, E. L. The Ascetic Artist. Prefigurations in Thomas Mann's »Der Tod in Venedig«. Bern: Lang, 1979.

Kurzke, Hermann: Ästhetisches Wirkungsbewußtsein und narrative Ethik bei Thomas Mann. In: Orbis litterarum 35 (1980) S. 163–184.

Mayer, Hans: »Der Tod in Venedig«. Ein Thema mit Variationen. In: Literaturwissenschaft und Geistesgeschichte. Festschrift für Richard Brinkmann. Tübingen: Niemeyer, 1981. S. 711–724.

Feuerlicht, Ignace: Thomas Mann and Homoeroticism. In: The Germanic Review 57 (1982) S. 89–97.

Harpham, Geoffrey Galt: Metaphor, Marginality, and Parody in »Death in Venice«. In: G. G. H.: On the Grotesque: Strategies of Contradiction in Art and Literature. Princeton / New Jersey: Princeton University Press, 1982. S. 122–145, 213–215.

Cohn, Dorrit: The Second Author of »Der Tod in Venedig«. In: Probleme der Moderne. Festschrift für Walter Sokel. Hrsg. von Benjamin Bennett, Anton Kaes und William J. Lillyman. Tübingen: Niemeyer, 1983. S. 223–245.

Miller, R. D.: »Death in Venice«: An Essay. Harrogate: Duchy Press, 1983.

Sommerhage, Claus: Eros und Poesie. Über das Erotische im Werk Thomas Manns. Bonn: Bouvier, 1983.

Bronsen, David: The Artist against Himself: Henrik Ibsen's »Master Builder« and Thomas Mann's »Death in Venice«. In: Neohelicon 11 (1984) H. 1. S. 323–344.

Exner, Richard: Das berückend Menschliche oder Androgynie in der Literatur. Im Hauptbeispiel Thomas Mann. In: Neue deutsche Hefte 31 (1984) S. 254–276.

Gockel, Heinz: Aschenbachs Tod in Venedig. In: Thomas Mann. Erzählungen und Novellen. Hrsg. von Rudolf Wolff. Bonn: Bouvier, 1984. S. 27–41.

Klussmann, Paul Gerhard: Die Struktur des Leitmotivs in Thomas Manns Erzählprosa. Ebd. S. 8–26.

Northcote-Bade, James: The Background to the ›Liebestod‹ Plot Pattern in the Works of Thomas Mann. In: The Germanic Review 59 (1984) S. 11–18.

Sonner, Franz Maria: Ethik und Körperbeherrschung. Die Verflechtung von Thomas Manns Novelle »Der Tod in Venedig« mit dem zeitgenössischen intellektuellen Kräftefeld. Opladen: Westdeutscher Verlag, 1984.

Wyatt, Frederick: Zur Themenwahl in der Literatur: Gefahren und Gewinne. Ein Vergleich von André Gides »Der Immoralist« und Thomas Manns »Der Tod in Venedig«. In: Freiburger literaturpsychologische Gespräche 3 (1984) S. 113–144. [Zuerst 1975 auf englisch.]

Adolphs, Dieter Wolfgang: Literarischer Erfahrungshorizont. Aufbau und Entwicklung der Erzählperspektive im Werk Thomas Manns. Heidelberg: Winter, 1985. S. 23–30.

Effe, Bernd: Sokrates in Venedig. Thomas Mann und die ›platonische Liebe‹. In: Antike und Abendland 31 (1985) S. 153–166.

Lubich, Frederick A.: Die Entfaltung der Dialektik von Logos und Eros in Thomas Manns »Tod in Venedig«. In: Colloquia Germanica 18 (1985) S. 140–159.

Renner, Rolf Günter: Lebens-Werk. Zum inneren Zusammenhang der Texte von Thomas Mann. München: Fink, 1985. S. 38–55.

Schmitz, Walter: »Der Tod in Venedig«. Eine Erzählung aus Thomas Manns Münchner Jahren. In: Blätter für den Deutschlehrer 1 (1985) S. 2–20.

Wagner, Luc: »La Mort à Venise«: Mythe et Passion. In: Impacts: Revue de l'Université Catholique de l'Ouest 15 (März 1985) S. 49–55.

Baron, Frank: Das Sokrates-Bild von Georg Lukács als Quelle für Thomas Manns »Tod in Venedig«. In: Im Dialog mit der Moderne. Zur deutschsprachigen Literatur von der Gründerzeit bis zur Gegenwart. Hrsg. von Roland Jost und Hansgeorg Schmidt-Bergmann. Frankfurt a. M.: Athenäum-Verlag, 1986. S. 96–105.

Böschenstein, Bernhard: Apoll und seine Schatten. Winckelmann in der deutschen Dichtung der beiden Jahrhundertwenden. In: Johann Joachim Winckelmann 1717–1768. Hrsg. von Thomas W. Gaethgens. Hamburg: Meiner, 1986. S. 327–342.

Bridges, George: The Problem of Pederastic Love in Thomas Mann's »Death in Venice« and Plato's »Phaedrus«. In: Selecta 7 (1986) S. 39–46.

Knüfermann, Volker: Die Gefährdung des Narziß oder: Zur Begründung und Problematik der Form in Thomas Manns »Der Tod in Venedig« und Robert Musils »Die Verwirrungen des Zöglings Törleß.« In: Im Dialog mit der Moderne. Zur deutschsprachigen Literatur von der Gründerzeit bis zur Gegenwart. Hrsg. von Roland Jost und Hansgeorg Schmidt-Bergmann. Frankfurt a. M.: Athenäum-Verlag, 1986. S. 84–95.

Lubich, Frederick A.: Die Dialektik von Logos und Eros im Werk von Thomas Mann. Heidelberg: Winter, 1986. S. 24–73.

LaCapra, Dominick: Mann's »Death in Venice«: An Allegory of Reading.« In: D. L.: History, Politics, and the Novel. Ithaca/London: Cornell University Press, 1987. S. 111–128.

Renner, Rolf Günter: Das Ich als ästhetische Konstruktion. »Der Tod in Venedig« und seine Beziehung zum Gesamtwerk Thomas Manns. Freiburg i. Br.: Rombach, 1987.

Weiner, Marc A.: Silence, Sound, and Song in »Der Tod in Venedig«: A Study in Psycho-Social Repression. In: Seminar 23 (1987) S. 137–155.

Boschert, Bernhard / Schramm, Ulf: Literatur und Literaturwissenschaft als Medium der Bearbeitung von Verdrängung. Beobachtungen an Thomas Manns »Der Tod in Venedig«. Ein Beitrag zur Germanistik als Friedens- und Konfliktforschung. In: Germanistik und Deutschunterricht 1987. Germanistik und Deutschunterricht im Zeitalter der Technologie. Selbstbestimmung und Anpassung. Vorträge des Germanistentages Berlin 1987. Hrsg. von Norbert Oellers. Tübingen: Niemeyer, 1988. Bd. 2. S. 19–34.

Härle, Gerhard. Männerweiblichkeit. Zur Homosexualität bei Klaus und Thomas Mann. Frankfurt a. M.: Athenäum-Verlag, 1988. S. 143–219.

Pütz, Peter: Der Ausbruch aus der Negativität. Das Ethos im »Tod in Venedig«. In: Thomas Mann-Jahrbuch 1 (1988) S. 1–11.

Roßbach, Bruno: Der Anfang vom Ende. Narrative Analyse des 1. Kapitels der Novelle »Der Tod in Venedig« von Thomas Mann. In: Sprache in Vergangenheit und Gegenwart. Hrsg. von Wolfgang Brandt in Verb. mit Rudolf Freudenberg, Marburg: Hitzeroth, 1988. S. 237–249.

Baumgart, Reinhard. Der erotische Schriftsteller. In: Thomas Mann und München: Fünf Vorträge von Reinhard Baumgart, Joachim Kaiser, Kurt Sontheimer, Peter Wapnewski, Hans Wysling. Frankfurt a. M.: S. Fischer, 1989. S. 7–24.

– Selbstvergessenheit. Drei Wege zum Werk. Thomas Mann, Franz Kafka, Bertolt Brecht. München: Hanser, 1989. S. 145–162.

Hayes, Tom / Quinby, Lee: The Aporia of Bourgeois Art: Desire in Thomas Mann's »Death in Venice«. In: Criticism 31 (1989) Nr. 2. S. 159–177.

Dierks, Manfred: Der Wahn und die Träume im »Tod in Venedig«. In: Psyche 44 (1990) Nr. 3. S. 240–268.

8. Wirkungsgeschichte
»Der Tod in Venedig« als Film

Améry Jean: Venezianische Zaubereien. Luchino Visconti und sein »Tod in Venedig«. In: Merkur 25 (1971) S. 808–812.

Günther, Joachim: »Der Tod in Venedig«. Randbemerkungen zu Film und Buch. In: Neue deutsche Hefte 18 (1971) S. 89–99.

Mann, Michael: Le film tiré de »La Mort à Venise«. In: Allemagne d'aujourd'hui N. F. 32 (1971) S. 52–56.

Kane, B. M.: Thomas Mann and Visconti. In: Modern Languages 53 (1972) S. 74–80.

Singer, Irving: Death in Venice: Visconti and Mann: In: Modern Language Notes 91 (1976) S. 1348–59.

Faulstich, Werner und Ingeborg: Modelle der Filmanalyse. München: Fink, 1977. S. 14–57.

Mazzela, Anthóny J.: »Death in Venice«: Fiction and Film. In: College Literature 5 (1978) S. 183–194.

Seitz, Gabriele: Film als Rezeptionsform von Literatur. Zum Problem der Verfilmung von Thomas Manns Erzählungen »Tonio Kröger«, »Wälsungenblut« und »Der Tod in Venedig«. München: tuduv-Verlag, 1979.

Bleicher, Thomas: »Zur Adaption der Literatur durch den Film. Viscontis Metamorphose der Thomas Mann-Novelle »Tod in Venedig«. In: Neophilologus 64 (1980) S. 479–492.

Mayer, Hans: Der Tod in Venedig. Ein Thema mit Variationen. In: H. M.: Thomas Mann. Frankfurt a. M.: Suhrkamp, 1980. S. 370 bis 385.

Vaget, Hans Rudolf: Film and Literature. The Case of »Death in Venice«: Luchino Visconti and Thomas Mann. In: The German Quarterly 53 (1980) S. 159–175.

Glassco, David: Films out of Books: Bergmann, Visconti and Mann. In: Mosaic 16 (1983) H. 1–2. S. 165–173.

Galerstein, Carolyn: Images of Decadence in Visconti's »Death in Venice«. In: Literature/Film Quarterly 13 (1985) H. 1. S. 29–34.

9. Wirkungsgeschichte
»Der Tod in Venedig« als Oper

Britten, Benjamin: Death in Venice: An Opera in Two Acts. Librett by Myfanwy Piper (1973), based on the Short Story by Thomas Mann, set to music by Benjamin Britten. Opus 88. London: Faber Music, 1973. – Schallplattenaufnahme: Decca Stereo 581–3.

Porter, Andrew: Musical Events. Death in Venice. In: The New Yorker (24. Oktober 1974) S. 166–170.

Schmidgall, Gary: Literature as Opera. New York: Oxford University Press, 1977.

Evans, Peter: The Music of Benjamin Britten. London: Dent, 1979. S. 523–547.

Piper, Myfanwy: Writing for Benjamin Britten. In: The Operas of Benjamin Britten: The Complete Librettos. Hrsg. von David Herbert. New York: Columbia University Press, 1979. S. 59–62.

Mitchell, Donald: »Death in Venice«: The Dark Side of Perfection. In: The Britten Companion. Hrsg. von Christopher Palmer. Cambridge: Cambridge University Press, 1984. S. 238–249.

Palmer, Christopher: Towards a Genealogy of »Death in Venice«. Ebd. S. 250–267.

Evans, John: »Death in Venice«: The Appolinian/Dionysian Conflict. In: Opera Quarterly 4 (1986/87) H. 3. S. 102–115.

Cerf, Steven R.: Benjamin Britten's »Death in Venice«. Operatic Stream of Consciousness. In: Criticism, History and Intertextuality. Hrsg. von Richard Fleming und Michael Payne. Lewisburg: Bucknell University Press, 1988. S. 124–138.

VII. Abbildungsnachweis

Die Venedig-Karten (S. 32/33, 37 und 39) sind entnommen aus: Karl Baedeker: Handbuch für Reisende. Oberitalien mit Ravenna, Florenz und Livorno. 17. Aufl. Leipzig 1906.

Die Reproduktion des Bildes von Gustav Mahler (S. 99) erfolgt mit freundlicher Genehmigung des Thomas-Mann-Archivs, Zürich.

Der Verlag Philipp Reclam jun. dankt für die Nachdruckgenehmigung den Rechteinhabern, die durch den Quellennachweis oder einen folgenden Copyrightvermerk bezeichnet sind. Der Abdruck von Texten aus Thomas Manns »Gesammelten Werken«, aus der dreibändigen Ausgabe seiner Briefe sowie aus der Dokumentensammlung »Dichter über ihre Dichtungen« (abgekürzt zitiert als »GW«, »Br« und »DüD«; s. S. 181) erfolgt mit freundlicher Genehmigung des S. Fischer Verlags, Frankfurt am Main. Für einige Autoren waren die Rechtsnachfolger nicht festzustellen. Hier ist der Verlag bereit, nach Anforderung rechtmäßige Ansprüche abzugelten.

Erläuterungen und Dokumente

Eine Auswahl

Philipp Reclam jun. Stuttgart

Deutsche Dichter

Leben und Werk deutschsprachiger Autoren

Herausgegeben von
Gunter E. Grimm und Frank Rainer Max

Das achtbändige, insgesamt über 4000 Seiten umfassende
Werk *Deutsche Dichter* ist deutschsprachigen Autoren vom
Mittelalter bis zur jüngeren Gegenwart gewidmet. Auf
anschauliche Weise schreiben Fachleute in Beiträgen von
5 bis zu 50 Seiten Umfang über Leben und Werk von
rund 300 bedeutenden Dichtern. Ein Porträt des Autors
und bibliographische Hinweise ergänzen die einzelnen
Darstellungen.

Philipp Reclam jun. Stuttgart